김해권 장편소설

여울물을 건너서

열차가 종착역에 닿고 있음을 예고하듯 기적이 울리고 있었다. 영현은
슬픈 이별과 고귀한 다시 만남이 즉, 현재와 미래의 정점이 묘하게 이어
지는 시그널을 만들어 내듯 차창 밖으로 향해 손을 흔들었다.

청어

작가의 말

사람은 태어난 후 대체로 만 14세까지는 죽음이라는 것을 거의 추상적으로만 알게 된다. 그러나 15세로부터 대체로 19세까지는 귀신이라는 관념과 썩음이라는 관념이 학습됨으로써 죽음의 공포감, 추(醜)라는 개념을 알게 되어 20대를 준비하게 된다.

만 20세에서 대체로 만 29세까지는 그 공포감과 추함의 관념은 더욱 커지고 심화된다. 예를 들어 대유행인 전염병으로 인한 사망을 알게 됨으로써 죽음의 미·추의 관계는 그 상하가 더욱 벌어지는, 뉘앙스의 폭이 더 커지는 것이 된다. 그런가 하면 죽음의 미적 뉘앙스가 그전보다 훨씬 다양해진다. 민족과 국가를 위했던 이순신, 안중근, 잔 다르크의 주검 내지 죽음은 숭고하고 매우 아름답다고 인간들은 해석하며 그것을 내내 믿게 된다. 또한 괴테가 쓴 '젊은 베르테르의 슬픔'을 읽은 일정 수의, 유행이 되는 '노란 조끼' 입은 권총 자살자도 아름다운 죽음의 항목에 넣어진다.

심지어는 속설에 의할 때, 장기간 매독을 앓았다고 하는 조선의 어느 명기(名妓)의 죽음도 아름답다고 하는 관념을 남긴다.

필자는 20대 후반인 때 어느 물류회사의 지방 지점에 근무할 때 죽음의 끔찍스러운 공포를 인식했고, 그 후 만 30세 몇 개월이 되었을 때, 어느 친척인 초상집에서 작고한 본인의 관, 시신, 수의, 염포를 목격·관찰하고는 죽음의 공포를 거의 다 알아버린 것이라고 느끼게 되었다. 그리고 그때 인간 나이 40세는 완전히 늙은 것이라는 생각에 빠지게 되기까지 했다. (사람들은 자신이 대체로 만 10세만 더 많아져도 훨씬[완전히] 늙어 버린다고 생각하는 경향이 있는 것 같다.)

이런 식으로 사람은 나이를 먹게 되고 죽음을 더욱 심각하게 생각하게 된다. 하기야 나이의 많음이 지나쳐서 달관하게 되는 경우도 있다. 아니, 달관이라기보다는 남보다 덤으로 산다는 패배 의식에 젖게 되고, 자신의 현재를 포기해 버리고 만 경우일 것이다.

이 소설의 전편에 흐르는 것은 인간과 죽음의 관계라고 할 수 있다. 주인공은 필자의 만 30세 몇 개월 때보다도 더욱 생생하고 깊게 죽음을 거의 완전하게 학습해 버린 존재이다. 불우하게도 화장장과 장의사라는 현장에 몸담았기 때문이다. 필자는 죽음의 현장으로 독자를 인도해 간다. 성숙한 사람들은 자신의 생을 제대로 살아 내기 위해 죽음을 어느 정도 이해하면서 일상의 삶에 대응해야 한다. 그런데 필자는 마약과 관련하여 죽음을 더욱 인식하고 학습해 버린 주인공이 느끼는 죽음의 깊이와 죽음의 뉘앙스가 어떠한 것인가를 현장에서 추적한다. 그리고 죽음을 너무나 알아 버린 인간으로서 어떻게 삶과 죽음의 선상에서 대처(對處)해야 하는가 하는 해법을 찾거나 또는 그와 유사하게 대처(對處)해야 할 것인가에 대한, 열쇠 꾸러미를 갖고 독자와 대면하려고 한다. 그러나 그 내용은 이 '작가의 말'에서 독자와 논하지 않겠다. 독자는 이에 대한 이야기를 읽어내야 하고 생각함으로써 스스로 그 열쇠를 찾아야 한다. 이 소설도 그렇게 요구하고 있다.

필자는 태어남과 죽음의 가운데서 저울질하여 평행을 유지시키는 일종의 장난치는 매개자가 되려고 했었다. 그러나 실패했고 저울대는 죽음의 쪽으로 기울어지고 마는 필연성에 직면하지 않을 수 없었다.

그러나 해법을 영영 없는 것은 아니었다. 더 멀리 깊숙이 들어가서 해법의 열쇠는 있는 것이었다.

자, 이 이야기를 읽으면서 생각해야 할 것들을 생각해 보자. 더욱 성찰해보고 다시 한번 해법의 열쇠를 찾아보자.

차례

1. 서장

저녁 무렵 특급 열차가 눈보라를 헤집고 신비스러운 설경 속으로 달리기 시작했다. 눈보라에 나부끼는 기적의 음은 고향을 잃은 자에게 향수를 불러일으킬 만하게 처연했다. 이 이야기의 공간적 배경은 대부분이 특급 열차의 맨끝에 달린 소화물차의 내부이다. 열차의 진행 방향은 동쪽에서 보았을 때 오른쪽이었다. 동쪽이 앞쪽이며, 서쪽이 뒤쪽이며, 남쪽이 왼쪽이고, 북쪽이 오른쪽이다. (이하 같다.)

이 소화물차 안에는 각기 30대 초반이며 방한복을 입은 두 사람의 승무원이 타고 있었다. 두 얼굴은 병적으로 초췌하고 수척한 표정이었고, 만약 그러한 것을 아름다움이라고 부를 수 있다면, 일종의 그로테스크한 미가 있다고 할 만했다.

소화물 차내의 맨 왼쪽 가장자리 부분 즉 좌측의 맨 앞쪽과 맨 뒤쪽에는 좌석이 붙어 있었다. 뒤쪽 좌석에서보다 약간 앞쪽으로는 왼쪽 벽으로 바싹 붙은 작은 사무용 탁자가 있었다. 뒤쪽 좌석에 앉아 있는 영현은 사무용 간이 탁자 위에 있는 서류의 작성과 정리를 마쳤다.

그리고 나서 영현은 편지와 동봉된 문서를 읽고 있었다. 그는 그것들을 매우 소중히 다루는 듯했다.

"무엇을 그리 열심히 읽고 있어?"

명길이 차내 중앙에서 영현을 바라보며 물었다.

"아무 것도 아냐."

영현은 상대방을 바라보지도 않고 심드렁하게 대답했다.

명길은 차내를 둘러보며 적하물(積荷物) 현품을 재확인하고 있었다. 그리 하기 위해서 명길은 차내의 왼편(남쪽)부터 시작하여 오른편(북쪽)으로 이동해 갔다. 차내의 중앙으로부터 얼마간 왼편과 오른편 위치에 전면과 후면으로 나란히 두 쌍의 작업용 문이 있는데, 각각 창이 달려 있었다. 명길은 뒤쪽 오른편 작업용 문이 화물 더미로 가려져 있는 것이 못마땅하게 생각되었다. 뒤쪽 왼편 작업용 문에서 얼마간 우측 지점으로부터 시작해서 맨 우측 벽에 이르기까지 화물을 적재해 놓은 더미가 있었다. 명길은 시발역에서 작업원들이 화물을 너무 한쪽으로 치우치게 적재해 놓은 것이 못마땅하게 생각되어 툴툴거렸다. 대체로 정차할 역별로 내리기 쉽도록 배려하여 실었기 때문에 화물 더미는 그 높이가 고르지 않으며 가장 높은 부분은 천정에 닿을 정도였다.

화물 더미 앞으로는 통로처럼 비워진 공간이 있어서, 명
길은 그 통로를 따라가며 화물 현품 확인을 하고 있었다.
그 비워진 일종의 통로의 너비는 대체로 찻간 너비의 1/3
정도나 되었다. 이 통로와 실내 왼편의 비교적 넓은 공간에
는 쌀 자루, 사과 상자 등 얼마간의 화물이 미정리 상태로
널려져 있었다.

명길은 확인을 하고 나서 차내 뒤편 왼쪽의 닫힌 작업용
출입문 곁에 섰다. 명길을 그 문에 달린 창문에 얼굴을 들
이대고 밖을 보며 말했다.

"이봐, 무엇인가를 전혀 피우지 않아서 몹시 답답하겠
군."

명길은 선 채로 고개를 돌려 영현을 바라보았지만, 영현
는 아무런 응답이 없었다. 무슨 말인지 귓바퀴 부근에도 닿
지 않는 듯한 표정을 짓고 있는 영현을 명길이 유심히 바라
보았다. 명길이 다시 입을 열었다.

"눈보라가 휘몰아치고 있어. 저 하얀 꽃잎들이 창을 후비
고 내 눈으로 스며들 것만 같군. 마치 눈(眼) 속으로 시원하
게 뛰어드는 여름날 호숫가의 물보라처럼 말야."

영현은 미묘한 쓴웃음이 눈에 나타날 뿐 별로 표정을 바
꾸지 않는 채로 응답했다.

"너의 감각에도 신선한 면이 있군 그래. 여자의 보드라운
살결 같은 무엇이 말야."

이봐, 공연히 늙은 척하는 말투는 그만 좀 해 둬. 명길은 잠시 마음속으로 그렇게 지껄이다가 입을 열었다.

"글쎄, 저렇게 눈발이 거세게 휘몰아쳐서 시야를 가득히 메우며 온누리에 소복을 입히는데도 너에게는 아무런 자극도 주어지지 않는다는 건가?"

영현은 자신도 모르게 어눌한 말투가 되어 응답했다.

"눈이야 어저께도 내렸지. 흔히 볼 수 있는 폭설이었고……."

명길은 다시 창을 들여다보며 상대방에게 다소라도 재미를 느끼게 하려고 자극하듯이 말했다.

"지금 눈이 내리는 것은 너무나 장관이야. 아직 늙지도 않은 주제에 '척하는' 것도 무슨 멋인 줄 알아? 끼니마다 먹는 밥, 매일 가다시피 하는 술집, 처참하게 구겨 버린 그 숱한 봄들……. 그런 것들로 인해 우리가 아무리 염증과 권태와 곤혹을 느꼈다 하더라도, 다시 눈앞에 나타날 때는 무언가 새로운 것으로 눈에 들어오기 마련이야. 때로는 마음 설레기도 하지. 비록 내일 죽는다 할지라도 말야."

영현은 자신이 흔히 생각해 온 것을 새삼스럽게 말한다는 싫증난 어조로 혼잣말하듯이 다음과 같이 말을 내뱉었다.

"그런 모든 게 사람 나름이겠지. 모든 것이 다 상대적이고 수량적으로 파악될 수 있어. 제로(0)의 설렘, 심지어 마이너스의 설렘이란 것도 있지. 나에게 설렘이란 부질없는 것이야."

한동안 침묵이 이어졌다. 영현에게는 바싹 메마른 음색을 느끼게 하는 열차의 바퀴 구르는 진동음과 눈바람에 흩어지듯이 공중에서 둔중하게 가물거리는 기적 소리가 귓전에 다가왔다.

영현은 두 주먹으로 가슴팍을 누르는가 하면 손가락을 펴서 그곳을 어루만졌다. 그에게는 무슨 무거운 물체가 가슴 속을 꽉 누르고 조여 대고 있는 것만 같았다. 심장과 폐 모두에서였다. 얼마 전에 열차가 출발할 무렵에서였다. 의식적으로 애를 써서 힘을 들이지 않으면 거의 매번 10초 가량이나 숨이 정지되곤 했다. 그러다가 살금살금 기어가듯이 가까스로 잔 숨을 가늘게 쉬고 있을 뿐이었다. 심장의 고동도 맥박도 너무 힘없이 사그러들고 있는 듯만 싶었다. 물 속에서 건져낸 사람처럼……

영현은 찌푸린 표정에 냉소가 담겨져 있는 채로 다시 말했다.

"가만히 앉아 묵묵히 기다리는 도리밖에 없지. 더한층 숨을 죽여 가면서라도 말이지. 하늘의 섭리에, 아니, 우리 인간의 생명의 법칙에 맡겨서 복종하는 수밖에 어디 다른 도리가 있나?"

"혼자서 무슨 말이야? 뭐, 섭리라고?"

"뭐 그런 게 있어. 잘 되면 제대로 호흡할 수 있게 돼."

명길이 말을 받았다.

"아…… 그 얘기로군. 못 되어도 죽지는 않는다는 말이지?"

영현은 혼잣말하듯이 대꾸했다.

"단지 내 숨 줄기는 가파르고 꾸불꾸불하고 좁은 산등성이 길을 기어간다는 점이 좀 다를 뿐이야. 제법 열도 오르겠지. 숨 줄기가 약하면서도 말이지. 하긴 지금의 나는 실질적으로 제대로 사느냐, 못 사느냐–하는 아슬아슬한 갈림길에 있어."

명길은 갑자기 생각난다는 듯이 말했다.

"의사 말대로 심장병은 없어. 너에게는 말이야. 너는 마음이 곪은 게지."

이 말에 대하여 영현도 비아냥거리듯이 말했다.

"그러니까 요점을 말하자면 너에게는 숨 한번 크게 쉬는 것쯤이야 너무 쉽다는 얘기로군."

"너의 머리통이 어렵다고 생각하는 한 기어이 어려울 수밖에 없지."

"큰골의 책임만은 아니야. 이봐, 너의 과거는 말이야……, 모든 것을 쉽게 생각했지만 제대로 되지 않았어. 하기야 뒤늦게 가서야 발버둥 쳤지만……."

명길은 차내에서 좌측으로 움직이며 영현을 보면서 마음속으로 지껄였다. 어디, 마음대로 해 봐. 죽이 끓든 넘치든

내 알 바 아니니까. 너의 인생은 죽음 즉 제로도 아냐. 바로 마이너스의 삶이지. 이봐, 너 정신 차려야 해. 갈림길에 이르기 전에 우선 빨리 헤어나라는 말이야. 사실을 말하자면 너에게는 갈림길도 없어. 어쩌면 영원히 만날 수 없는 두 가닥 평행선의 선로처럼……. 거리를 가까이 두고 서로 눈짓을 하기까지 하면서도 한 번도 만날 수가 없지. 생각 끝에 명길은 비교적 큰 소리로 말했다.

"이봐, 너는 차라리 선로냐, 아니면 맨땅 바닥으로냐—하는 갈림길에 있어. 즉 궤도 운행이냐, 전복이냐 하는 문제야."

"잘 읊어대고 있군. 너에게도 해당되는 말씀이지. 그리고 이 지상의 모든 위험한 삶을 꾸려가는 존재와도 관계가 깊은 것이지. 만약 나는 전복되지만 않는다면 맨땅 위에서도 갈 수 있어. 비록 뭉그적거리고 흐느적거리면도……. 이 세상의 모든 질긴 생명의 존재처럼 말이지."

영현의 말투는 이처럼 자학적인 면이 있었다. 명길은 비아냥거렸다.

"어디 그뿐만 인가? 가지 않고 서 있어도 사는 것이니까. 그렇지. 전복되더라도 반드시 죽어 버리는 것만도 아니겠지. 권태로움이 온몸으로 스며드는군. 아, 잠시 잠이나 자둬야겠군."

명길은 차내 좌측의 앞쪽 좌석으로 와서 상체를 왼쪽 벽에 기대고 우측으로 다리를 뻗고 눈을 감았다. 영현은 한동안 이어지는 침묵 속에 갇혀 있었다. 잠시 후 영현은 일어서서 누워 있는 명길을 흘끗 바라보다가, 처음에 명길이 서 있던 차내의 후면 왼쪽 작업용 문으로 몸을 움직였다. 영현은 창문에 얼굴을 들이대고 잠시 몸체를 움직이지 않는 채 서 있었다. 그러나 별로 흥이 나지 않는다는 듯이 자기 자리(차내 좌측 뒤쪽 좌석)로 되돌아갔다. 영현은 명길을 흘끗 바라보다가 다시 좌석에 앉았다. 떠벌이, 이제 조용해졌군. 영현은 마음속으로 말하면서 좌석의 뒤편에 나 있는 유리창 밖을 내다봤다. 그는 시계를 들여다보며 잠시 동안 기웃거렸다.

영현은 갑자기 무엇을 슬그머니 훔치는 사람처럼 자조적인 표정이 되었다가 이내 마음속에서 약한 광기와도 같이 살포시 기쁨이 일어났다. 기다리기도 했던 것이 나타나는군. 이 열차의 운행 구간에서 가장 긴 바로 그 철교가 다가오고 있어. 나는 아주 고요한 것을 좋아하는가 하면, 반대로 시끄러운 것을 좋아해. 지나친 시끄러운 공간 속에는 오히려 모든 것을 말끔히 지워 버리는 적요가 꽉 차 있기 때문이지. 철교나 터널을 통과할 때 그, 그것을 피우는 것은 지극히 맛이 좋지.

영현은 잽싸게 웃옷의 안주머니에서 필터가 없고 보통 담배보다 다소 긴 궐련을 꺼냈다. 불을 붙여서 궐련 속에

남아 있는 라이터의 기름 내음을 우스꽝스럽도록 조심스럽
게 입으로 불어 날렸다. 그러고는 무슨 신비스러운 의식을
치르는 듯한 표정으로 궐련을 천천히 입술로 가져가서 물
었다. 이어서 연기를 길게 들이켰다. 지극히 중대한 무엇을
목전에 두고 예리하게 감식(鑑識)하는 사람처럼 긴장된 표
정이 되었다.

영현은 미동(微動)도 없는 듯한 절대의 침묵 아래 침잠되
었다. 진지하고 천진스러운가 하면 어딘가 성스러워 보이
기까지 하는, 의식이 집중되어가는 표정이 되었다. 그는 문
득 피어오르는 연기 자락과 궐련을 바라보았다. 그러고는
헛되이 사라져 버리는 생 연기가 매우 아깝다는 듯이 갑자
기 궐련을 입으로 끌어가서 흡입했다. 맛에 흠뻑 도취되어
황홀해졌다. 그는 다시 입에서 떼었다. 그는 피어오르는 연
기 자락을 이번에는 더욱 유심히 바라보았다.

영현은 궐련과 함께 정담을 나누듯이 마음속으로 생각을
이어갔다. 또한 마음속으로 외쳤다. 그대의 시체는 너무 빨
리 화장되어 허공으로 도망쳐 버리고 있어. 내가 그대를 엉
성하게 말아 버린 탓도 있지만……. 그러나 염습을 하는 내
솜씨가 그다지 모자라는 것만은 아니었어. 기실은 그대의
시체라는 그 몸을 아껴서 오래 남겨 두기 위함이었어. 분명
히 그렇지.

영현은 다시 한번 연기를 가볍게 빨아들였다. 그러고는

조금이라도 천천히 타게 하도록, 우스꽝스러운 동작으로 궐련의 타는 부분을 수직의 상단이 되어 위로 향하도록 쥐었다. 그리고 그는 좌석에 앉은 채 다소곳이 몸체를 꾸부려서 쪼그리고 있었다. 갈구하는 무엇을 고요히, 집요하게 기다리는 모습이었다. 부드럽고 느슨해 보이는, 그러나 영원한 침묵의 조상(彫像)이 되어 버린 듯했다. 그는 눈을 완전히 감지 않았으나 눈꺼풀을 살포시 내리고 있었다. 마치 눈꺼풀을 투시하여 사물을 보는 것처럼……. 열차가 철교를 달리며 울려 놓는 음향은 그에게 실제보다 확대되어 들려왔다. 문득 명길이 소리에 놀란 듯 허리를 움직이다가 영현을 바라보았다.

명길은 어이없다는 표정을 지으며 말했다.

"멋진 풍경이야."

영현은 나쁜 짓을 하다가 들킨 것처럼 화들짝 놀라며 입을 열었다.

"하얀 눈꽃들이 지상으로부터 하늘 끝까지 가득히 메우고 있어."

명길은 핀잔을 주듯이 말했다.

"니가 연출해 낸 풍경이 더 멋있다는 말이야. 무슨 도인 같은 자세이며, 손가락 포즈까지 말이야. 허공에 피어오르는 저 연기……."

영현은 자학적이고 냉소적으로 말을 받았다.

"화려한 꽃구름이 떠오르고 있지 않아? 그 게슴츠레한 눈으로, 보이거나 보여?"

명길은 더 한층 공격적인 말투가 되었다.

"너에겐 자오록이 피어오르는 안개 자락에 휘감겨져 있는 것처럼 흐뭇하겠지."

영현은 자신이 이상한 궐련을 피우는 것을 명길에게 목격당해 버렸으므로, 될 대로 되라는 듯이, 한편으로는 아랑곳없다는 듯이 연기를 한 모금 그득히 빨아들였다.

"말 시키지 말아. 조용히 해. 다 타 버릴 시각까지 시간이 얼마 남지 않았어."

명길은 이 말을 듣고 등을 벽에 기대고 여전히 피곤하다는 듯이 눈을 감았다. 열차가 철교를 마구 울려 놓는 소리가 본격적으로 퍼져 올랐다. 레일과 교각을 포함한 철교 전체와 열차의 바퀴가 어우러져서 내는 음향이 울부짖고 아우성치고 있는 듯했다. 수 없는 물체들이 마구 서로 부딪쳐서 진동하며 파괴되는 듯한 혼탁한 소리였다. 눈바람까지 가세하여 세차게 휘젓는가 하면, 마구 갈라지고 조각나는 음향이었다. 이윽고 둔중하고 길게 가물거리는 기적의 음까지 합류되었다. 그 기적 소리는 영현의 응축해 두었던 생득적이고 본능적인 향수의 감정을 넌지시 풀어 휘젓고 있었다. 영현은 뒤쪽 창문 밖을 한참이나 바라보다가 얼굴과 상체를 앞으로 돌렸다. 그는 거의 다 타 버리고 남은 꽁초를 마지막으로 빨고 내던져서 발로 짓이겨서 껐다.

영현의 얼굴에는 슬픈 표정이 가시고 야릇한 희열의 미소가 감돌았다. 그러면서 그는 잠시 생각에 잠겼다. 크고 작든, 강건하고 연약하든, 서로 적대감을 갖든 갖지 않든, 온갖 물체들이 서로 마구 충돌하여 흔들리고 여지없이 파괴되는 저 소리들……. 지극히 위험스럽고 절박한 갖가지 불협화음들……. 화산의 대폭발, 빙하의 쏟아짐, 지구와 떠도는 혜성의 충돌, 이 지구 덩이의 해체와 몰락……. 블랙홀의 아우성…….

영현은 수 없는 칼날들이 쉴 새 없이 그의 몸뚱이를 가로로 베어치고 있는 듯만 싶었다. 그는 고통이 극도에 달할 때 마치 마취된 듯 쓰러지는 순간의 그 아찔한 시원함을 느꼈다. 그리고 갈가리 흩어지는 해체가 가져다주는 극도의 상쾌한 맛까지 느껴졌다.

아픔에 짓눌린 마음과 몸을 산산이 분쇄하여 바람에 휠휠 날려 버리기 때문이지. 통일을 비웃는 분열 파당 패거리들의 난무. 난무하는 시간 속에서만의 역설적인 통일……. 그는 눈을 내리감고 깊은 회포를 밖으로 더욱더 펼쳐 내고 있었다. 이 세상 끝에 이를 때까지 철교를 건널 때 생겨나는 이 소리가 내 몸체를 싸고 돌고만 있다면 좋겠어.

갑자기 명길은 비스듬히 누운 채 지껄였다.

"이런 소리는 우주의 끝 가장자리에 이를 때까지 계속되면 좋겠지. 아니, 우주는 4차원이어서 끝 가장자리가 없다면 우주의 어느 언저리에 이를 때까지…… 아냐, 다시 출발점으로 돌아오는 회기점에 이를 때까지이겠지. 거기까지 철교를 놓을 수 있어. 충분하지. 그 연기 자락에다 알콜을 곁들이면 말이야."

영현은 명길의 말이 시끄러운 잡음에 불과하다는 듯이 무시해 버리고 눈을 감았다. 그러고는 취한 듯이 더욱 생각을 이어갔다. 무릉도원이 보이기에는 아직 일러. 수백년 묵은 나무 숲으로 우거진 골짜기, 물안개가 퍼져 오르는 폭포, 오밀조밀 구부려져 돌아가는 호수, 그리고 그 위의 낚싯배…… 그러나 아무리 애를 써도 그러한 것들이 나타나지 않는구면…….

그러나 문득 영현의 감고 있는 눈 앞에 보이는 게 있었다. 옛날식의 대마밭이 보였다. 조금 전 그가 흡연한 것은 중미에서 날아온 고급 마리화나였다. 그러니까 그에게 보이는 것은 한국 토종의 대마밭이었다. 그 대마밭은 옛날 시골 공동묘지를 지나서 있었다. 그런데 어느 날 그는 대마밭 주위에서 기웃거리며 서성대고 있었다. 그러면서 그는 대마밭 속으로 들어갈 것이냐, 그만둘 것이냐—하면서 몹시 망설이고 있었다. 결국 그는 자신과의 싸움에서 패배하여 대마밭 속으로 들어가고 말았다. 훤칠한 키의 대마 줄기들이 그의 몸에 부딪치며 요정과 악귀처럼 늠실거리고 있었다. 섬쩍지근해졌다. 점점 무서워졌다. 그는 그때까지도 그 금지시키는 이유를 알 수 없었다. 훤칠한 키의 대마줄기들이 마술로 홀려 놓은 그를 향하여 귀기(鬼氣)가 서려 있고 의기양양한 웃음을 자아내면서 그의 얼굴을 훑어보고 있었다. 어슴푸레한 녹갈색의 줄기이며 이삭들이 느물거리며 송곳니를 드러내고, 그 통쾌해 하며, 서걱이며 자아내는 웃음…….

영현은 대마밭 앞까지 갔으나 비켜갈 수도 있었다. 분명히 사람들이 닦아 놓은 길이 나 있었으니까. 하지만 그는 길 없는 대마밭의 대마 줄기라는, 킥킥거리는 요정들 속에 갇히고 말았다. 그것은 운명이었다. 영현은 현재까지 여전히 그 대마밭 속에서 바깥으로 나가는 길을 찾아내지 못하고 있다고 생각했다.

갑자기 명길이 자리에서 일어나 앉으면서 말했다.

"여전히 마음속으로 지껄이고 있나 보지. 가장 말하기 싫어하는 사람도 자기 자신 내부의 음성 속에서만이 자신이 시간 위에서 흘러 떠가고 있다는 사실을 가장 잘 느끼고 있는 게 아닐까?"

이러면서 명길은 일어서서 차내의 우측(북쪽)으로 움직였다. 그러고는 차내 중앙쯤 해서 바닥에 놓인 쌀 자루 위에 앉았다. 영현이 응답이 없자 명길이 다시 입을 열었다.

"심심하다면 군밤이라도 까겠어?"

"그만 두겠어. 군밤이 아니면 구운 오징어 등등⋯⋯. 항상 준비가 철저하군."

"너도 그다지 다를 바 없지. 이봐, 그런데 무엇이가를 먹으면 연기를 들이킨 효과가 줄어든다는 게지?"

"마음대로 생각해. 그런데 나는 간신히 제대로 숨을 쉴 수 있게 됐어."

명길은 꾀듯이 말했다.

"잘됐군. 그럼 술을 한 잔 들이키겠어?"

"그것도 사양하겠어. 술도 두 사람 이상이 마셔야 제 맛이 난다면서? 요컨대 같이 마시고 싶다는 거지?"

"반드시 그것만은 아냐. 너에게도 새로운 쾌락 한 가지를 가르쳐 주고 싶다는 거야. 연기의 효과가 줄어들지는 않을 거야. 두 가지를 함께 하면 더 높이 하늘로 떠오를 게 아냐? 니가 들이키는 연기에다 곁들일 만한 안주가 될 텐데."

영현은 놀리듯이 대꾸했다.

"모주가 답게 술더러 안주라고 부르는군. 그런데 내가 마신 연기는 별 게 아냐."

"알았어. 인정해 주지. 너는 본성이 정직하니까."

영현은 비웃음 치거나 비아냥거리고 싶은 속마음을 감추고 진지하게 말했다.

"연기와 알콜의 상승 작용은 반드시 서로 협조적이지 않아. 심지어는 무생물계에서도 힘 자랑과 다툼이 있기 마련

이야. 언덕 위에서 두 개의 돌을 동시에 굴린다고 생각해
봐. 어쨌든 나는 마시고 싶지 않아. 이대로가 좋아."

　명길은 화물 더미의 한쪽 틈바구니에서 소주 병과 종이
컵을 꺼냈다. 마개를 틀어서 따고 종이컵에 넘치도록 술을
따랐다. 그러고는 명길은 시원한 냉수 들이키듯 단숨에 꿀
꺽거리며 목으로 넘겨 버렸다. 얼굴에 아주 시원하다는 표
정이 그려졌다. 다시 또 술을 따라서 기계적으로 입으로 가
져가다가 멈추고는 흔들리는 차내의 바닥에 컵을 놓았다.
그러더니 호주머니에서 군밤을 꺼내어 껍질을 제대로 까지
도 않은 채 입에 넣었다. 그것을 목으로 채 넘기기도 전에
술잔을 기울여 단숨에 다 비워 버렸다.

　지켜보고 있던 영현은 걱정스러워 하며 타이르듯이 말했
다.

　"한 자리에서 다 마셔 버리면 어떻게 할 텐가? 하긴 지금
마신 적은 양의 알콜이 하늘로 떠받쳐 주는 시간은 짧아.
어쨌든 다 마셔 버리면 이 긴 밤 시간을 어떻게 보낼 셈이
야?"

　"그런 것에 관해서 말하자면, 나는 몇 시간 뒤를 생각하
지 않아. 인간은 갑자기 승천할 수는 없지만, 어떠한 절박
한 경우에도 가장 곤혹스러운 이쪽 땅에서 저쪽 땅으로 건
너뛰어 빠져나갈 수 있어."

　영현은 명길의 낙천적 사고방식에 핀잔을 주었다.

"그야 그럴 수 있지. 이를테면 한두 시간 후에 객실이나 플랫폼에서 술을 살 수도 있겠지. 또한 역에 이르면 누군가가 술병을 들고 오는 사람도 있겠지. 그러나 술을 가져다주는 사람이 전혀 없을 가능성도 커. 그리고 객실 판매원이 파는 술이 바닥날 수도 있어."

그 말을 들은 명길은 문득 생각난다는 듯이 대꾸했다.

"P역의 그 친구, 미스터 임(임규석)은 매일 빠뜨리지 않고 술병을 들고 오지. 적어도 두 병씩이지. 그는 의리가 있고 고독에 깊숙이 빠져 있어. 모든 것을 말해 주는 듯한 눈이 어쩔 수 없이 남자로서 남자들을 사로잡는 데가 있어. 다른 사람이 더 많은 술과 안주를 가져다주는 것보다 몇 배나 고맙게 여겨지지. 마음속에 있는 많은 것을 가져다주기 때문이지."

명길은 잠시 침묵을 지키더니 분위기를 바꿔 보려는 듯이 다시 말을 이었다.

"그런데 나보다도 더 철저한 건 바로 너야. 항상 안주머니에 무엇인가를 넣고 다니는 것만 봐도 그래. 그런데 너는 참 이상하단 말야. 이상하고 말구. 이해하기가 어려워. 너는 바깥 세상에서 전혀 무엇인가를 구하려고 하지 않아. 시도도 하지 않고 있어. 자폐증 환자처럼 자신의 내부에만 눈을 돌리고 있어."

"명길이 그대는 이상하지 않구?"

"하기는 언젠가 우리의 공통점은 바깥 세상에 대한 능력 없는 반항아로서 옛날의 비트족과 유사한 점이 많다고 했었지. 그런데 어쨌든 사람이란 앞으로 다가오는 시간을 향하여 어떤 방식으로든 기웃거리기 마련이야."

"다가오는 그 미래라고 하는 것이 기다리고 있는 너에게 미소 짓는다는 말이지?"

"물론 미래라고 하는 그곳에 이르러서는 별로 새롭지 못할 수도 있지."

"별로 새롭지 못하다는 결론은 이미 숱하게 내려졌을 텐데……. 너는 거울을 잘 들여다보더군. 그때 느낀 바가 없었어? 대개는 그냥 대기 상태로 서 있었다는 너의 표정이 지워질 수 없었지. 이쪽에까지 비쳐 보이는 너의 거울에서 말이야. 그 권태롭던, 눈꼽 끼었던 눈망울……."

영현은 상대방의 말을 가로막으면서 이렇게 냉소적으로 말을 던졌다. 다시 명길이 말을 받았다.

"그랬어도 좋아. 다시 오는 내일이 있으니까."

"과연 그럴까?"

"우리는 어디론가 가고 있어. 내일과 또한 변화를 맞기 위하여……."

명길의 어조는 어딘가 처연하고 침통했다. 명길은 잠시 침묵을 지키더니 언성을 높여 다시 입을 열었다.

"사형 집행장에서라도 만 분의 일의 기대치는 둘 수 있는 거야."

아련히 가물거리는 기적 소리가 그들에게 다가왔다. 명길은 말을 계속하려다가 귀를 기울였다. 꼬리를 흔드는 기적의 여운까지 음미한 명길은 갑자기 종이컵을 집어들었다. 명길은 비워진 종이컵을 들여다보며 쓴웃음 지었다. 그러고는 술을 따라서 단숨에 들이켜 컵을 비우고 나서 말했다.

"우리는 시간 위에 올라타서 달리고 있어. 시간의 껍질만 남게 되지. 시간은 다시 살려낼 수 없어. 그러니까 사람은 시간의 틈바구니에 끼어 더욱 기웃거려야 하지 않겠어? 너는 사형 선고를 받아 보아야 해. 니가 지금 눈이 가리어진 채 교수대로 끌려가고 있다면……? 그렇다면 어떻게 하겠어? 동여매어진 천 속에서 한 번쯤은 눈을 깜박거리지 않을까? 행여나 집행장에 불이라도 나지 않았을까, 아니면 집행인이 갑자기 졸도라도 하지 않을까-하구 말이야. 그런데 너는 소화물차 승무원이지만 표현에 제법 유식한 면이 있어. 가끔 표현에 철학적인 면이 있기도 하구. 심연, 영겁 회귀라……."

"나는 고등학교를 전교에서 한 자리 수인 몇 등 이내로 졸업했어. 그리고 졸업 전부터 졸업 후까지 끊임없이 책을 읽었어. 특히 음악과 소설과 교양 서적과, 몇 권의 철학 책을 읽었지. 그리고 음악 몇 작품을 창작했고."

영현은 명길이 잠시 그 답지 않는 사념에 빠져 있는 것을 보고 다시 말을 이었다. 명길을 옹호해 주듯이……

"명길이 너도 그만하면 유식한 편이야. 농땡이를 부리면서도 고등학교 졸업 때 우등상을 받았다고 했지? 나처럼 전교 몇 등은 하지 못했다 하지만……."

"그리고 고등학교를 졸업한 후에 책을 좀 읽었지. 주로 희곡과 역사와 교양 서적이었어. 내가 술을 마시지 않을 때였지."

"우리는 때를 잘못 만나고, 가난하고, 배경이 없고 하여 시대와 기존 질서에 반항하여 차라리 독특한 삶의 방식을 선택한 면도 있다고, 언젠가 내가 말한 적도 있지."

영현은 그렇게 말을 마치고 갑자기 실성한 사람처럼 나지막이 킬킬대더니 다시 지껄였다.

"뭐, 사형 선고를 받아 보라구? 나 같으면 눈가리개 속에서 눈이 깜박거리기도 전에 처형 집행 장면을 상상하고는 나 자신이 먼저 졸도해 버릴 거야. 더욱이 나는 나를 에워싼 환경에의 적응력이 낮은 사람이니까."

"눈은 다가오는 앞을 보라고 만들어졌어. 너는 낙천가가 될 수 있는 일종의 소질을 지니지 못하고 태어났어. 술을 못 마시는 너와의 이야기 - 그 결말은 항상 이런 거야. 나는 여태껏 계속 잠이나 자고 있어야 했어."

명길은 따분하다는 듯이 투덜거렸다. 아련히 가물가물 꼬리를 흔드는 기적소리가 울렸다.

"이제는 잠이 올 것 같지 않군. 차라리 완전히 잠에서 깨어나야지."

명길은 이렇게 말하면서 앉아 있던 곳에서 일어섰다. 열차의 진행 방향이 오른쪽이며, 소화물 차내를 일종의 무대로 간주한다면, 차내의 앞쪽(이를테면 관객석 쪽—즉 동쪽)이며 왼편 작업용 문으로 걸어 나와서 섰다. 그러고는 그 문에 달린 창의 밖을 보며 나지막하게 지껄였다.

"아직도 눈발이 날리고 있군. 울부짖는 바람에 휘말리기도 하며……. 저기 모든 사람들은 눈을 피하여 제각기 지붕 밑으로 사라지고 있겠지. 사람만이 아니겠지. 죽음과 잠에 빠져 있는 것을 제외하고는……. 지금의 나 역시 지붕 밑으로 피해 들어와 있다고 할 수 있지. 특히 짓궂은 비와 차가운 눈발과 매몰찬 세파를 피하여 들어와 있다고 할 수 있지. 지금 우리는 이 지붕 밑에서 일하는 것일까? 아니면 그냥 있는 것일까? 달리는 지붕 밑……. 지붕이 있다고 하지만 기차는 냉정하고 비정하지."

명길은 작업용 문의 창에 얼굴을 갖다 댈 정도로 가까이 하고 과거에 대한 생각에 잠겨들었다.

때때로 명길 자신이 생각하기에는, 명길이라는 인간은 시골의 눈 쌓인 계곡에서 눈을 헤치고는 곧장 이런 찻간으로 뛰어오른 것만 같았다. 태어나자마자 몸에 붙은 눈을 채

28

털지도 못한 채 열차로 뛰어오르도록 운명 지어진 듯만 싶었다. 명길의 고향에도 차창으로 보이는 것들처럼 생긴 산허리와 골짜기가 있었다. 그의 아버지의 눈망울에도 차창 밖으로 보이는 두메산골의 모습이 서려 있었다.

명길의 증조할아버지를 포함하여 그 이전의 조상들은 몇 대에 걸쳐서 양반 댁 노비 신세였다. 그러나 증조할아버지는 일대의 모험을 감행했다. 양반네 집에서 도회지로 도망쳐 나왔다. 거기서 구세주를 만났다. 역사는 언제나 물질을 앞세우고 사람들을 개량해 나가는 것 같았다. 증조부의 구세주란 바로 인력거라 불리는 것이었다. 최소한 노비 신세를 면하게 한 것이었다. 신분의 개량임에는 틀림없었다. 대대로 냄새조차 맡을 수 없었던 자유를 맛본 셈이었다. 내리막길과 오르막길로의 한없는 질주, 이제 막 도착하려는 종착역에서의 기적 소리. 쏟아지는 숱한 인파 속에서 그리운 연인을 찾는 듯한 순진스러운 눈망울. 찾고자 하는 그 순진한 눈망울을 눈여겨보지도 않는 인파 가운데서 풀이 꺾인 채로의 서성임. 속박으로부터의 명실상부한 해제(解除)를 보장 받을 수 없는 대기 상태, 곧 유예 상태. 그늘 속에서의 번들거리는 쓴웃음. 이것들이 증조부의 자유라는 것이었다.

자유……. 자유이기는 했다. 증조부를 압제하는 한 사람의 주인은 사라졌었다. 그러나 숱한 손님이라는 주인들이 증조부를 찾거나 냉담한 눈초리로 곁을 스쳐갔다. 러시아의 거대한 농장으로부터 해방된 농노가 도회지의 더러운 거리에서 새로운 주인을 기다리던 모습과 흡사했을 것이다. 증조부에게 즐거움이라는 것이 있다면 주린 배를 채우는 것―그것밖에 없었다. 미친 듯한 질주 후에 흘러내리는 땀을 닦고 먹고 마시는 본능적 쾌감밖에 없었다. 이윽고 육체적 포만 후에 오는 정신적 허탈감. 그러나 증조부는 모든 것을 감수했다. 질주, 포만, 또 질주, 대기, 남으로부터 오는 멸시, 스스로에게 향하는 냉소와 쓴웃음, 무엇이든 한 단락이 끝났을 때의 허탈감…….

만년에 이르러서야 증조부는 산골로 들어갔다. 산비탈에 불을 지르고 밭뙈기를 일구었다. 나중에는 손바닥만 한 논도 얻을 수 있었다. 그때는 이미 그쪽으로 철로가 통하게 되었다. 증조부는 좁은 땅덩이에 모두 매달릴 것이 아니라 젊은이는 모름지기 산골을 벗어나서 살 길을 찾아야 한다고 강조했다. 그래서 명길의 할아버지도 도회지로 나갔다. 그러고는 정거장 주위에서 손수레를 끌었다. 명길의 할아버지는 명길의 증조부와 마찬가지로 역시 바퀴라는 종을 거느린 주인이 될 수 있었다. 명길의 할아버지는 연세가 지긋해지자 다시 산골로 들어갔다.

이번에는 명길의 아버지가 도회지로 나가게 되었다. 겨우 중학을 마친 명길 아버지가 무슨 일을 할 수 있었을까?

군청의 급사, 조부처럼 손수레꾼, 영화관의 사환인 동시에 청소원, 나중에는 매표 보조원— 이렇게 전직을 하면서 고등학교를 다니게 되었다. 하지만 학교도 다니는 둥 마는 둥 하다가 졸업 학년까지 가서는 졸업장도 따지 못하고 말았다. 그가 하는 밥벌이 일이 그렇게 만들었다고 할까? 반드시 그런 것만도 아니었다. 극장 속에서 살았으니 너무 영화를 좋아하던 게 탈이었다. 공부 대신에 영화 보기를 밥 먹듯 했었다. 나중에 명길의 아버지는 희극 배우가 되고 싶어 했다. 그래서 영화관도 뿌리치고 유랑 쇼단(團)을 따라다녔다. 그러나 좀처럼 명길의 아버지에게 무대에 설 기회가 주어지지 않았다. 무대 장치와 소도구의 배치, 포장 치기—이런 일에 관련된 잡일만 하고 밥을 얻어먹었다. 말하자면 명길의 아버지의 배역은 바로 잡역이었다.

명길은 현재의 자신도 마찬가지라고 생각했다. 짐 내리기, 짐 싣기, 짐 정리, 확인 등을 해야 하는 인생이라는 무대의 잡역이 바로 명길의 몫이었다. 이미 말한 조상들과 똑같이, 마치 유전된 것과도 같은 것이 명길의 인생의 모습이었다. 그런데 마침내 명길의 부친은 객사하고 말았다.

고등학교를 우등상을 받으며 졸업한 명길도 주어진 그의 인생을 살 수밖에 없었다. 유랑 서커스단을, 그리고 장날을 따라 순회 공연을 하는 극단을 따라다니기도 했던 명길은 좀 더 철이 들자 때로 일확천금을 노리기도 했다. 돈주머니를 채우기 위해서 탄광을 찾았는가 하면 대도시의 역 주위에서 소매치기도 했었다. 또한 남의 값진 물건은 날라주는 척하면서 뺑소니치기도 했었다. 그러다가 잡혀서 감옥에도 들어가 보았다. 그 이후 명길은 완전히 참회를 하고 마음속 구석구석을 말끔히 청소했었다. 태어날 때 머리 속의 재능이나, 근육과 힘을 남보다 훨씬 특별하게 부여받지 못한 명길은 멀리 갈 수가 없었다. 막노동판에서 날품팔이 일도 해보았다. 명길이 딴은 미친 듯이 날뛰고 울부짖고 때로는 달관의 미소를 머금으면서 삶의 현장에서 몸부림쳐 왔다. 명길은 인간의 대지 위에서, 아니, 형형색색의 삶의 가능성을 주는 흙덩이 위에서 몸부림치며 뒹굴었다. 그러나 결국 그는 달리는 지붕 밑과 레일 위에서 시간에 잡아먹혀 가는 승무원이라는 잡역으로 낙착되고 말았다. 그리고 달리는 차 안에서 희곡과 역사와 교양서적과 그리고 통속 소설 등을 손에 잡히는 대로 읽었다.

명길의 아버지가 연극을 위한 잡역이었다면, 명길은 연극은 물론 삶의 생생한 현장에서의 인생을 위한 잡역이었다. 그런데 명길이 잡혀서 감옥에도 들어가 보았다고 했지만, 사실 여기 이 찻간도 달리는 감옥이었고 교도관이 없는 감옥이었다. 몇 차례나 거듭해서 소위 비군사정권이 들어섰지만, 그리고 일인당 국내총생산(GDP)이 몇 달러라고 외쳐대는 소리가 여기 찻간 안으로까지 흘러들어 오지만, 명길에게는 저 세상의 일처럼 아득히 관계가 먼 일들이었다. 명길의 위에 드리워져 영육을 짓누르는 응달의 그늘은 밝음으로 채워질 수 없었다. 이 움직이는 감옥은 여전히 변화가 없이 마냥 달리기만 했다. 움직이는 감옥에서는 역사가 흐르지 않았다. 그러니 20세기말인 때, 20세기 초반이 혼탁한 색조의 연못처럼 고여 있었다. 이 움직이는 감옥은 차라리 영원과 그리고 심연과 깊은 관련을 맺고 있는 문제 위에 놓인 것이 아닐까.

달리는 감옥의 지붕 밑에서 유리창 너머로 파장되어 가는, 마치 명길의 독백 같은 말이나 쓸쓸한 울림에 대하여 간혹 영현 이외에는 응답해 주는 사람이나 들어 줄 사람은 없었다. 그렇지만 때때로 명길은 창이나 벽에다 대고 홀로 지껄이고 있었다. 어느 육신이 세상을 떠나면서 남긴, 주소 없이 떠도는 혼령이라도, 이를테면 손수레꾼이었던 명길 아버지의 혼령이라도 들어 줄 수 있을까 하고⋯⋯. 명길은 대대로 바퀴 구르는 것과 무슨 인연이라도 있는 것이 아닐까, 하고 생각했다. 아마 전생으로부터 이미 그의 다리는 눈에 보이지 않는 무슨 질긴 끈으로 묶여져 있었던 것이 아니었을까 하는 생각마저 들었다. 옛날 양반네가 가지고 있던 노비 문서가 명길의 조상들의 발을 채우던, 줄이 눈에 보이지 않는 족쇄라고 생각되었고, 또한 그 보이지 않는 줄이 한 세대의 끝에서 잘라지지 않고 강력하게 존재했던 것과도 같다고 생각되었다.

명길이 슬픈 감정에 젖어 있을 때는 자신과 영현이 종신형에 가까운 신세라고 생각하기도 했다. 거의 영원히-라고 말할 수 있는, 달리는 감옥에 갇힌 수인(囚人)…….

그런데 비밀스러운 데가 많은 영현은 제 나름대로 무슨 까닭-명길은 대강 눈치 채고 있지만-이 있어 달리고 있는 소화물 차내가 감옥인 동시에 은신처라고 명길에게 말하기도 했다.

명길은 소화물차와 레일로부터 도망을 쳐서 떠난 일도 있었다. 그러나 세파에 시달린 알몸뚱이처럼 되어 제 발로 뛰어와서 움직이는 감옥으로 올라 왔다. 움직이는 감옥이라 하지만, 차내의 공간에서는 그 나름대로 정신적 자유가 있기 때문이기도 했다. 한편으로는 이미 지적된 대로 차라리 시대와 기존 질서에 반항하여 특이하고 기괴한 삶의 방식을 선택하고 싶기 때문이기도 했다. 지난 20세기 초반의 비트족(beat族)과 얼마간 통하는 점이 있었다. 두 사람 중 영현에 비해 명길이 눈에 띄도록 다른 점이 있다면 다음과 같았다.

비교적 낙천적이기도 한 명길은 인간은 절벽과 절벽 사이를 맨몸으로 뛰어넘을 수도 있다고 생각했다. 말하자면 신분 상승을 할 수도 있다고 보았다. 그를 기다리는 것은 아직도 있다고 생각했다. 여러 가지 복권도 그를 기다린다고 생각했다. 하기는 명길의 단골 식당 겸 단골 술집의 청상과부가 그에게 눈웃음치고 있었다. 기대치가 적다고 말할 수는 없었다. 단골 식당의 그 여자는 제법 섹시하고 글래머 형이었다. 명길은 하늘은 모든 인간에 대하여 무심하지는 않다고 생각했으며 때를 기다릴 수 있어야 한다고 생각했다.

그런데 필자는 여기서 무엇 때문에 명길에 관한 이야기만 늘어놓았을까? 그 이유는 바로 다음과 같다.

영현은 명길에게 무엇인가를 숨기려 하는, 어딘가 비밀스럽고 수상한 면이 있다. 이 이야기의 대체로 중반쯤에 이를 때까지 영현에게서 비교적 서서히 자연스럽게 겉껍질이 벗겨지고 실체가 나타난다. 자연스러운 대목과 대목 사이에 이를 때까지 독자는 궁금증이 쌓인 채로 참아야 한다. 이것이 첫째 이유이다.

둘째, 명길에 관한 얘기 내지 약력과 과거는 영현이 묻지 않는 한 밝혀지기가 어렵다.

셋째, 얼마간 시간을 할애하여 명길에 대한 이야기를 풀어놓음으로써 비밀스러운 영현의 성격, 행동과 관련된 전반적인 이야기의 속 내용을 조명하고 영현을 명길과 대조시키기 위해서이다.

2. 협연(協演)의 시작

"우리가 좀 이른 저녁을 먹었나? 위가 답답한 느낌이군.
술을 남겨 두었다가 식사와 동시에 마실걸 그랬지. 열차 밑
바닥에서 삐걱거리는 소리가 나기 시작하는군."

휘어진 선로를 따라 열차가 정거하기 위하여 서서히 허
리를 틀고 있을 때 명길이 말했다. 영현도 좌석 뒤쪽 창밖
을 보며 입을 열었다.

"다음 정차역에 가까워지고 있군."

열차는 점차 역 구내로 접어들고 있었다. 영현이 다시 말
했다.

"하화 준비를 해야 되겠는 걸."

영현은 시발역을 떠나올 즈음부터 작성한 적하(積荷)물
서류를 들여다보았다. 그러고는 먹지를 끼운 역별 하화물
수수증(인도·인수 증서)의 책(冊)에 다 다음 역의 해당 분을
기입했다.

"준비라야 별 것 아니지. 이미 입구 가까운 쪽에 배열되
어 있을 테니까."

그러면서 명길은 일어났다. 영현도 일어나서 그들 둘은 차내의 뒤쪽(서쪽)이며 왼쪽 작업용 문 앞에다 바싹 가까이 화물을 끌어 놓았을 때 열차가 플랫폼 가까이에서 더한층 서행하는 소리가 났다. 열차가 완전히 정거했을 때 명길이 작업용 미닫이문을 열었다. 혹독하게 차가운 냉기가 차내로 화악 끼쳐 들어왔다.

방한용 파커를 입은 한 남자와 작업복을 입은 두 남자가 플랫폼에서 소화물 차내로 뛰어 올랐다. 방한용 파커를 입은 사람이 인도·인수의 책임자로서 소화물 취급소장(회사의 직영이 아닌 개인 업소의 장)이었다. 작업용 문 아래에는 몇몇 작업원들이 대기하고 있었다. 화물을 받아 내리거나 올려 주기 위해서였다. 열어젖혀진 문 사이로 온통 새하얗게 펼쳐져 있는 은세계가 보였다. 또한 새하얀 설화를 흐드러지게 피운 나무들과 윤곽이 흐릿한 역 부속 건물의 창백한 벽도 두 승무원의 시계에 들어왔다.

"안녕들 허슈? 몹시 춥겠구려."

방한용 파커를 입은 소화물 취급소장이 인사를 했다.

명길은 눈과 고개로만 인사에 응하는 영현은 흘긋 보며 응답을 했다.

"아직은 시원할 뿐이오."

한 작업원이 물었다.

"내릴 게 많수?"

"세탁기 다섯, TV 수상기 열, 냉장고 여섯, 건어포 열둘— 이상이오."

작업원 한 명이 더 차내로 올라왔다. 그들은 플랫폼에 있는 작업원들 위로 화물을 신속히 끌어내 주었다. 동시에 취급소장은 작업용 문 곁에 서 있는 영현으로부터 수수증을 받고 승무원 보관용 정본에다 도장을 찍어 주었다.

명길은 작업원들에게 주의를 주었다.

"모두 포장은 제대로 됐지만 조심해서 다루시오."

취급소장이 다시 한번 작업원들에게 조심하라는 주의를 주고, 영현에게 말했다.

"우리가 실을 것은 백미 열다섯 자루, 사과 스무 박스, 거기다가 개가 한 마리— 이게 다요."

취급소장은 이렇게 말하면서 적하수수증을 영현에게 떼어 주며 정본이 붙어 있는 책을 내밀었다.

"어서 도장부터 찍으시오. 빌어먹을 눈 때문에 장사가 잘 되어야 말이지. 당신네들 한테는 장사가 잘 되지 않을수록 편하지만서두……."

취급소장은 영현이 도장을 찍은 책을 받았다. 이어서 취급소장은 작업원들에게 독려했다.

"빨리들 실어!"

작업원들이 화물을 차내로 실을 때는 명길이 지시하는 위치에다 놓고 쌓았다. 즉 미리 역 별로 대강 지정해 둔 위치에다 적재했다.

명길은 투덜거렸다.

"원, 이런 겨울에 무슨 일로 개를 다 부치고 있어? 보신탕 철도 아닌데. 맹견인가? 아니면 애완용?"

한 작업원이 응답했다.

"보면 알 끼오. 아직 다 자라지도 못한 국산 잡종일 끼오. 지금 보신탕 철은 아니지만, 필경은 화형 감이겠지."

명길이 한마디 했다.

"키워서 잡거나 새끼까지 쳐서 함께 잡겠다는 거지. 장사 눈치 하나 빠르군. 한 걸음 늦으면 이미 백 걸음 늦은 게 지."

"눈 때문에 열차의 운행이 지연되고 있군. 뭐, 재확인할 것 있겠수?"

취급소장이 말했다. 침묵을 지키던 영현이 다음과 같이 말문을 열었다. 느닷없이 침묵을 깨는 자신을 좀 어색하게 느끼는 눈치였다.

"과부족은 우리들과는 아무런 상관이 없다고 할까. 선로 주변에서 맴도는 사람들에게는 손실도 이득도 안 되는 별 수 없는 것이지. 무전과 무전, 철도 전화를 통한 수배와 수배, 이쪽 열차에서 저쪽 역행하는 열차로의 이동……. 별 수 없는 것이니 결국은 제자리로 돌아갈 수밖에 없지."

취급소장이 말을 받았다.

"또 넋두리로군. 함께 술 한잔 하면 좋겠수. 이렇듯 선로 변에 맴돌기만 해서야 되겠수? 한 자리에 지긋이 머물 시간도 있어야겠지. 추위에 수고들 허슈."

명길이 인사를 받으며 말했다.

"당신, 낱말은 서울 말투인데 억양은 이북식이오. 이북 출신이 아니우?"

"삼팔따라지들도 떠서 흘러가는 시간에 못 이겨 이제는 많이 죽어서 사라져 갔디. 그렇수. 나는 삼팔따라지 2세요. 삼팔따라지와 그 후손들은 생활력이 강해서 잘 사는데 나만 이 모양 이 꼴이오."

그렇게 말한 취급소장과 작업원들은 미끄러지듯이 차에서 내렸다.

명길은 작업용 문을 끌어당기다가 문득 생각나는 게 있다는 듯 중얼거렸다.

"아차, 내 정신 좀 봐. 역 구내 매점에 얼른 갔다 온다구 해 놓구선……."

명길은 문 밖으로 내려갔다. 영현은 뒤쪽 좌석 부근의 사무용 탁자로 갔다. 적하물의 추가 기입 등 서류 정리를 했다. 곧 명길이 돌아왔다. 소주 네 병을 먼저 문 위쪽으로 밀어 넣고 문 아래의 미끄러운 발받침을 툭툭 발로 차서 눈을 털어 버리고는 차내로 올라왔다. 작업용 문을 조심스럽게 힘들여 끌어당겨 닫고는 잠그면서 말했다.

"제에길, 여기도 명색이 지붕 밑이라고 말야……, 밖에 나가기 전에는 춥지 않았는데 밖에 나가니 춥더군. 다시 들어오니 포근한 느낌까지 드는군."

명길은 화물 더미를 돌아다보고는 혼잣말 하듯이 다시 중얼거렸다.

"참, 개를 너무 추운 꼭대기에 올려 두었나 보군."

명길은 마치 등산을 하듯이 화물 더미 위로 올라가면서 또다시 말했다.

"차가 가기 시작했군. 흔들거리기까지 하고 있어. 관성(慣性)인지 나팔 소리인지 하는 무엇 때문에 몸의 중심을 잡기가 곤란해졌군."

서류 정리를 다 마친 영현이 말했다.

"너의 그 넘치는 애정은 이해할 만해. 그렇지만 그만둬. 어차피 개가 춥기는 마찬가지야."

"아무래도 아래쪽이 좀 낫지. 사람의 훈기가 있으니까. 그런데 왜?"

"개의 상자를 바닥에 내려놓으면 시끄럽게 짖을 지도 몰라."

명길은 개의 상자를 화물의 위를 따라 조심스럽게 이동시키며 내려왔다. 그러고는 화물 더미와 좌측(남쪽)의 두 좌석의 중간쯤에 개의 상자를 내려놓았다. 직육면체인 상자의 한 면에 개를 들여다볼 수 있도록 철망(동시에 출입문)이

붙어져 있었다.

명길은 쭈그려 앉아서 상자 안을 들여다보면서 빈정대듯 말했다.

"이봐, 개가 무서워? 공수병이라도 걸린 것 아냐?"

"누군가가 공수병이라도 좀 걸리게 해 줄 수 없나?"

영현은 히스테릭하게 킬킬대었다. 명길은 의아스러운 듯 상대방을 바라보다가 다시 화물 더미에 올라가서 건어 새끼 몇 마리를 떼어 내려왔다. 그러고는 철망 틈새로 가늘게 찢은 건어를 밀어 넣어 주었다.

찢지 않은 건어를 개의 상자 위에 놓으면서 명길은 중얼거렸다.

"비록 내일 화형대 위에서 그슬려진다 하더라도, 또는 살이 더 붙은 몇 달 후에 제삿날을 갖게 될 운명일지라도 오늘은 이걸 대가리까지 실컷 먹어라."

좌석에 그대로 앉은 채 영현은 한마디 거들었다.

"비록 지금 죽은 것을 대접받는다 할지라도 말야. 그러고는 실컷 웃어 두어라. 제삿날이 돌아와도 냉수 한 그릇 떠놓는 너의 종족이나 사람은 없을 테니까."

개의 상자 속을 유심히 들여다보면서 명길이 말했다.

"이것 봐. 주인과 이별한 지금 마음속에서 차갑고 슬픈 눈이 내리고 있나 봐. 개의 가슴 속 깊숙한 골짜기에서 말이야. 주인이 쓰러져 죽었다면 그 주위를 맴돌면서 슬픈 울음을 자아내겠지."

영현이 쓸쓸한 웃음을 짓더니 다음과 같이 말을 내뱉었다.

"의리와 믿음의 대가는 화형대이지. 종국에 가서는 주인의 식탁을 통하여 주인의 살(肉)이 되는 영광을 누리지. 태어날 때부터 미리 신으로부터 달관의 혜안을 내려 받은 것이지. 주인에게 매 맞아 죽었음에도 끝내 주인을 그리워하여 주인의 인육이 되는 것이지. 이것 봐. 먹지를 않는군. 내가 주인이 되기를 거부한다는 거지. 들여다보지 않을게."

그러나 개는 갑자기 애처롭게 짖어댔다. 한동안 계속해서 짖어대기 때문에 명길은 어처구니없다는 듯이 일어서 버렸다.

"이 지붕 밑과 세상만사가 다 염증이 난다는 식이군."

그러면서 명길은 차내 좌측 바닥의 쌀자루(개의 상자 우측) 위에 앉았다.

영현은 느닷없이 무엇이 생각난다는 듯이 킬킬거리며 말했다.

"석별과 속박—광견병에 걸려들고 있는 게 아닐까? 개가 미쳐 가고 있는 것만 같아. 마치 나나 너처럼……."

"뭐라구? 나까지 미쳐 간다구? 너만이 아니구? 이 세상 모든 사람이 너에게는 미쳐 보이나?"

명길이 비웃음을 얼굴에 매달고서 그렇게 말했다.

영현은 침착을 되찾고 냉정한 어조로 말했다.

"다른 많은 사람이라고 해서 뭐 별 수 있어? 누구나 걸리게 될 수 있는 정신질환이라는 것은 사람마다에 양적인 차이가 있을 뿐이야."

명길도 지지 않고 일침을 가했다.

"너의 미친 눈에만 세상 만물이 빙글빙글 춤추고 거꾸로 섰다 바로 섰다─ 하는 게 아냐?"

영현도 가만히 있지 않았다. 다음과 같이 야유조의 말을 내뱉었다.

"내 눈은 엄청난 난시란 말이지? 또한 내 눈은 도립상을 지울 수 있는 것, 일종의 또 하나의 렌즈를 상실했다는 말이지? 너의 알콜─ 그건 뭐지? 난시 교정물이 아냐?"

"교정물이 아냐. 반대로 난시가 되고 싶었던 거지. 도립상도 한번 보고 싶었고 말야."

"솔직히 말하자면, 직립상을 한번 보고 싶었겠지. 직립상과 도립상이 마구 겹쳐지고 맴도는 꼴을 보고 싶었거나……. 니가 맨 정신일 때의 상은 도립상이 아니면 비스듬히 허공에 걸려 있는 허상으로 눈에 비쳐들었던 게 아냐?"

영현은 낮게 읊조렸다.

개는 간헐적으로 우짖고 있었다. 명길은 밖에서 잠그는 철망 문을 열고 건어를 도로 끄집어냈다. 영현은 낮은 음조로 혼잣말을 하듯이 말했다.

"아마 개는 정말로 미쳐가고 있을 거야. 너나 나는 확실히 식별할 수 없지만 말야. 하지만 동족끼리라면 식별할 수 있겠지. 개는 쉽게 미쳐. 주인과 이별한데다가 더구나 오랜 시간 갇혀 있었으니……."

다시 개가 우짖고 있었다. 명길은 문득 짜증이 난다는 듯 바닥에 놓인 소주 병 하나를 마개를 틀어서 따고 병째로 기울여 몇 모금이나 들이켰다. 그러고 나서 말했다.

"이렇게 내내 우짖는다면 신경질이 나서 못 견딜 걸. 나중에 우리가 잠이나 제대로 잘 수 있겠어?"

영현은 키득거리는가 하면 다음과 같이 비아냥거렸다.

"왜 개의 상자를 가지고 내려왔지? 자업자득이지. 그런데 술은 혼자만 마시지 말아. 개에게도 도립상인지 직립상인지 뭔지 하나 보여 주지 않겠어? 개가 너와 대작하기를 기대하지는 않겠지. 즉 개가 술잔으로 대접받기를 요구하지는 않겠지. 술안주 고기에 알콜을 적셔 주어 봐. 아냐, 그렇게 하면 알콜의 양이 너무 적겠지."

명길은 약간 약이 오른 듯이 빈정댔다.

"이봐, 너의 마법의 연기를 상자 안에다 듬뿍 뿜어 주지 그래. 아냐, 시원스럽게 타면서 생 연기를 풀어내는 그대로를 상자 속에 넣어 주지 그래. 어때?"

명길의 이 말이 끝나자마자 영현은 돌연히 흠칫 놀랐다. 명길에게 감추고 감춘 비밀의 커다란 단서 하나가 전과 달리 확실히 잡혔기 때문이었다. 영현은 억제할 수 없이 풀이 죽은 모습이 얼굴의 표정과 몸의 자세에서 나타났다. 기적이 한 번 울렸다. 이어서 다시 개가 우짖고 있었다. 참을 수 없이 타는 갈증에서 헤어나려는 영현의 내면의 몸부림은 그 진폭이 컸다.

영현은 결국 자괴감을 맛보며 자조적인 표정으로 말을 내뱉었다.

"좋아, 우선 저 상자 속으로 들어가서 얼마 동안 확실한 효과를 거둘 수 있는 것은 나의 연기밖에 없어. 술과 고기만으로는 안 되지."

이 말을 듣자마자 명길은 야유조로 말을 던졌다.

"너의 이상한 담배에 불을 지핀 지도 오래 되지는 않은 것 같은데……. 그때가 철교를 지나올 때였나?"

"알콜이 너의 입에서 떨어져 나갔다가 다시 입에 쏟아 부어진 시간은 무척 오랜 것이었지 그래."

이렇게 영현도 야유조로 말을 비꼬아 던졌다. 그러고는 웃옷의 안주머니에서 다소 긴 궐련을 꺼내서 불을 붙였다. 생 연기가 허공으로 흩어지는 것을 아주 막아 버릴 듯이나 연거푸 몇 모금이나 흡입했다. 그러고는 타 들어가는 끝이 위로 향하도록 쥐고 있었다.

명길은 소주를 병째로 기울여 몇 모금 들이키고는 말했다.

"그렇게 너의 몸의 굴뚝으로 잔뜩 피워 올려 버리면 상자에 들어갈 연기는 어디 남아나겠어? 대체 나의 술 마시기와 시합을 하자는 거야? 아니면 술 마시는 것에 베이스의 화음을 깔아 주는 거야?"

"화음을 깔아 주는 것은 바로 너지."

영현은 자조적으로 혼잣말하듯이 낮은 어조로 그렇게 말했다. 그러고는 한 모금 더 들이키고는 뒤쪽 좌석으로부터 걸어 나와서 개의 상자 앞에 멈춰섰다. 영현은 입으로 나오는 연기를 개의 상자 속으로 내뿜었다. 개가 짖기 시작했다. 영현은 주문을 외듯 지껄였다.

"지금은 놀란 듯 짖고 있지만, 얼마 안 가서 생명 상태를 그대로 유지한 채 소리 없이 열락(悅樂)의 하늘로 승천할 걸."

영현은 말을 끝냄과 동시에 철망으로 된 문을 열고 타는 궐련을 접시에 담아 개의 상자 속으로 집어넣었다. 그것을 상자의 적당한 위치에 놓은 다음 생연기가 밖으로 빠져나오는 것을 막기 위해 차내의 바닥에 있는 거적을 집어 개 상자의 철망을 둘러쳐 막아 버렸다. 이것을 지켜보고 있던 명길이 말했다.

"철저하군!"

"아직 철두철미하지는 못했어. 연기가 이 개의 해골 속 전체를 통과하지는 못할 거야. 연기의 효과가 오래 간다는 것을 보장할 수가 없어. 나중에 또다시 우짖는 것은 질색이야."

"나도 그래."

둘 사이에 잠시 동안 침묵이 이어졌다. 영현의 얼굴에는 야릇한 미소가 번지고 있었다. 그러더니 영현은 혼잣말로 읊조리듯이 낮은 어조로 말했다.

"훨씬 더 조용히 있도록 하는 약을 먹여야 하겠군."

"뭐라구?"

영현은 아무런 응답 없이 웃옷의 안주머니에서 약 봉지와 종이쪽지와 자그마한 스푼을 꺼냈다. 귀이개처럼 생긴 아주 자그마한 스푼으로 봉지에서 가루약을 세심히 가늠해 보면서 종이쪽지에 덜어냈다. 영현은 그것을 개의 상자 위에 놓고는 뒤쪽 좌석 위의 선반에서 보온병을 가져왔다. 병의 마개에 물을 따른 다음, 바닥에 있는 찢어진 건어에 물을 적시고 종이쪽지에 덜어낸 가루약을 건어의 여러 군데에 발랐다. 지켜보고 있던 명길이 다급히 물었다.

"그게 무슨 짓이야? 설마 개를 독살하려는 것은 아니겠지?"

영현은 철망을 막았던 거적을 걷어 내고 철망 문을 열어서 건어를 상자 속에 넣어 주면서 독백하듯이 말했다.

"이 정도의 가루약 양쯤 되면 열두 시간은 잠들게 할 수 있지. 참, 물을 주지 않았군."

영현은 뒤쪽 좌석 위의, 보온병이 있던 그 선반에서 종이 컵을 가져와서 거기에 물을 따른 다음, 그것을 개의 상자 속에 들여놓았다. 그리고는 철망 문을 잠그면서 다시 말했다.

"역시 물부터 핥고 있군. 갈증이 났던가 보지."

영현은 약 봉지와 귀이개 모양의 아주 자그마한 스푼을 웃옷 안주머니에 집어넣었다. 영현의 행동을 내내 관찰하고 있던 명길이 입을 열었다.

"이봐, 너 정말 무슨 마술을 부리는 게 아냐? 아, 이제 고기를 먹는군. 그것도 아주 열심히 말야. 한 마리 더 넣어 줄까?"

"그럴 것 없어. 그 약이라면 그다지 식욕은 생기지 않을 테니까."

명길은 느닷없이 한줄기 불안감이 깃들여진 긴장된 음성으로 물었다.

"이봐, 도대체 너는 조금 전에 뭘 하고 있었던 거야? 그 백색의 가루는 도대체 뭐지? 밀가루? 석회(石灰) 가루? 아니면 수면제야, 소화제야?"

"넌 알 것 없어. 몰라도 돼. 아니, 모르는 것이 좋고 신상에도 해롭지 않아."

"왜 감추기만 하는 거야? 수상하기 그지없군. 그럼 뭘까? 밀수품인 비싼 영양제라도 된다는 말인가?"

떠올랐다 사라지는 미묘한 쓴웃음 후에 영현은 말했다.

"그렇기도 하지."

"그럼 가끔 내게도 좀 주지 그래. 피차 영양 부족 아냐?"

더 한층 야릇한 냉소를 지으며 영현은 다음과 같이 말했다.

"영양제일뿐더러 소화제이지. 너는 아직 소화 불량 사태까지는 안 왔어."

명길은 상대방의 비밀스러운 것을 더 알고 싶다는 듯이 말했다.

"웃옷의 안주머니에 이상한 봉지를 넣고 다니는 것은 이미 알고 있었어. 그런데 어찌하여 내가 보는 앞에서는 한 번도 투약하는 일이 없었지? 왜 그토록 투약하는 사실을 감추고 있었어?"

"투약하는 것을 감춘 게 아니라 사실상 투약하지 않고 있었어."

"거짓말하지 말어."

명길은 이렇게 부정하면서 무엇인지 마음속에서 짚이는 것이 있으면서도 의혹이 생긴다는 듯이 물었다.

"소화 불량이 그토록 창피한가? 무슨 다른 병이 있으면서 다른 사람에게 그걸 감추고 있는 게 아냐? 이봐, 이를테면 성병에라도 걸린 게 아냐? 아니면 암이라도 생긴 게 아냐?"

명길은 언뜻 내뱉은 자신의 마지막 말에 스스로 전율하는 불안한 표정으로 변했다. 그러더니 병째로 기울여 남은 술을 입 안에 쏟아 부었다. 영현은 다시 차내 좌측 뒤쪽 좌석으로 가서 앉았다. 그러고는 고개를 떨어뜨린 채 바닥을 응시하고 있었다. 이윽고 영현의 귀에는 레일 위를 구르는 바퀴의 진동음이 삭막한 음빛깔을 머금고 실제보다 더 큰 음량으로 확대되었다. 이제는 향수마저 상실해 버린 듯한 영현은 혼잣말처럼 지껄였다.

"소화제야. 특효 소화제이지. 인간의 정신 위에 얹히는 부패한 것들의 부담을 쓸어내리고 지워 주는 소화제였어."

"또 무슨 넋두리를 곁들이고 있는 거야?"

현실로 돌아오면서 얼마간 냉정을 되찾은 영현은 말했다.

"너는 벌써 술 한 병을 다 들이켜 버렸군."

"그까짓 것 한 병으로는 간에 기별도 가지 않아."

그러더니 명길은 문득 머리에 떠오르는 것이 있다는 듯이 다시 말했다.

"너는 수수께끼의 인물이었어. 그런데 지금 그 수수께끼 중에 하나가 풀리고 있어. 뭐, 정신의 소화제라구? 누구를 바보로 치부하여 우롱하겠다는 거야?"

"우롱……? 내가 언제 거짓말이라도 했나?"

"하기는 거짓말이 아닐 수도 있지. 인간의 정신 속에 쌓여 있는 부패물을 훑어 내리는 것이라면 그것은 바로 마약을 의미하는 것이 아닐까? 너의 표현이 아주 정확한 것이군."

명길은 한층 더 비꼬는 말투가 되어 있었다. 그 말에 영현은 흠칫 놀랐다.

"뭐라구? 마약? 니 생각은 틀렸어."

그러나 명길은 어려운 퀴즈라도 맞춘 듯이 얼마간 의기양양해졌다. 그러면서 의혹이 생긴다는 듯이 말했다.

"효과가 강력한 진짜 마약이 아니더라도 마약의 일종이겠지. 멋진 가루약이지. 마약이라면 그 마약 가루의 정체는 무엇이며, 또한 마법의 연기는 무엇이며, 어떻게 해서 그런 괴이한 수렁으로 빠져들었지?"

영현은 뒤쪽 좌석에서 일어나 개의 상자로 와서 철망 안을 들여다보면서 말했다.

"이제 정말 조용해졌군. 열락의 웃음을 머금고 있는 것 같아. 이봐, 모주가 양반, 나는 체념했어. 니가 나의 비밀을 얼마간 알아냈다고 하지만 즐거워 할 것은 못 돼. 약에 대해서, 또한 나에 대해서 마음대로 생각해."

영현은 차내 좌측의 뒤쪽 좌석으로 가서 앉은 채 생각했다. 니가 약의 이름이나 성분이 무엇인지 정확히 알 필요가 있을까? 너나 내가 아무 것도 먹고 마시지 않고서 진지한 척하면서 앉아 있을 때, 직립상을 보는지, 도립상을 보는지 정확히 알 수 없기 때문에……

그대로 앉아 있는 명길은 어디서 들은 적이 있는 것 같다고 생각하며 말했다.

"공포의 백색 가루라……, 나는 그 정체를 알고 싶어. 궁금해."

영현은 대꾸하지 않고 생각을 이어갔다. 너는 그 가루약의 정체가 무엇인지 그 주위에 접근해서 맴돌 수는 있겠지. 그러나 그 진짜 핵심에 대해서는 알 수 없어. 자아식, 너는 궁금한 것도 많아.

생각에서 빠져나온 영현은 한마디 대꾸해 주었다.

"니가 투약하지 않을 바에야 알 필요가 있을까?"

"술을 많이 들이키는 나, 일종의 중독자인 나로서 알 필요가 있어. 정말 알고 싶어."

영현은 생각했다. 중독자라구? 자아식, 솔직해서 좋군. 나의 비밀을 열어 보라는 말이야? 그토록 궁금해? 그렇다면 내가 알려 주지. 너는 나의 비밀의 여지를 얼마간 체념하도록 만드는군. 튼튼한 옛 성벽을 얼마간 허물도록 만드는군.

"내가 잠을 청하기 위해 투약하는 것을 본 일이 있어?"

"전혀 본 일이 없어."

영현은 생각했다. 하긴 그렇지. 여기서 투약하는 경우는 니가 잠들어 있을 때였으니까.

영현은 입을 열었다.

"그토록 그 약의 정체를 알고 싶어?"

"그래, 그렇다니까."

"수면을 유도하는 마, 마약이야. 그러니까 나는 수면제 중독자일 뿐이야. 그 약은 바로 헤로인이라는 이름표를 달고 있지. 몸과 마음의 통증을 없애 주고 아늑한 기분 속에 빠져들게 하면서 수면을 유도하기까지 하는 것이 헤로인이야. 그러니까 아편의 작용과 유사한 데가 있지."

"헤로인이라……? 어디서 좀 들어 본 말 같은데. 그러니까 이 개는 가만히 있는 정도가 아니라 곧 잠들겠군. 그런데 '마법의 연기'란 그 정체가 뭐야?"

영현은 약간 화를 낼 듯하더니 얼굴에 씁쓸한 웃음을 그렸다.

"내가 연기를 피워 올리는 궐련 같은 것은 마리화나 즉 대마초라는 것이야. 환각제이지. 이제 궁금증이 사라지고 시원해졌어?"

"나는 대강 짐작만 하고 있었지. 내가 '마법의 연기'라고 넘겨짚어 말한 적은 있다 할지라도."

기적의 음이 아련하게 가물거렸다. 영현은 탁자의 서랍에서 콜라병과 종이컵을 내었다. 콜라병의 마개를 틀어서 종이컵에 콜라를 따랐다. 그리고 웃옷의 안주머니에서 약봉지와 귀이개 모양의 아주 작은 스푼과 종이쪽지를 끄집어내었다. 그러고는 개의 상자와 멀지 않은, 그것의 좌측에 있는 사과 상자 위에 앉았다. 지켜보고 있던 명길이 물었다.

"그게 바로 헤로인이야? 과연 너는 수면제 중독자일 뿐일까?"

"나에게서 무엇이든 다 빼앗아 가 버려. 무엇이든 다 내주어 버릴 테니까."

영현은 신경질적이며 격앙된 음성으로 말했다. 명길은 달래는 듯한 어조가 되었다.

"빼앗아 가는 게 아냐. 너의 친구가 되는 나도 좀 알아야 되지 않겠어?"

영현은 흥분을 가라앉히고 다소간 체념적으로 말했다.

"이제 나에게서 빼앗아 갈 것은 다 가져갔으니 사실대로 말하지. 이것은 바로 필로폰이야. 헤로인이 진정제라면 필로폰은 흥분제이지. 이것은 중추 신경에 작용하여 활력을 일으켜 주지. 이것은 보통 팔뚝에 주사하여 투약하지. 그러나 주사기를 꽂는 것은 징그러워서 주사하지 않는 대신에 투약량을 조금 더 늘려서 카페인과 함께 복용하는 것이 나의 습관이야. 콜라나 커피와 함께 말이지."

영현은 귀이개 모양의 아주 자그마한 스푼으로 가루약을 가늠해 보면서 종이쪽지에 떠냈다. 영현은 필로폰을 입에 털어 놓고 콜라를 연거푸 두 잔 마시고 잠시 일어나서 주문을 외듯이 말했다.

"여기 내 곁에 지독한 술꾼이 있습니다. 이 친구보다도 한 수 더 뜨게 해 주소서. 각성과 흥분의 신이여, 나에게 훨훨 날 수 있는 날개를 달아 주소서! 아니면 페르시아의 날아다니는 카펫을 태워 주소서!"

"문자 그대로 아라비아 풍이군. 너도 마음속에 맺힌 것을 밖으로 발산하는 숫기가 있군."

그러면서 명길은 차내의 바닥에 방치해 둔 소주병을 보고 두 병의 소주는 화물 더미 속에 감추고는 또 소주 한 병을 마개를 틀어서 따고 병을 그대로 입에 대고 꿀꺽 꿀꺽 들이켰다. 병의 반쯤을 마시고 나서 개의 상자 위에 있는 건어를 찢어서 씹었다. 명길은 그러고 나서 잠시 만에 남은 술의 병을 비워 버렸다. 명길은 흥분의 도가 상승되는 것을 느끼고는 영현에게 물었다.

"술의 신의 이름이 뭐지?"

"디오니소스이지."

일어서 있던 영현은 사과 상자 위에 앉으며 대답했다.

"술의 신 디오니소스여, 나에게도 날아다니는 카펫을 주소서!"

"우리 다 함께 올림포스 위로 승천하게 해 주소서!"

영현의 숫기 어린 환희가 또 한 번 가슴을 파열하고 밖으로 터져 나왔다.

다시 선 채로 있던 영현은 차내 좌측 뒤쪽 자기 자리로 가서 마시고 남은 콜라의 병을 사무용 탁자 위에 있던 마개로 막고는 선반 위에 얹었다. 그러고는 자기 자리인 뒤쪽 좌석에 앉았다.

영현은 마치 생각과 말의 상대자가 자신이고, 명길은 제3의 구경꾼인 듯이 관심을 나타내지 않고 생각을 했다. 진정(鎭靜), 흥분, 각성, 명정(酩酊), 도취, 환각…… 이런 지경으로 끌어올려 주는 것이 바로 마법의 연기이고 '가루약'이지. 영현은 마음속까지의 절대의 침묵을 지키고 있다가 문득 소리를 터뜨려 발성을 했다.

"국산 대마초―이것이 바로 '가루약'의 시발점이었어. 아무런 언어 없는 숙명적 계약이었지. 그리고 '가루약'과는 화음이며 대위법이었어."

명길은 실내 좌측 앞쪽 좌석인 자기 자리로 와서 왼쪽 벽에 등을 기대고 다리를 뻗고 앉아서 말했다.

"만일 니가 술로 시작했다면 끝까지 외가닥의 현란한 노랫가락으로 남았을 텐데."

영현은 명길의 말에 아랑곳없이 침묵의 숲 아래에서 자기 자신 홀로만의 생각을 이어갔다. 내가 K 미군 부대에서 복무하던 시절에 심심치 않게 마리화나와 필로폰과 헤로인이 부대 안으로 들어왔었지. 많은 미군들이 한쪽 방에 몰래 모여서 마리화나를 피우거나 필로폰을 투약하고 난 후 도취 상태에 빠져 환각 세계에 잠기기 위하여 소리 없이 이리 뒹굴고 저리 뒹구는 것은 참으로 가관이었어. 그런데 한번은 마리화나와 필로폰이 대량으로 부대 안으로 들어왔지. 그때 나는 판매꾼인 미군이 그것들을 감추어 놓은 곳을 찾아내고 통째로 훔쳐 내 버렸지. 그때 그 미군은 그 마약류를 도둑맞은 것을 알고서도 발설할 수가 없었기 때문에 말 한마디 못하고 벙어리 냉가슴 앓듯이 잠자코 있었어. 그때와 또 여러 번 훔쳐내었던 것들을 그때그때마다 몰래 부대 담 너머로 기술적으로 유출해 내었어. 그것들이 모여서 오래도록 나의 재산으로 남게 되었어.

생각의 흐름 속으로부터 빠져나온 영현은 혼잣말처럼 지껄였다.

"나는 국산 대마초나 중미의 마리화나만 피워 본 게 아냐. 초강력 대마초인 '타이스틱'도 피워 보았어. 얼마간의 필로폰을 처분한 돈으로 사서 말이야. '타이스틱'은 보통 대마초보다 8배 내지 10배의 환각 작용을 하지. …… 어찌 그뿐이랴! 내가 불법으로 소지하고 있는 마약류는 마리화나, 헤로인, 필로폰뿐만이 아냐. 제5의 마약이 또 있지. 그이름은? 히히킬킬, 극비로 숨겨진 최후의 무기는 결코 발설할 수 없지. 역시 필로폰을 얼마간 처분했을 때 구입한 거야. 호밀 곰팡이에서 추출한, 세상에 알려진 것 중 가장 강력한 환각제이지. 무미·무취의 백색 분말……. 나는 딱 1회 복용량만 소지하고 있어. 가장 위급할 때 쓰려고."

"너는 겉보기와는 다른 면이 있군. 너는 걸어 다니는 마약 창고이구면. 그리고 너야말로 도둑에다가 협잡꾼이로군. 너는 투약하고 연기를 피어 올려댔지만 여태껏 마약 단속반에게 단 한 번도 걸려 본 적이 없지?"

의외로 놀란 명길이 말을 받으면서 물었다. 영현은 투약으로 기분이 상승 기류를 타듯이 좋아져 감을 느끼고는 별로 짜증을 내지 않고 말했다.

"그래, 없어! 세상 바깥으로 몸을 숨기고 나의 외계에 대해 반항하기 위하여 이 찻간에 오른 것이 아니었겠어? 향정신성 의약품 관리법과 대마 관리법의 위반이지."

"만약 일이 잘못되면 여태까지 함께 이 찻간에 타고 있었으므로 나까지 걸려들지 않을까?"

"이봐, 바로 내가 너의 결백에 대한 증인이야. 걱정 말어. 나는 남에게 해를 끼치고 마음 편할 인간이 아냐."

그러더니 영현은 상대방에게 말할 기회를 주지 않고 비웃으며 다시 말했다.

"나는 벌거벗은 신사로서 이 땅에 태어났어. 그러고는 단 몇 분 안으로 옷 입은 협잡꾼이 되었지. 이 땅과 지붕과 벽과 관련하여 핍박 받은 자가 쉽게 잠들 수 있다고 생각해? 졸기는 쉬워. 그러나 정식으로 잠들기는 어려워. 편히 누워서 죽지 않는 한 말이지."

말을 마친 영현은 잠시 생각에 잠겼다. 졸고 있는 시간에도 내 몸의 조직들을 얽어매는 끈이며 나사들의 세포들이 풀려서 시나브로 바닥으로 떨어져 내리는 소리가 들렸어. 늦가을 날 뿌리로 향해 수액을 내려 보내고만 고목의 황폐……. 매몰찬 바람에 지쳐서 찡그리다 못해 키들거리는 나뭇가지의 웃음소리…….

영현은 침묵의 쉼표의 진행을 마치고 입을 열었다.

"나뭇가지의 웃음소리에 박자를 맞추며 뱅글뱅글 춤을 추면서 아래로 떨어져 내리는 낙엽의 소리……. 나는 거울 속에서, 낙엽 소리가 나는 내면의 영혼마저 찢겨져 버린, 숨 쉬고 있는 나의 시체를 보았어. 그 창백한 시체는 조직이 해체될 듯 흐물거리고 있었어."

차내 좌측 앞쪽 좌석에 앉아 있던 명길은 어느새 졸고 있었다. 기분이 상승 기류를 탄 것을 좀 더 확실히 느끼게 된 영현은 혼잣말로 지껄였다.

"마리화나와 가루약……, 그것들만이 나의 숨 쉬는 창백한 시체를 무릉도원으로 끌어올려 주었어."

명길은 좌측 벽에 기대어 얼마간 졸고 있는 상태에서 다음과 같이 비꼬고 있었다.

"한국 땅도 제대로 밟아 보지 못한 자에게, 그리고 복숭아도 마음껏 먹어 보지 못한 작자에게 무슨 무릉도원이야?"

영현은 명길의 말이 전혀 귓전에 닿지도 않는다는 듯이,

나지막하게 시를 읊조리듯이 말했다.

"아니, 연기와 가루약은 무릉도원을 건너 진실한 생명의 골짜기에다 나를 내려놓아 주었지. 수백 년 묵은 나무숲으로 우거진 골짜기, 목관악기의 고운 음률 같은 새와 풀벌레 소리의 은은한 흔들림, 물안개가 퍼져 오르는 폭포, 오밀조밀 구부러져 돌아가는 호수, 그 위의 낚싯배……."

읊조림을 멈춘 영현은 좌석 등받이에 기댄 채 눈을 감았다. 명길은 벽에 기대어 눈을 감은 채 비아냥거리듯이 중얼거렸다.

"배 위에 잘도 둥둥 떠가고 있군. 쓰레기 실은 거룻배 위에서 말이지. 무릉도원으로 건너뛰려면 아직은 좀 이를 걸. 굴뚝에 몰아넣은 연기의 양이 아직은 좀 부족할 지도 모르니 말이야. 나의 술병을 쥐고서 몇 모금 들이키는 게 어때? 그러면 건너뛸 수 있지."

영현도 다음과 같이 비꼬듯이 말했다.

"잠꼬대하는 거야? 아니면 졸고 있는 척하는 거야? 어쨌든 너의 건전하다는 시력도, 직립상도 별수 없는 것이군."

영현은 이러면서 잠시 침묵을 지키더니 허공을 응시하며 외치듯 말했다.

"진실한 생명……, 진짜의 삶은 바로 그것이었어. 바로 그것……."

"그것이라니, 그것이 무엇이야?"

영현은 직설적으로 대답하지 않고 끊어졌던 자신의 혼잣
말을 이어가듯이 절규했다.

"바로 그것! 바로 눈앞에 없는 것을 망원경을 통해서 보
는 것-현실이 아닌 것을 보는 것……, 아냐, 현실에서 비켜
서 있기 때문에, 현실에서 건너뛰어 버렸기 때문에, 현실이
아닌 것처럼 보이는 것-사실은 바로 진짜의 현실을 보는
것……."

영현은 좌석에서 일어나서 적재된 화물 더미를 배경으로
통로를 왔다 갔다 하고 있었다. 때로는 팔짱을 끼면서, 때
로는 멈추어 서기도 하면서. 그러면서 병원에서 진료를 받
던 과거를 회상했다.

그에게는 열차 바퀴의 음향이 삭막한 음빛깔을 띄고 얼
마간 확대되어 귓속으로 스며들었다. 문득 기적 소리가 쓸
쓸한 음색을 머금은 채 울렸다.

새로운 생명을 불어넣기 위한 여호와의 진흙인 양 영현
의 육신을 주물럭거리던 의사는 연기의 흡입과 가루약의
투약을 끊으라고 설득했다.

"그것들의 흡입과 투약은 생명의 계율에 대한 이단 행위
요."

"그럼 의사 선생님은 저를 위해서 무엇을 해 줄 수 있다
는 말이죠?"

영현은 간절하게 호소하듯 물었다.

"원, 조급스럽기도 하구먼. 내 말에 귀를 기울이시오. 대다수의 약은 인간 생명으로의 침입자, 곧 박테리아나 바이러스의 살해를 목적으로 하고 있소. 그러나 마약은 인간의 세포 자체의 기능을 약화시키거나 죽이는 것이오. 왜냐구? 박테리아 등을 제외한 인간 유기체의 조직 내에서도 집권당과 반역도가 병존하고 있소. 그런데 마약은 이 두 그룹 중 어느 한쪽 또는 전체를 약화시키거나 마취시키는 것이오. 그래서 투약은 육신과 정신 전체를 화려한 축제의 난무장으로 만들지. 이것은 분열된 파당들의 억지 통일이오. 그러나 축제가 끝난 어질러진 고요한 무도장에서 다시 파당끼리의 싸움이 시작되는 것이오. 더한층 격렬한 난투……. 따라서 생명의 계율에 대한 이단이 아니고 무엇이오?"

병원 내에 아늑한 분위기를 던지는 정원에 한참 동안 눈길을 던지던 영현은 절박감에 쫓기며 물었다.

"그럼 저에 대한 구제 방식은 무엇입니까? 선생님께서 한번 최후의 심판을 내려 보십시오."

의사는 정원 밖의 차도에서 클랙슨 소리가 멈추기를 기다렸다 말했다.

"길은 오직 하나밖에 없소. 이제부터 그것들을 투약하지 않고 또한 흡입하지 않는 길밖에 없지. 그래서 입원하여 치료를 받아야 해요. 우선 자수해야 하지. 검찰청의 수사대에 말이오."

영현은 섬쩍지근한 표정이 되었다. 그는 진초록 빛으로
된 벽을 응시했다. 진초록 벽의 일부가 돌출하여 그를 밖으
로 내칠 것만 같았다. 영현은 무한한 고립감 속에 빠져들었
다. 그 깊은 고립감은 진초록으로 자란 풀잎들의 무성함과
대조를 이루어 자신은 죽음의 냄새를 풍기는 듯만 싶었다.

나는 이제 틀렸어. 창 밖에서 진초록 빛으로 무성히 자라
난 신록 속의 한 나무 둥치가 그를 비웃으며 성큼성큼 걸어
나와서 그를 삼킬 듯만 싶었다.

"뭐, 자수라구요?"

"그렇소."

영현은 바깥 차도에서 울려오는 차의 클랙슨 소리가 뇌
를 찌르는 듯한 느낌에서 벗어나지 못할 지경이었다. 그는
힘을 사그라뜨리는 현실에서 완전히 벗어나지 못한 채 물
었다.

"입원 치료의 방법은 어떤 것입니까? 치료의 과정에서
약을 먹게 하거나 주사를 하지는 않나요?"

"물론 약도 주고 주사도 하지."

"도대체 어떤 약들이오?"

"약에 대해서 모르는 사람에게는 알려 줄 수 없어요. 단,
마약보다는 훨씬 나은 것이라는 점만은 말할 수 있소."

"훨씬 나은 점이라니오? 아무리 영약이라 할지라도 모든

생명체에 대한 살해자가 된다는 점은 동일하지 않을까요? 박테리아나 바이러스라는 강하고 집념어린 생명체를 살해함과 동시에 인간의 위 벽과 간에 대한 살해 음모를 갖고 있지 않을까요? 파괴와 희생 없는 혁명은 어렵듯이 말이오."

"당신에게 의사 자격증이 없는 것이 탈이군. 마음대로 생각하시오."

의사는 역정을 내었다. 고독에 내몰린 영현은 그 막다른 골목에서 쫓길 수만은 없다는 듯이 힘을 실어 말했다.

"좋아요. 의사 선생님의 말씀에 승복하지 않는다는 것은 아니오. 다만 저로서는 피할 수 없는 여건이 있으므로 자수하거나 입원할 수는 없어요. 그러나 입원하는 것 이상으로 최선의 외길을 택해서 삶의 길을 걷겠어요."

병원에서 나온 영현은 길을 걸으면서 굳은 결심을 했었다. 그러고는 마음속에서, 옛날 이스라엘의 괴벽스러운 선지자들처럼 고행의 황야를 헤매고 있었다. 숱한 낮과 밤에 걸쳐서였다. 여러 날에 걸쳐 단식까지 감행했다. 위와 뇌에 끼얹어졌던 부담과 해독을 풀어 주기 위해서였다. 고행은 상당한 시일에 걸쳐서 계속되었다.

그러나 기나긴 고행의 황야―마음속의 황야―그 끝 낭떠러지 위에서 영현은 아무것도 얻은 것이 없었다. 기다리던 자신의 자신에 대한 계시는 나타나지 않았다. 겸허한 깨달음이 있었다면, 연기와 가루약을 끊기 위해 바쳐진 그의 인생과 시간이 아깝다는 것이었다. 끊을 때까지의 시간 동안에는 죽어 있어야 하는 것이었다. 왜 산 사람이 호흡 한번 크게 못하며 한 줄기 삶의 빛이라도 발하지 못해야 될까? 그것도 죽은 것이 아닐까? 산다는 것이 그토록 고귀한 것일까? 맥없이, 한 줄기 빛도 없이 간신히 산다는 것이……? 그렇게 산다는 것도 수명의 계산에 끼워 넣어야 할까? 이렇게 죽으나 저렇게 죽으나 죽는다는 것은 마찬가지가 아닐까? 더욱더 황야를 헤맨다? 그러면 어디까지……? 다시 눈앞에 남아 있을 광야에 못 이르러 쓰러질 때까지?

영현은 얼마간의 환각 상태에서 화물 더미 앞의 통로를 따라 왔다 갔다 하며, 위와 같은 사념에 빠져 있다가 얼마간 심심한 듯 한마디 지껄였다.

"결국 모든 것들은 많은 것을 차지하면서 활동하기 위해서 서로 갈라져 싸우지만, 그것은 소리 없는 피폐와 갈가리 찢겨지고 흩어지는 해체를 재촉하는 것에 지나지 않았어."

좌측 앞쪽 좌석에서 다리를 뻗고 벽에 기대어 가수면 상태에 있던 명길은 한동안 조용해져 있다가 영현이 말소리를 내는 것을 듣고 나서 다음과 같이 지껄였다.

"갈라져 싸워? 그렇지. 식물은 식물들끼리, 동물은 동물들끼리, 그리고 동물과 육식식물끼리이지. 다시 동물은 서로 다른 종속(種屬)들끼리, 다른 종족들끼리, 이번엔 같은 종족들끼리이지. 다음으로는 인간과 동물끼리, 다시 국가는 국가끼리, 인종과 인종끼리이지. 그 다음으로는 조직과 조직끼리, 계층과 계층끼리, 강자와 약자끼리, 부자와 빈자끼리, 그리고 여자를 사이에 두고 남자와 남자끼리이지. 또한 잠들고자 하는 나와 시끄럽게 왔다 갔다 배회하는 너와의 사이에도 마찬가지이지. 곧 알콜과 가루약끼리……."

영현은 자신의 고조된 정신 상태를 깨뜨릴지 모르는 명길의 횡설수설하는 소리가 역겨운 듯 다음과 같이 지껄여댔다.

"그래, 좋아. 마지막으로는 한 인간 개체 내에서 세포와 세포 사이의 알력이겠지. 아라비아 향이 깃들인, 연기와 가루약이 없을 때 말이지. 한 울타리 안에서 이해가 상반된 둘 이상의 파당들……. 움직였다가는 쓰러져야 할 운명의 그림자를 드리우고 있는 세포들……. 마음속의 황야의 끝 낭떠러지 위에 선 내 몸뚱이 속에서 부단히 아우성치는 소리가 들렸어. 나 세포는 옳고, 너 세포는 틀려. 우리 세포들이 더욱 왕성히 활동하기 위해서는 너희네 세포들은 납작 엎드려야 돼."

영현은 자신의 동작을 정지시키면서 잠시 침묵을 지켰다. 그러나 상대방의 말을 막으려는 듯이 낮고 쓸쓸한 어조로 다시 말했다.

"결국 치료라는 것은 무엇이었을까? 그것은 생명의 율법에 대한 이단 행위를 범한 것에 대해 벌을 받는 것에 불과했어. 어쩌면 영구 치료, 즉 시한 없는 벌을 받을 뻔했지. 그리고 벌이라는 말의 필연적 암시성에 아주 알맞게, 그 벌은 빈번한 쓰러짐과 고통을 재촉하는 것이었지."

명길은 혼곤하게 잠 속에 빠져 잠꼬대를 했다.

"주, 죽어 없어져 버려! 다, 답답한 녀석 같으니……. 너 때문에 내, 내가 얼마나 울화통이 터, 터진 줄 알아? 허구헌 날 술병 나팔을 얼마나 불었던가? 토, 통장에 저축되어야 했을 돈이 얼마나 축내어진 줄 알아?"

영현은 어처구니가 없었다.

"해몽이 참 힘든 어려운 꿈을 꾸고 있군. 욕설의 대상은 나야, 돈이야. 아니면 너 자신이야? 아니면 이들 모두야? 과거, 현재, 미래의 앞뒤가 교묘하게 딱 들어맞는 아이러니의 집합체, 이것이 바로 꿈이지. 어쨌든 꿈은 꿈이거니와 또한 현실임에 틀림없어. 단지 현미경을 눈앞에다 들이대는 현실이지. 나처럼 망원경을 들이대는 현실과 커다란 차이는 없지."

잠시 동안 갑갑한 정적이 흐르고 있었다. 이어서 삭막하고 갈증을 불러일으키는 메마른 음색인 열차의 진동음이 영현의 귀에는 확대되어 귓전을 두드리고 있었다. 영현은 고조된 정신 속에서 절규하듯 말을 내뱉었다.

"결국 나는 다시 시작하지 않을 수 없었어."

명길이 잠꼬대를 하면서 물었다.

"이봐, 뭐라구 그, 그랬어? 무, 무엇을 다, 다시 시작했다구? 내게 대한 욕설을?"

"이봐, 잠이나 자! …… 그때 피어오르는 연기의 흡입과 가루약의 투약을 다시 시작했다는 말이야."

명길은 갑자기 일어나서 좌석 아래 가방에서 보온병을 끄집어내서 뚜껑을 열고 그대로 입을 대서 물을 들이켰다. 그리고는 좌석으로부터 개의 상자로 와서 철망 안을 들여다보았다. 그리고는 명길은 개의 상자 위에 앉으며 말했다.

"이제 개는 조용히 잠들었군. 나는 어찌 잠을 들 수가 있어야지. 지껄여 대는 소리는 그다지 많지 않았지만 이리저리 서성거리는 니가 마음에 걸려서 말이야."

"너, 명길은 한숨도 못 잔 것처럼 생각하는군. 그만하면 한숨은 잔 셈이야. 입이 사나워서 탈이었지만."

명길은 '아차'— 하는 생각이 들어 영현에게 물었다.

"내가 무슨 실수나 헛소리라도 했나? 하긴 졸기 시작할 무렵 무슨 군소리 같이 투덜댄 것 같기는 하다만."

"아니, 아무 일도 없었어. 너는 물론이고 나 역시 그랬어."

"그럼 무엇을 다시 시작하지 않을 수 없는 것이었어?"

영현은 쓸쓸한 자조의 미소를 지으며 대답했다.

"나도 모르겠어. 아마 횡설수설이었겠지."

영현은 말을 끊고 마음속에서 혼잣말을 했다. 입으로부터 쉽사리 발산되어 나오지 못하는 소리의, 그리고 표정과 동작과 함께 안타깝게 출몰하는 소리의 그림자였겠지.

잠시간의 침묵을 명길이 깨뜨렸다.

"별로 의미 없는 횡설수설이라……. 바로 그것이군. 마법의 연기와 가루약에 관한 것……. 그것들을 다시 피우고 투약하기 시작했다는 말이겠지. 이미 너는 비밀이 탄로 난 게 아냐? 다시 시작해서 어떻게 되었다는 말이지?"

이러면서 명길은 다시 보온병의 물을 들이키고는 화물 더미 속에 감추어 둔 두 개의 술병 중 하나를 끄집어냈다. 병마개를 틀어서 따고 종이컵에 소주를 부어 쉽사리 반쯤 마시고는 개의 상자로부터 우측으로 꽤 떨어진, 찻간의 좌우를 볼 때 중앙쯤에 있는 쌀자루에 앉아서 종이컵을 바닥에 내려놓았다. 그러고는 군밤을 꺼내어 까기 시작했다. 영현은 좀 의아스러운 듯이 생각에 잠기다가 물었다.

"술이 깨기도 전에 또 들이키는군."

"그야 그렇지. 주태백인 나는……."

영현은 차내 우측에서 화물 더미를 뒤로 하고 명길의 우측 사과 상자 위에 앉으며, 마치 상대방이 곁에 있음을 의식하지 못하는 것처럼 혼잣말투로 입을 열었다.

"나에게 있어서는 가루약과 연기를 들이키는 것도 들이키지 않는 것도 모두 생명의 법칙에 위배되는 것이었어. 이 지상의 어느 구석에서 진정한 삶, 진짜의 인생을 찾을 수 있을까?"

명길은 컵에 남은 술을 다 들이키고는 의외로 진지하게 말했다.

"이봐, 영현이, 그렇더라도 어느 쪽이 보다 진실한 인생에 가까운 것이었나? 비교하자면 말이야. 연기를 들이키는 것과 들이키지 않는 것 가운데서 말이야?"

영현은 난색을 보이며 침묵을 지킨 채 마음속으로 생각을 이어갔다. 그건 몹시 어려운 질문이군. 그러나 나로서 쉽게 대답할 수는 있어. 그야 연기를 들이키는 쪽이었다고 대답할 수 있지. 세포 전쟁에서 분열되고 대치된 상태보다는 휴전과 그리고 억지 통일 후의 난무가 더 행복한 것이 아닐까? 축제 때의 화려하고 황홀한, 군무와 노래와 승천…… 너의 술 마시는 것과는 비교가 안 돼.

영현은 침묵 아래의 생각을 꺼 버리고 말의 발성을 통해 의사 표시를 했다.

"축제가 끝난 허허롭고 어질러진 공터의 풍경이 처참스러웠던 것은 모르는 바 아니지. 그렇기 때문에 또 다른 축제를 위해서 더한층 위로 비상해야 하지 않겠어? 이 지상에서는 도저히 메울 수 없는 공허감—그것은 비상하여 다시 올라앉은 구름 위에서만이 다시 메워질 수밖에 없지 않아?"

"그러나 또다시 추락하지 않나?"

명길의 말에 영현은 침울하고 자신 없는 그 혼자만의 황폐한 고독의 표정을 싸늘한 웃음으로 지웠다.

"나만이 비상하는 게 아니야. 많은 사람들도 실상은 이 지상으로부터 살짝 떠서 부유하고 있어. 이 지상 위를 낮게 포복할 때는, 많은 사람들이 사랑하고 칭송하는 꽃도 사실은 존재하지 않아. 꽃은 물과 탄소와 다른 분자들이 해체되지 않기 위하여 서로 꽉 얽혀 있는 '다발'에 지나지 않아. 그것은 바로 암흑의 다발이지. 꽃은 원래 생식기이니까, 꽃은 또한 암흑에 갇혀진 검정빛의 생식기에 지나지 않지. 암흑의 다발, 검정빛의 생식기……."

영현은 말을 마치고 입을 다물었으나 소리의 발성이 없는 마음속의 언어를 이어갔다. 그러나 인간의 몸뚱이와 눈과 정신은 흙 위에 나지막이 가라앉아 있기만 하지는 않아. 흙으로부터 조금 떠올라서 부유할 때, 바로 그 암흑의 다발이 태양빛으로 인하여 화려하게 반사되고 있을 뿐이지. 꽃이 웃고 있다구? 꽃이 웃고 있는 것이 아니야. 태양빛으로 인하여 간신히 자기의 색깔을 전달하고 있는 암흑의 다발을 향하여 인간이 웃고 있을 뿐이야.

살짝 비웃음을 얼굴에 띄우며 명길이 말했다.

"나도 공중으로 향하여 제법 떠오른다는 말이군. 너만큼은 높지 않게, 살포시 부유하는 정도의 사람들보다는 높게 말이지."

영현은 다음과 같이 야유조로 빈정거렸다.

"너는 서울의 남산 같은 야산을 훨훨 날아다니기도 하지. 그런가 하면 납작 엎드려 흙바닥을 들여다보기도 하지. 누군가 지갑이나 떨어뜨리지 않았나 하고 기웃거리며, 때로는 누군가 종이돈이나 동전을 떨어뜨리지 않았나 하며……."

영현은 야유 뒤에 엄습하는 허탈감에 빠졌다. 열차 바퀴가 레일을 울려 놓는 삭막한 진동음이 그에게는 확대되어 그의 귓전을 두들겼다. 가물가물 꼬리를 흔들다가 사라져 버리는 기적의 여운이 그의 가슴에 쓸쓸하게 배어들었다.

억지로라도 쾌활해질 수 없다는 듯이 그의 뇌는 마음속의 쓸쓸한 언어를 풀어놓고 있었다. 다음과 같은 내용이었다. 세월이 너무 흘러 버린 것이었다. 처음과 같은 양의 투약이나 흡입이 무릉도원으로 건너다 줄 힘을 잃은 것은 이미 오래 전의 일이었다. 증량을 막기 위해 투약과 흡입을 중단하기도 했었다. 시한부 고행이었다. 마리화나의 연기와 가루약 속에 숨어 있는 지중해의 동굴, 그 속에 페르시아의 향에 휩싸여 요염하게 도사리고 있는 요정들이 그가 비상하도록 해 주었었다. 그러나 요정들도 세월의 권태를 느꼈던지 두 배 이상의 양이 작용해야 만이 비상의 날개가 펴지는 것 같았다. 그리고 그의 몸속에서 세포들은 요정들을 따라나서기 위하여 지독한 향의 강세에 시달리면서도 더욱 강렬한 죽음의 춤을 추는 것이었다. 영현은 돌발적으로 솟아오르는 차가운 쓴웃음을 지으며 고조된 음의 발성을 터뜨렸다.

"그러한 희생 없이 어찌 감히 고조된 생의 진실을 구걸하여 맛볼 수 있으리오?"

이윽고 열차가 철교를 건너는 세차고 요란한 음향이 영현의 귓전을 때렸다. 마치 몰락을 앞에다 두고 있는 듯한 긴박감에 영현은 몸을 떨었다. 긴박감을 한차례 더 환기시켜 주듯이 꼬리를 흔드는 기적 소리가 패여진 가슴에 스며들었다. 열차가 철교를 다 건너자 영현은 절박감에 휩싸여 절규하듯 입을 열었다.

"그러면 나의 생애에서 무엇이 연기와 가루약이 있는 땅으로 나를 인도하였냐구? 명길이 니가 알콜에 대한 경건한 신앙을 얻었듯이……?"

영현은 다시 일어나서 화물 더미를 배경으로 화물이 거의 없는 통로를 따라 서서히 서성거리기 시작했다. 영현이 서성거리는 것이 좀 의아하고 이상하다는 표정으로, 여전히 앉아 있는 명길이 말했다.

"연기와 가루약만을 숭상하지 말고 술도 한번 곁들여 마셔 봐. 지금 당장에 말이야. 그리해야 연기와 가루약에 대한 신앙도 좀 변할 게 아니야? 글쎄, 남의 말도 좀 받아들일 줄 알아야 돼. 그리고 남의 말도 믿을 줄 알아야 돼."

이 말에 영현은 짜증을 내었다.

"못 믿고 못 받아들이는 게 아니야. 나에게는 직감이라는 게 있지."

"그게 바로 고집이라는 게 아니야?"

"아니야."

영현의 말은 이렇게 짤막했으나 침묵의 쉼표 아래를 생각이 흘러가고 있었다. 또한 실상 알콜도 무서운 거야. 너의 말대로 연기와 가루약에 대한 신앙이 변한다 해도 얼마나 변할 건가? 이토록 세월을 삭혀 버린 이 시점에서…….

그러다가 영현은 문득 생각의 표면으로 떠오르는 것이 있어서 말하기 시작했다.

"조금 전에 내가 너 자신과 나 자신에게 무슨 질문을 던졌지? 아, 그렇지. 나의 생애에서 무엇이 연기와 가루약이 있는 땅으로 인도하였느냐구? 그 대답은 복잡하면서도 단순화시킬 수 있는 거지. 말하자면 이 세상에 갓 태어나게 한 나의 운명이 이미 그러한 땅으로 방향을 돌려놓고 있었다고 할 수 있어. 나의 기억이 미치는 한 내 인생의 시초는 고아원의 아이로부터 비롯했어."

명길이 다음과 같이 상대방의 말을 받았다.

"뭐라구? 현재의 너의 모습이 고아 그 자체일 수밖에 없다는 사실은 누구보다도 내가 잘 알고 있어. 그러나 애초부터가 혈혈단신의 아이였다는 사실은 뜻밖의 일인 걸."

"현재와 그때가 다른 점이 있다면, 그때는 나이가 어리다는 것, 그리고 인정받는 성실한 원아였다는 것이지. 원내 교회에서도 착실한 어린 양에다가 성가대의 리더 격의 노래꾼이었지. 거기다가 착실한 공부꾼으로 인정되었기 때문에 고등학교까지 무난히 마칠 수 있었지."

영현의 휩싸여져 있는 침묵의 틈을 명길의 다음의 말이 비집고 들어갔다.

"지금도 '꾼'임에는 틀림 없지. 내면은 착실한 자이고."

"그런데 내가 고등학교 졸업 학년 때 이상한 일이 벌어졌지. 교회의 장로이기도 했던 원장이 젊은 보모와 함께 어디론가 뺑소니쳐 버렸지. 고아원의 꼴은 말이 아니었어. 배신당한 원장 부인이 간신히 고아원을 꾸려나가기는 했지. 하지만 내가 이전에 품었던 낙관적 예상은 거의 뒤집어지고 말았어. 대학을 진학함에 있어 아무런 뒷받침을 기대할 수 없게 된 거지. 이전에는 여러 아이들이 도망을 쳤지만 대부분 맨발이 된 채 붙들려 왔지. 그러나 원장이 도망한 그 후에는 아이들이 정문을 벗어나면 붙잡아 오지도 않았어."

"그때 너도 도망을 치는 편이 나은 게 아니었을까?"

영현은 즉각적인 대답을 보류하고 짧은 시간 생각에 잠

겼다. 사실 그때 그도 달아나고 싶은 욕구가 돌연히 일어나
곤 했었다. 고학이나 할까, 하고 마음먹었다. 하지만 오랜
세월 동안 정들었던 정원과 숲을 뒤로 두고 막상 떠나기가
싫었다. 그 무렵 그를 취직시킨다는 말을 듣고 마음이 설레
었다.

잠시의 침묵을 깨뜨리고 영현은 조금 전의 상대방의 말
에 응대해 주었다.

"도망? 나는 진학의 가능성, 독립의 발판이라는 인생의
새로운 전기가 다가오는 것 같았어. 도망치지 않고 그토록
고대하였던 직장은 과연 어떠한 곳이었을까?"

명길은 영현의 말에 깃든 궁금증을 잠시 유보하면서 말
했다.

"인간이란 자기의 상처가 가장 아픈 것으로 느끼지. 그때
너는 나보다야 나았을 것 같아. 그 무렵 우리의 '유랑 쇼단'
과 '유랑 서커스단'은 5일장이 서는 내륙의 읍면을 떠돌았
어. 굶주린 배를 냉수로 채우면서 말이지. 포장을 휘두르는
것이 엉성하다고 욕을 먹고, 나무 위에 올라서 포장의 이음
매를 풀고 구경하는 패거리들에게 고함을 치다가 몰매를
맞기도 했지."

영현은 화물 더미에 등을 기대고 선 채로 눈은 감으면서
짧은 시간 동안 생각에 빠졌다. 나를 기다리고 있던 것은

나의 등 뒤에서 하얗고 뾰족한 송곳니를 드러내놓고 미소 짓는 운명의 신의 그림자였지.

영현은 마음속의 은밀한 생각의 편린을 날려 버리면서 떨리고 고조되는 음성으로 말했다.

"키들거리는 연기의 춤을 천국의 문으로 퍼 올리는 화장장! 그게 그때 나의 직장이었어."

아직도 개의 상자 부근에 앉아만 있던 명길은 섬쩍지근해지는 표정을 감추지 못하며, 어쩔 수 없는 동정심과 쓴웃음이 깃들여진 농담으로 급선회하면서 말했다.

"전력비 또는 연료비가 많이 먹히는 곳 아냐? 이런 곳보다는 보수는 좋았을 텐데. 눈을 질끈 감고 한 업종에 파고들어야 했어. 그게 어디 아무에게나 돌아오는 일터인가? 염라대왕의 심부름꾼이 되면 바로 앞날을 약속 받는 것이 되지. 오래 살게 되고, 사후까지 약속 받지."

영현은 마음속의 언어로 한마디 비꼬았다. 이 녀석아, 기차의 무임 승차에 장거리 여행과 술을 약속 받듯이 말이야.

그러고는 입을 열었다.

"여기와는 딴판으로 따뜻한 불도 있지. 불 맛이 배인 안주 없는 술을 갖고 잔을 기울이기에는 안성맞춤이지."

"그럴 지도 모르지."

영현은 흥분된 감정으로부터 헤어나서 문득 체념 어린 진정을 되찾았다. 그러고는 잠시 사념에 빠져들었다. 하긴 나도 술을 배울 수 있었더라면 더 나았을 지도 모르지. 하지만 등 뒤에 있던 운명의 신은 그것부터 배워 주지 않는 혜안을 갖고 있었지. 알콜 정도는 마셔 봤자 별로 소용이 없으리라는 악마의 번득이는 지혜와 예언이었지.

그러면서 영현은 입을 열었다.

"예언은 곧 현실로 되고 말았어. 기어이 동료가 나에게 맛을 배워 주고 말았어."

명길은 담배에 불을 붙여 연기를 내뿜으며 말했다.

"나도 그 고급 담배를 못 피워 본 것이 저승에 가서 한이 되겠구먼."

영현은 명길의 말에 개의치 않고 화물 더미에 기대어 선 채로 다시 눈을 감고는 과거에 대한 회상에 잠겨들었다. 화장장 동료가 배워 주고 만 그 맛……. 마른 대마 이삭이 화장되는 연기의 향과 맛…….

영현은 화장장 동료가 맛을 배워 준 후 얼마 안 가서 대마의 맛에 빠져 헤어날 수 없게 되었다. 어느 날 화장장에서 일을 마치고 으슥한 산모퉁이 쪽으로 들어갔다. 대마밭에 이르렀다. 건전하고 유용한 옷감 즉 삼베의 원료가 되는 대마. 그러나 땅 위에서 군집을 이루는 그들 대마의 형상은 참으로 기묘했다. 키가 훤칠한 줄기들, 수려하게 무르익은 용모의 잎사귀들, 이에 비해 요염함을 수줍은 듯이 은근히 살짝 내비치고 있는 꽃잎들, 그 사이로 구슬같이 솟아올라 엷은 갈색의 미소를 머금은 열매들……. 이들은 유혹의 요정들처럼 춤추고 있었다. 화장장 굴뚝에서 가라앉은 연기를 마시고 싱싱하게 자라서 바람에 키들거리고 있었다. 영현은 몇 년 전 들어가 본 일이 있었다는 그 대마밭이었지만 불안하고 초조한 마음 설렘에 부대꼈다. 그의 내부에서는 두려운 전율과 취할 듯한 황홀감이 어지럽게 교착하고 있었다. 달빛 아래 하얀 외길을 따라 되돌아가 버릴까? 요정들 사이로 파묻혀 들어갈까? 그때 대마의 잎사귀들이 파르르 떨며 킥킥거리고 있었다. 조롱하는 요정들의 웃음소리……. 전율하고 있는 또 하나의 그 자신에 패배하고 있던 영현 자신이 미워졌다. 그는 우유부단한 그 자신을 용납할수 없었다. 그래서 영현은 등줄기에다 마음의 무서운 회초리를 들어 가격했다. 이윽고 영현은 대마 줄기를 헤치고 들어갔다. 열매들과 그들을 떠받치고 있는 이삭에서 황홀한 마취성의 냄새가 흐르고 있었다. 열매 이삭을 잘라내어 코끝에다가 갖다 대었다. 날을 세워 찌르는 듯한 아라비아 풍의 절묘한 향…….

　영현은 사념의 줄기를 베어 버리고 나지막이 말을 내뱉었다.

　"나는 지금 미녀를 손아귀에 잡는 행각에 대해서 생각하고 있는 게 아닐까? 어쨌든 이렇게 하여 나의 도둑질과 협잡이 시작된 거지. 연초 제조공이 된 거야."

"지금 무슨 생각을 하고 있는 거야? 연초 제조공? 두 가지 기술자가 되었군. 화장장 일까지 합해서 말이야."

명길이 비꼬듯이 말했다.

영현은 대꾸하지 않고 다시 사념의 골짜기를 헤매고 있었다.

그 후 영현은 황혼녘이면 몰래 대마밭에 잠입해서 아직 조금 덜 익은 열매가 달린 이삭을 잘라내었다. 영현은 그것들을 한쪽 그늘에다 시들 정도로 던져 두었다가 건조되면 그것들을 잘게 썰었다. 마치 고려 도자기를 빚어내는 공장(工匠)처럼 경건한 정성을 들였다.

영현은 짧은 시간 동안의 사념의 골짜기에서 빠져나와 절규하듯이 말했다.

"이렇게 하여 나는 이 땅으로부터 구원을 받은 거지. 그 연기만이 화장장의 연기를 지워 버릴 수 있었어. 아냐, 지우는 것이 아니라 신비한 화합을 이루게 하였어. 아스라한 천국의 문을 향하여 둥실둥실 떠오르는 오묘한 화음이었어."

잠시 후 영현에게 삭막한 현실감을 안겨주는, 열차의 리

듬감 있는 음향과 기적의 음이 파장되어 왔다. 열차가 다음 정차 역에 가까워지려면 앞으로도 시간이 꽤 걸려야 했다.

명길이 말했다.

"작업 준비는 다음 정차역에 가까워졌을 때 하면 되겠군. 그런데 이번 역의 그 친구, 미스터 임(임규석)은 요즈음 무엇인가에 의해 고독의 늪에 깊숙이 빠져 있어. 그는 사람을 끌어당기는 친화력이 있어. 많은 것을 말해 주는 고독의 눈을 통해서 말이야. 요즈음 고독에 빠져 있는 자신을 이해해 줄 만한 누구인가에 몸을 의지하려고 하는 것이 눈빛에 나타나 있어. 힘없고 약한 사람에게라도 말이야. 언젠가 그는 이 찻간에 태워서 종착역까지 데려다 달라고 했지. 종착역에 이를 동안 함께 실컷 술이나 마시고 싶다고 했어. 무슨 일일까? 이번 역에서 그를 꼭 만나고 싶군. 고독의 눈을 가진 그는 우수의 눈을 지닌 너와도 얼마간은 통하는 점이 있어."

영현은 홀로만의 사념에 빠져 있다가 입을 열었다.

"연기의 맛을 알게 해 준 것은 간교한 악마의 예언과, 염라대왕의 눈짓이었어. 그것이, 곧 연기의 맛을 통해서 세상을 보는 것이 그들의 편에게는 진실이었으니까."

힘들여 말을 마친 영현은 마음속으로 생각했다. 그런데 내가 왜 이렇게 힘을 못 쓸 것 같을까? 투약한 지가 오래 되지도 않은 것 같은데 벌써 전신에서 힘이 빠져나간 것 같군.

영현은 평소 때보다 약간 피곤한 기색으로 한마디 말을

했다.

"어차피 내 이야기가 길어질 테니까 또 한번 복용하지."

그러면서 영현은 탁자 위 선반으로 가서 콜라병과 종이컵을 가져왔다. 조금 전에 앉았던 자리 즉 우측 화물 더미를 배경으로 하는, 명길의 우측 사과 상자로 가져왔다. 그러고는 영현은 안주머니를 뒤적거리면서 약 봉지를 꺼냈다. 귀이개 모양의 자그마한 스푼으로 종이 쪽지에 약을 덜어서 입에 털어 넣었다. 그리고 나서 종이컵에 콜라를 연거푸 두 잔을 따라서 들이마셨다.

"또 필로폰이야? 사실은 팔뚝에 주사해야 하는 것이라 그랬지?"

명길이 물었다.

"그랬지. 주사하는 것이 징그럽다고 했었지."

영현은 잠시 침묵을 지키더니 문득 허공에다 얼굴을 향하고 혼잣말을 했다.

"각성과 흥분의 신이여, 다시 나에게 높이 치솟아 오르게 하는 날개를 달아 주소서!"

아련하게 가물거리는 기적 소리가 차내에 스며들었다. 영현은 여전히 화물 더미에 등을 기대고 서서 허리를 펴고 숨을 여러 번 크게 쉬었다. 그러더니 다시 입을 열었다.

"어디까지 얘기를 했었지? 그렇지. 그런데 그 무렵 내 인생에서 지울 수 없는 사건이 전개되기 시작했어. 그것 또한 야릇하고 신비한 화음이었어. 그리고 운명의 여신 클로토의 오묘한 눈짓에 의한 것이었어. 서로 떨어질 수 없는 여자를 알게 된 것이었지."

명길은 겉으로는 비아냥거리기도 했지만, 그의 깊은 마음속에서 우러나오는 동정심에서 함께 기쁨을 나누자는 식으로 나왔다.

"뭐, 여자를 알게 돼? 그거 재미있는 얘기지. 이거, 안 마실 수 있나? 다시 한번 가루약과 술의 시합을 해 볼까?"

명길은 이렇게 말하면서 이미 종이컵으로 한 잔만 마셨으므로 아직도 상당히 남아 있는 술을 종이컵에 따라서 조금씩 천천히 마셨다. 그러고는 차내의 우측으로 가서 얼마간의 화물을 헤치고 오징어채를 손아귀에 쥐고 차내의 좌우로 볼 때 중앙쯤으로 왔다. 즉 개의 상자보다 상당히 우측이며 이제는 영현이 앉은 위치보다 좌측에 있는 쌀자루 위에 앉았다.

영현은 이윽고 마리화나를 꺼내어 불을 붙였다. 그러고는 일어나서 우측 화물 더미에 몸을 기대었다. 그러고 나서 주문을 외듯이 읊조렸다.

"각성과 흥분의 신이여, 나를 데려다 주소서. 무릉도원을 건너 진실한 생명의 골짜기로! 이건 가루약과 대마초의 협연에서의 화음이야. 그리고 너의 술과의 내부 시합이며, 연합 전선이며 통일이기도 하지."

영현의 귀에는 열차의 진동음 위에서 은은한 기적 소리
가 고요한 춤을 추고 있었다.

영현은 다시 일어서서 화물 더미를 배경으로 하는, 화물
이 거의 없는 통로를 왔다 갔다 하면서 자신의 과거를 이야
기했다.

3. 여울물까지만

강변으로 들려오는 개구리 울음소리. 보다 작은 음량이지만, 밤의 수풀 속에서 공간을 파장해 가는 귀뚜라미 등 풀벌레들의 울음소리. 그 음향들은 설핏하고 그윽하게 밤의 강변에 깔리고 있으나, 때때로 선명한 음색으로 공간을 가로질렀다. 특히 여치와 베짱이가 빚어내는 울음소리가 그러했다.

철교와 강의 물줄기와 철교를 받치는 콘크리트 교각과 철교 바로 아래에서 얼마간 비켜 서 있는 잠수교가 달빛 아래 드러나 보였다. 보름달에 가까운 달은 강의 물결 위에 반사되어 일렁거렸다. 교각 주위를 갈대숲이 메우고 있었다.

강변 밤의 음향을 압도하면서 열차가 철교를 통과하면서 울려 놓는 요란한 음향이 잠시 동안 강변 전체의 공간을 지배했다.

갓 익은 과일처럼 청순해 보이는 여자와 영현이 교각과 갈대숲 사이에 서 있었다. 앞의 장에서보다 영현의 얼굴은 얼마간 더 젊고 싱싱하나, 애수의 그늘이 드리워져 있는 것은 앞의 장면들과 마찬가지였다. 그러나 무엇보다, 많은 약물 중독자들이 그러하듯이 눈의 가장자리에 죽음의 그림자임을 암시하듯 거무스레한 색조를 띤 모습은 아직 보이지 않았다.

열차의 소음이 사라져 간 다음에 진희가 말했다.

"고막이 터질 지경이야. 온몸이 짓눌리는 걸. 저 열차를 타고 우주의 끝까지 가고 싶어."

진희가 강물과 숲의 정취에 매료되어 있는 동안 영현은 생각에 잠겨 있었다. 그러다가 진희의 말에 침묵에서 깨어났다.

영현이 말을 받았다.

"우주의 끝이라 하지만 그 위치는 다시 4차원인 우주의 새로운 출발점이 되고 말 수 있어. 그런데 우리는 애초에 다리 밑에서 생겨났어."

"우리라니? 나는 빼놓지 않구?"

"딱 잡아 뗄 줄도 아는구먼. 이젠 많이 늘었어. 언젠가 내게 말했었지. 다리 밑이 아니면 다리 입구에서 생겨났다구. 단지 그 다리는 도청 소재지에 있는 다리이지. 그리고 나처럼 유아로서가 아니고 탄생한 아프로디테의 반쯤 되는 나이의 소녀로 갓 태어났었겠지. 그리스 신화에서처럼 말이야."

어릴 때 영현은 빈번히 놀림을 받았었다. 나중엔 그 자신조차 그리 생각하기까지 했었다. 진흙이나 통나무로 빚어진 채로 다리 밑에 놓인 것이 그 자신이 아니었나 하고 생각했다. 아마 귀에 박힌 교회 목사의 설교 때문이었을까? 역사상 여러 사람이 부모도 없이 흙이나 나무로 빚어져서 엉터리 성씨를 만들어서 가문의 조상이 된다는 생각까지 했었다.

잠시 동안의 두 사람의 침묵의 막을 걷어 젖히고 영현이 말을 내뱉었다.

"다리 밑에서라, 그리고 흙이나 나무라……. 그러나 벌써부터 그렇게 생각하지 않아. 나를 낳게 한 조상들이 있었어. 여기 원장 부인이 내게 준 큰 사진이 있어. 이 사진을 좀 봐."

영현은 가방에서 큰 사진을 꺼내어 손전등을 비추며 진희에게 보였다.

(이경아)

X   서순정

Y   최정란

김영현

※X와 Y는 무엇인가에
   깊이 빠져 있었다.

"이게 뭘까?"

진희는 사진을 들여다보며 골똘히 생각하고 있었다.

"나의 등에 있는 문신의 사진이야. 지금도 그 자국이 남아 있지만 확대되어 희미하지."

"무슨 문신이지?"

"나는 나에 대해 관심을 잃고 지내고 있었어. 그래서인지 이 문신을 해독하지 못했고, 또 해독하려 하지 않았어. X가 서순정이고 Y가 최정란이라…… 도대체 이게 무슨 뜻인지 모르겠어."

영현의 어투는 심드렁했다.

"일종의 족보 같은 것이 아닐까? 잘 생각해 봐. X가 서순정이라는 뜻이 아니고 서순정은 X의 배우자, 곧 영현의 할머니가 아닐까? 마찬가지로 최정란은 Y의 배우자, 곧 영현 씨의 어머니가 아닐까?"

진희의 흥미진진한 얼굴 모습을 달빛이 조명했다.

"그렇다면 X와 서순정 사이에 곱셈 표(×)나 그렇지 않으면 곱셈 점(·)이라도 있어야지."

"암호를 아무나 쉽게 해독하지 못하도록 하기 위해서일지도 모르잖아? 아무나 영현 아기를 데려가지 못하도록 말이야. 아니면 급하게 문신을 새기느라고 빼먹었을 수도 있지 않겠어?"

"추리력이 좋군. 진희의 말이 맞는 것 같아. 문제는 어려운 암호로 된 나의 아버지 Y와 할아버지 X의 이름을 알 수 없다는 점이야."

"그런데 이경아란 누구일까?"

이번에는 진희가 강한 의문을 표시했다.

"나의 할아버지와 내연의 관계에 있던 여자인 것 같아. 할머니 서순정을 만나기 이전에……."

"틀림없이 그런 것 같네. 그런데 영현 씨는 날 보고는 추리력이 좋다고 하면서 자신은 추리를 해 보려고 하기조차 않으며 그 사진을 해독하려고 하지 않았어?"

"요즈음의 나는 나 자신을 어떻게 다루어야 할 지를 모르고 있어. 나와 긴밀히 관련되는 문제를 두고 상상과 추리를 해 보지 않고 있어. 그리고 담배 같은 것을 피우느냐 마느냐 하는 생리적인 문제도 목전에 두고 결단을 못 내리고 있어. 나는 정신이 없는 사람이 되어 있어. 한심한 청년기에 있는 사람이야. 아, 또 그렇군. 또 정신이 없군. 그런데 여기 또 한 가지 문제는 할아버지 X와 아버지 Y가 무엇에 깊이 빠져 있느냐 하는 것이야. 이는 생각의 방향키를 다 작동해 봐도 오리무중이야."

생각에 잠겨 있던 진희는 파장되어 오는 풀벌레의 울음소리에 귀를 기울이며 말했다.

"차츰 생각해 보지. 그러면 저절로 풀릴 거야. 무슨 생각을 하고 있어? 그런데 풀벌레의 소리를 정확히 한번 잡아

볼 수 있을까? 정확한 소리를……? 손수건을 활짝 펼쳤다가 살짝 접듯이 하여……. 하기야 녹음기를 대어 잡을 수도 있겠지. 그러나 저토록 입체감이 나는 정확한 음을 잡을 수 있을까?"

영현은 얼마 동안 빠져 있던 사념에서 뛰쳐나왔다. 그리고 다음과 같이 말했다.

"정확한 음을 잡을 수 있다고 하더라도 그건 잡은 것이 못 되지. 소리의 흐름은 잡았지만, 통과해 가다가 심연으로 깊숙이 떨어져 나간, 시간 자체를 잡은 것은 못 되지. 소리와 함께 가던 시간은 빠져나가 버려서, 달아나 버려서 텅 빈 헛것이, 즉 소리라는 껍질만이 흐르고 있을 뿐이야."

"아니야. 시간은 심연으로 깊숙이 떨어져 나가는 게 아니야. 소리 속의 시간이 빠져 달아나는 것이 아니야. 단지 소리 속의 시간은 과거라는 시간으로 염색되어 살아 있을 뿐이야. 과거로 염색된 엄연한 시간이 차 있는 소리 속으로 인간은 들어갈 수 있어."

진희는 문학 소녀처럼 영현의 말을 부정했다. 영현은 다음과 같이 심드렁하게 말했다.

"과연 그럴까?"

"추억이라는 오묘한 작용을 통해서 인간은 과거와 현재를 동시에 누릴 수 있어. 그렇지 않다면 인류의 문화유산 전체가 물거품이 되고 말아. 우리가 이처럼 강변에 있었던 것도 먼 훗날 추억 속에 잠겨 있을 수도 없다는 말이야?"

"그건 모르지."

영현은 잠시 동안의 침묵의 후에 그렇게 말했다.

"그것 봐, 대답이 바로 그렇다니까. 인간이 어떤 방식으로든 추억을 향유할 수 있다는 것은 진실이야. 그런데 그쪽의 말투가 처음부터 끝까지 염세적이야. 아마 일시적인 우울증 때문이 아닐까? 그렇게 생각되지 않아?"

"반드시 그렇지도 않아. 하긴 요즈음의 내 생활이 암담하고 절망적이기는 하지. 그러나 나는 타고난 염세주의자인지도 몰라. 시간이 존재하는 모습은 불가해이야. 내 말도 진실로 통하는 것이 될 수 있어."

"저 강물 위에서 아른거리는 달을 좀 봐. 약간 구름에 가려져 있으나 물결 위에 떠서 일렁이는 달……. 달빛이며 강 전체가 이렇게 아름다울 수 있어?"

진희는 달을 반사하며 출렁이는 강물을 응시하며 말했다.

"하지만, 어쩐지 나는 저 달빛과 강의 아름다움을 음미하는 것이 거부당하고 있는 것만 같아. 그리고 사치스러운 여유인 것만 같아."

영현은 여전히 자포자기가 되어 있는 듯, 될 대로 되라는 듯 말을 뇌까렸다.

"무슨 뜻이야?"

진희는 가슴이 답답한 듯이 물었다.

"나도 모르겠어."

"그럼 누구에 의해서 거부당한다는 거지?"

"'희망의 집'과 나의 직업에 의해서, 아니 빛 없는 미래에 의해서…… 아냐, 인간이 피할 수 없는 운명의 눈짓에 의해서, 또한 나 스스로에 의해서이지."

영현은 잠시 말을 끊다가 더욱 쓸쓸하게 혼잣말하듯이 다시 말했다.

"연기, 연기…… 자꾸만 연기를 피워 올리고 싶어지는군."

"왠지 요즘은 꼭 늙은이 같은 말투가 되어가고 있어. 어쩐지 이상스러운 분위기에 빠져들고 있어. 정말 늙어가고 있는 거야? 웬일이지?"

진희는 영현의 눈을 정면으로 바라보며 말했다.

"젊은 의사들이 진희에게 눈독을 들이기 때문이야."

영현은 냉소하다가 갑자기 딴전을 부리듯이 말했다.

"그럼 딴 여자에게 눈독을 들이면 될 게 아냐?"

진희는 약을 올리는 어조가 되었다.

"아마 그렇게 해야 될 지도 모르지. 둘 다 교회에는 나가고 있지만 갈수록 믿음이 엷어지고 있어. 가혹한 현실은 믿음에까지 영향을 미치고 있어. 거꾸로 되었지."

"그 일은 언제면 끝나지?"

진희는 문득 영현이 애처롭게 느껴져서 조용히 조심스럽게 물었다.

"그 일이라니? 아무리 달빛 어린 강변과 음악의 화음처럼 하늘대는 갈대숲의 정취 속이라고 해도, 말은 직설적으로 해야지. 화장장의 인부 일 말이지? 시작한 지 이미 2년이 흘렀어. 그러나 끝장을 낼 수 있는 아무런 보장이 없어."

난데없이 엉뚱하게 아직 짝을 구하지 못한 듯한 쓰르라미의 울음소리가 달빛을 타고 날아왔다. 갑갑한 한낮의 더위를 연상시키고 조롱적인 분위기를 자아내었다.

"그렇다고 가만히 기다리고만 있을 수는 없잖아? 진학도 포기하려고……?"

진희의 근심은 컸다.

영현은 쓸쓸한 고독 속에 갇혀 홀로만의 사념에 빠져 들어갔다. 진학? 잘못하면 얼마 안 가서 군에 입대해야 할 판이지. 이젠 원내에서 도망칠 힘마저 잃고 말았지. 또한 도망은 진희를 잃게 되는 의미가 될 수 있지.

그는 깊숙이 빠져 있던 쓸쓸한 상념 속에서 뛰쳐나왔다.

"막상 도망칠 힘을 얻는 순간이면 원장 부인과 간사가 내게 매달리기까지 하지. 한편으로는 나를 기다리는 아이들이 불쌍해 보여서 쉽게 발걸음을 뗄 수도 없는 것 같았어."

"진학의 후원을 한다든지 다른 일터를 마련해 준다는 약속은 받았잖아?"

영현은 즉각적인 대답을 유보하고 다시 홀로만의 상념에 빠져들었다. 그 약속에 진력이 났지. 벌써 2년 동안이니까. 그리고 목사님은 이렇게 달콤한 말을 해 주었어. 그 고달프고 몸서리치는 희생은 자라나고 있는 아이들을 위한 거룩한 인도야. 베드로를 비롯한 숱한 포교자들의 박해 받음과 순교를 한번 생각해 봐.

영현은 생각의 흐름 속에서 뛰쳐나와 입을 열었다.

"처음에는 일을 마치고 원내에 들어가서 아이들의 맏형이며 조교사가 된 헛된 보람까지 맛보았지. 그때 나는 목청까지 제법 아이들 같은 발성법으로 가다듬고 노래를 가르쳤지."

이어서 그는 선율을 부르지 않으면서 말하듯이 발성을 했다. 심한 환멸감의 표정이었다.

"우리들의 동무는 예수님이지. 호산나를 부르자. 호산나를 부르자……."

진희는 절박해진 표정으로 영현의 얼굴을 들여다보았다. 그윽하고 은은하게 개구리와 풀벌레의 울음소리가 더 한층 고조되어 여름밤의 공간에 흠뻑 스며들고 있었다.

다시 영현이 입을 열었다.

"그러나 나의 가르치는 노래는 차츰 울며 겨자 먹는다는 식의 음성으로 변해 가고 있었어. 결국 나는 나에게 있어서처럼 희생을 감수하도록 하는 신의 섭리란 있을 수 없다고 생각했어."

밤이 좀 더 깊어질수록 여리고 가볍게 흔들거리듯이 은은하게 깔리는 귀뚜라미의 소리 위를 가로지르는 여치의 울음소리가 공간을 찌르듯이 선명하게 파장되어 왔다.

"그래서 탈출을 시도했어? 멀리 가지도 못할 도망을……?"

진희의 동정어린 음성이었다.

"그랬었지. 붙잡히지도 않고 또한 내 걸음으로 돌아온 것도 아닌 도망이었지. 병원의 침대에서 눈을 처음으로 떴을 때, 나는 저절로 돌아올 수밖에 없었다는 것을 의식했어. 운명의 눈짓으로부터 결코 멀리 피할 수 없는 자신이 너무도 처량하게 느껴졌어. 한 가지 달라진 것은 처음으로 눈꺼풀을 걷어 올리고 난 망막 위에 한 여자가 비쳐 들어왔다는 사실이었어. 흰 가운 위로 솟은 하얀 얼굴, 동그란 눈, 쪽달 같은 곡선의 입술—대체로 그런 모습이 망막 위에서 정지된 한 장의 사진으로 찍혔지. 이것도 운명의 신이 시켜서 된 일이었어. 지금은 그 눈에 찍힌 사진만큼 예쁘지도 않지만 말이야."

진희는 영현의 팔을 꼬집었다

"알겠어. 왜 그렇게 말하는 지를. 지금은 젊은 의사가 눈독을 들이고 있으니까."

영현은 진희의 손을 잡아떼고 그녀의 팔을 만지다가 손

96

을 놓았다.

그러고는 생각했다. 물론 새로워진 사실은 또한 야릇한 운명의 신의 눈짓에 의한 것이었지. 달아난 원장의 처남이 병원의 원장이었다는 사실만으로는 설명이 안 되지. 우리가 만나게 된 것은 착한 신의 눈짓 때문이었을까, 아니면 악신의 눈초리 때문이었을까?

영현은 침묵 아래의 상념에서 헤어나서 특히 강조하고 싶은 것이 있다는 듯이 말했다.

"우리가 만나게 된 것은 어떤 의미에서는 신비스럽기는 하면서도 불행의 시발점인 것 같기도 했어. 아, 이런 생각이 들 때는 어떻게 해야 하지? 그런데 자꾸만 연기를 피워 올리고 싶군."

말을 마친 영현은 얼굴에 비밀스럽고 야릇한 미소의 표정을 짓고 있었다.

"벌써 담배를 배우기 시작했어?"

진희가 걱정스러운 표정을 지었다.

"벌써라니? 지금 나이가 몇 살인데?"

"간호사로서도 그건 금지시키고 싶어."

"담배 연기 말고 말이야. 연기를 피워 올리고 싶은 것이 있단 말이야."

"뭐라고 했지?"

"아냐, 아무 말도 아니었어."

영현은 딴전을 부렸다.

"저기 버들섬 쪽에 아직도 새가 한 마리 날고 있어. 물 위를 미끄러지듯이……. 아직도 먹이를 구하고 있나 봐."

진희가 두 사람의 마음속의 상념을 다른 방향으로 돌려 버리기 위해 강물 쪽을 응시하면서 말했다.

"아냐, 그런 게 아니야. 안식을 취할 보금자리를 대낮에 만들어 마련하지 못한 거지."

영현이 말했다.

진희는 이제는 성숙기의 여성다운 정감에 젖은 음성으로 다음과 같이 말했다.

"한층 밤의 소리가 깊어지기 시작했어. 개구리의 소리와 풀벌레의 울음……. 그윽하고 은은한 흐름-그것들은 무엇을 의미할까? 모든 살아 있는 것의 미풍 같은 속삭임, 안식 같은 숨소리이지."

"의식하기 어려운 죽음, 막연히나마 그것을 준비하면서 번식을 위한 노래이겠지. 애욕에 굶주린 노래……."

"무슨 말을 그렇게 하고 있어? 남자들이란 참 이해할 수 없는 점이 있어. 노래하는 저들은 황홀한 도취경에 흠뻑 빠져 번식을 의식할 틈도 없어."

"과연 그럴까? 고운 노랫소리를 풀어내고 있는 자체가 우선 흥겹기는 하겠지. 동물들에게도 무의식이 있는 거야. 그럼 한 가지 묻겠어. 개구리와 귀뚜라미의 소리 가운데서 어느 쪽이 더 흐뭇하게 느껴지지?"

영현은 설핏한 비웃음 같은 미소를 띠었다.

"구태여 구분할 필요가 있을까?"

"어느 정도의 필요는 있고 또한 얼마간 구분할 수도 있지. 개구리의 노래는 여름밤의 풍요로운 난숙을 나타내고, 귀뚜라미의 노래는 아침이 온 뒤에까지, 그리고 늦가을 아주 늦도록 오랜 기다림을 나타내 준다고 하면 어떨까?"

"그렇다고 해도 둘 다 좋아."

"좋은 게 아니라 행복에 겹겠지. 억지로라도 양자택일을 강요받는다면……?"

놀리는 듯한 영현의 말.

"그래요. 흐뭇함을 안겨주며 노래하는 개구리의 음률이 더 좋아요. 계절의 여왕이 오월이듯이 여름밤의 진미는 개구리의 노랫소리이니까. 그리고 특히 나는 젊었으니까."

진희는 되받아 놀리듯이 말했다. 그 말에 대해 영현은 비꼬고 있었다.

"'젊었으니까'가 아니라 '여자이니까'이겠지. 풍성한 번식을 즐겨하는 여자이니까……."

"그럼 이번에는 여자인 내가 묻겠어. 어느 쪽이 더 좋아?"

진희는 상대방의 팔을 심하게 꼬집으며 말했다.

"둘 다 좋아. 소리를 찾아 담고 싶을 정도로……. 아냐,

둘 다 싫어. 두 가지의 노랫소리들이 결국은 계절의 끝장을 향하여 달리는 것일 뿐이니까."

그 말을 들은 진희는 정면으로 상대방의 눈을 들여다보면서 물었다.

"요즘 어디가 좀 이상해진 게 아냐? 특히 정신이 말야."

영현은 씁쓸해진 표정을 웃음으로 지웠다.

"아무 것도 아냐. 또 연기를 뿜어 올리고 싶어지는군. 아니, 들이키고 싶군."

"이제 미풍이 불어오고 있어. 이제 돌아가야 해."

"밤이 깊어지려면 아직도 멀었어. 오늘 밤은 비번이니까 더 있도록 해."

"더 있으면, 바람이 일어날수록 헛소리가 심해질 게 아냐? 난 가겠어."

그러면서 진희는 교각의 우측으로 움직였다.

"가만히 있어. 저쪽으로 같이 가. 잠수교를 건너 저쪽 강변으로……."

"하필이면 왜 멀리 둘러서 가려고 해?"

영현은 아쉬워하는 표정이 되었다. 그러나 유혹하는 듯한 속삭이는 음성으로 말했다.

"둘러서 가는 길이지만 함께 가는 길이 더 정겹고 그윽한 길이지 않아?"

영현의 뇌리에서 음악이 흘렀다. 가볍게 요동치는 음빛

깔을 튀기는 오보에와 현의 협주. 달빛과 숲의 정취 속에서 수줍은 유혹의 눈짓을 느낄 수 있는 치마로자의 오보에 협주곡 C장조였다.

"앞으로는 갈수록 만나기가 어려워져. 내일이면 당장 볼 수 있다는 보장도 없어. 직장의 일 때문에……. 그리고 아무래도 곧 입대할 것 같아. 앞으로 이 강변에는 오랫동안 올 수 없게 되고 말 것 같아."

진희는 교각의 우측으로 더 움직이다가 영현 쪽으로 돌아다보았다.

"다른 여자에게 눈독을 들일 수도 있잖아. 난 이쪽 길로 가겠어."

여치와 베짱이의 쓸쓸한 음향이 영현의 귓속을 그득히 점령하고 있었다. 영현은 냉소적이며 떨리는 음성으로 혼잣말을 하듯이 말을 내뱉었다.

"나는 화장장의 인부일 수밖에 없어. 존엄하다는 인간의 육신의 해체와 허망한 증발. 촛불에 머리카락이 탈 때 맡을 수 있는 그 꼬소한 지옥의 냄새! 또 연기를 피워 올리고 싶어. 아니, 삼키고 싶어."

"그만, 그만둬. 제발……."

"진정 나는 지옥의 현장을 목격한 자였어. 나는 염라대왕 앞에 사자를 대령시키고 시중을 드는 시종이었어. 목욕을 하고 옷을 갈아입어도 마음에 베어든 지옥의 냄새를 지울 수는 없었어. 나의 정체는 바로 이런 것이지. 이승과 저승의 선상을 오락가락하는……."

이러한 영현의 절실한 절규는 진희의 가슴을 헤집고 들어갔다.

"그만해요. 제발 그만……."

진희는 다시 영현의 곁으로 와서 영현의 입을 손바닥으로 막았다. 다시 잠깐 동안 영현의 뇌리에서 더욱 고조되는 귀뚜라미 울음소리.

진희는 다소 울먹이는 듯하나 차분한 어조로 말했다.

"나 자신도 생명이 꺼져 가는 사람들의 냄새에 진력이 났어. 존엄한 인간이라면 쉽게 터질 수 없을 듯한 근육과 혈관과 내장의 피 비린내……. 당직하는 날 밤, 막 숨이 끊어진 사람의 침대 위에 하얀 보와 가족의 흐느낌……. 결코 인간에게 없을 것만 같은, 모순의 냄새며 빛깔이었어."

위 음악 현의 화음이 영현의 귓속에서 처절하게 고조되었다.

영현은 자신도 모르게 그녀의 팔뚝을 잡았다. 둘은 엉켜지듯 서로 껴안아 버렸다.

"진희라는 이름은 이제 좀 옛스러운 이름이지. 그러나 진실한 계집아이라는 뜻이지. 아니, 여자 어른이란 뜻도 되겠지. 누구보다도 다른 사람의 생명을 사랑하는, 참된 생명의 여자라는 뜻에 어울리는 모습이었어. 다만 생과 사의 선상을 오락가락한다는 점만이 나와 같을 뿐이지. 그렇군. 다른 사람의 생명을 사랑하고 소중히 하는 여자라는 뜻만이 아니지. 결코 이 세상에서 죽을 것 같지 않는, 생명의 빛을 스스로 발하고 있었어. 활짝 갓 핀 꽃봉오리처럼……. 얼굴이 지나치게 희어서 창백해 보이기는 하지만……."

진희는 엉켜진 포옹을 풀며 물었다.

"자신은 갓 피었다고 생각하지 않아?"

영현은 씁쓸하고 야릇한 미소를 지었다.

"어쩐지 나는 좀 틀렸다는 생각이 들어. 또 연기를 피워 올리고 싶어. 하늘 높이……."

"좀 틀렸다구? 늙어 버렸다는 뜻은 아니겠고, 마음의 병에 걸렸다는 거야? 일종의 직업병 때문에? 화장장이 내려 덮치는 마의 그물망 때문에? 그래, 그럴 수밖에 없는 것 같아. 하지만 딱하지만 젊음이 그걸 이겨낼 수도 있지 않을까?"

"젊음이 빚어내는 지독한 상상력이 병적 상태를 더욱 조장해 내고 있는 것만 같아."

"나는 간호사이지만 어떻게 해 줄 수가 없군. 그런데 그토록 나와 함께 잠수교를 건너고 싶어?"

그렇게 말한 진희는 여자의 수줍어하는 습성이 나타나서 문득 낯을 붉혔다.

영현은 달빛의 입자로 가득 메워진 공중을 응시하며 말

했다.

"나처럼 교회를 나가고 있지만 경건한 신앙심을 잃은 지가 벌써 오래 전이겠지. 대신 얻은 것은 이 땅에 대한 믿음뿐이겠지. 죽음의 현장을 너무나 수 없이 목격했기 때문이지. 아냐, 그보다는 지상에서의 죽음과 삶에 대한 너무나색다른 맛을 보고 배웠기 때문이겠지."

영현은 달빛의 입자를 가득 머금고 흐르는 강물에 눈길을 주며 말을 이어갔다.

"둘이서 잠수교를 건너면 저쪽 강변에 이르지. 호박 넝쿨 언덕을 따라가면 감자밭과 콩밭. 다시 비탈길을 조금 내려가면 여울물에 이르지. 여울물가에는 목화밭. 여울물을 건너면 옥수수밭이 산과 하늘을 가리고, 그보다 뒤쪽으로 화장터와 공동묘지를 거쳐 이윽고는 악신의 송곳니를 내미는 대마밭에 이르지. 그렇다고 아니 갈 수는 없지. 화장터와 공동묘지와 대마밭에 가까워진다고는 하나 바로 그곳들, 죽음의 점들은 아니니까. 하지만 바로 그곳들의 직전이라고 할 수는 있겠지. 어차피 인간은 눈꽃처럼 하얗게 핀 목화밭을 지나 무덤에 이르게 되지. 하지만 지금은 결코 여울물을 건너선 안 되지. 달빛을 실어 나르는, 조금 서늘하게 느껴지는 밤의 미풍이 꿈틀대는 풀밭과, 달빛 아래 눈 쌓인 풍경처럼 하얗게, 흐드러지게 핀 목화밭까지만 가야 되지."

4. 이별과 실향, 할아버지의 치유

열차는 여전히 눈보라의 설경 속을 헤집고 달리고 있었다. 상당한 시간이 경과한 이후이므로 화물의 상·하차로 인해 적하물의 종류에 얼마간 변화가 있었다. 그러나 적재된 면적이나 배열의 모양에는 거의 변화가 없었다. 단 이불장이 우측 적재물 더미의 바로 좌측의 뒷벽에 맞붙어 있었다. 차내의 후면으로 바싹 물러난 그 이불장의 여닫이문이 보였다. 여닫이문에는 유리가 달려 있지 않았다.

차내의 공간 관계는 제1장과 그 이후의 모든 장면에서 똑같이 설명될 수 있다.

열차의 진행 방향은 남쪽에서 북쪽으로이다. 따라서 북쪽의 문을 열면 여객실과 기관차로 연결되는 승강구가 있다. 반대로 남쪽은 달리는 열차의 꽁무니가 된다.

차내의 동쪽과 서쪽은 차의 기다란 측면이다.

편의상 설명을 쉽게 하기 위해서 기다란 '동쪽' 측면을 관객석을 마주하는 무대의 앞쪽으로 가상해 본다. 그렇게 되면 동쪽은 '앞쪽(전면)'이, 서쪽은 '뒤쪽(후면)'이 된다. 또한 차내의 북쪽은 '우측'으로, 남쪽은 '좌측'으로 된다.

명길은 차내의 좌우로 볼 때 중앙쯤인, 바닥에 있는 쌀자루 위에 앉아 있었다. 바닥에는 술병을 두고 종이컵을 들고 있는 채로 명길은 말했다.

"정말 너는 수수께끼 같은 작자였어. 이제 그 수수께끼는 많이 풀렸지만 말이야. 너에게도 곱고 부드러운 피륙 같은 면이 있군. 내성적이어서 연애할 수 있는 타입은 아닌 것 같았는데……."

"좀 섭섭한 말이로군. 내성적인 사람이 부뚜막에 먼저 올라가는 것을 모르겠어? 하기는 그 여자를 사랑할 때만큼 심각해지지는 않았지만, 여러 여자들을 사귀었지. 필로폰을 투약하고 말이야. 한때는 여자와 접촉을 하는 것만이 죽음의 검은 입김으로부터 몸을 피하는 길이었어. 그러나 그것도 2년 후에는 염증이 나고 말았지, 필로폰을 투약하고 미동도 없이 가만히 있는 것이 가장 큰 쾌락이었어."

차내의 우측 통로에 서 있는 채로 말을 마친 영현은 잠시 침묵 후에 혼잣말하듯이 낮은 음조로 지껄였다.

"오늘 이상한 일이 생겼지. 9년 전에 헤어졌던 옛 원장 부인으로부터 편지가 왔지. 부산역 소화물 취급소에 와 있었지. 내가 소화물차를 타는 것을 어떻게 알아냈을까? 원장 부인은 자신이 곧 죽을지 모르겠다고 하면서 '문신의 해설서, 기타'를 동봉했지. X는 나의 할아버지 '김지수'였고 Y

는 나의 아버지 '김석정'이었어. '문신의 해설서'는 아버지 김석정이 쓴 것이었어. 나의 아버지가 나를 '희망의 집'에 맡길 때 '문신 사진'과 함께 '문신의 해설서, 기타'를 맡겼다고 원장 부인이 썼더군. 아버지가 병이 낫거나, 가출한 어머니가 나를 찾으러 오거나 하면 넘겨주라고, 그렇게 되지 않더라도 내가 성장하면 나에게 '문신의 해설서'등을 넘겨주라고 하셨대. 내가 네 살 즉 만 3세 때 고아원에 맡겨졌으므로 나는 기억할 수 없었지."

"무슨 얘기를 하고 있어? 아, 그래. 초저녁 시발역에서 열차가 출발할 때 무엇인가를 읽더군."

"아냐, 아무 것도 아냐. 가만히 있으니 뭣해서 지껄인 거야."

그러면서 영현은 '문신의 해설서'를 꺼내어 소리 없이 읽었다.

-문신의 해설서-

'이경아'라고 하는 여자와 헤어지고 이경아가 일본으로 건너갈 무렵, 독자인 '김지수(X)'는 중국으로 들어가서 독립군이 되었다. 거기서 김지수는 '서순정'이라는 조선족 처녀와의 사이에서 나 '김석정(Y)'을 낳았다. 그리고 김지수는 전투 중에 장렬하게 산화했다. 나, 석정은 해방 후 서울로 왔다. 그리하여 '최정란'이라는 여자와의 사이에서 이 아이

'영현'을 낳았다. 그런데 최정란은 가출을 하고, 나, 석정은 영현을 길렀다. 그러나 나, 석정은 병들어 죽을 것만 같아서 만 2세 된 영현의 등에 문신을 새겼다. 그런데 아이는 한 달이 멀다 하고 몸이 커졌다. 문신이 희미해져 갈 것 같아서 문신을 새긴 등의 사진을 찍었다. 그리하여 석정은 만 3세인 영현을 '문신의 사진'과 이 '문신의 해설서'와 함께 고아원에 맡긴다. 이 아이 영현은 기억하지 못할 것이다.

그리고 여기 찢겨지고 남은 책 중의 몇 장을 남겨 놓는다. 원래는 우리 가문의 가보가 될 만한 문서였다. 그러나 영현의 할머니 서순정과 영현의 어머니 최정란 대에 걸쳐서 누구들에 의해서인지 책은 거의 다 찢겨지고 몇 장만이 남았다. 책의 제목은 「상여의 눈」이었다. 책은 할아버지 김지수 씨와 내연의 관계에 있었던 이경아와의 관계를 다룬 소설이었다. 중국에 있던 독립군 중에는 할아버지와 친한 시인이 있었다. 그 시인이 할아버지와 이경아의 관계를 다룬 소설을 썼다. 한 가지 특이한 점은 작품 중 인물의 이름이 실재 인물의 그것과 동일하다. 일종의 실화소설이기 때문이다. 책은 많은 분량이 찢겨졌다고 하나 마지막 끝 무렵에서 할아버지의 깊고 거친 생명의 숨결이 들린다. 영현은 남은 책장이나마 보관해야 한다. 그리고 할아버지의 영적 세계를 본받아야 할 것이다. 할아버지는 병이라는 일종의 죽음 속에서 호흡이 중단될 듯 말 듯한 극한 상황에서 병을 이겨내고 치유되셨다. 그리하여 할아버지의 뜻대로 회복된 완전한 삶 속에서 총탄을 맞고 장렬한 빛을 튀기며 사라지셨다. 내가 이루지는 못했지만 영현은 우리 가문을 다시 일으켜 세워야 할 것이다.

"그런데 그 여자 진희는 제법 섹시했던 모양이군. 아마 마약에 곁들일 수 있는 향처럼 매혹적인 요정이었는지도 모르지."

명길은 잠시 말을 중단하며 동정 어린 표정에 젖어 있다가 놀리는 듯한 어조로 바뀌며 다시 말을 이었다.

"결국은 눈독을 들이던 숱한 남자 중의 하나에게 빼앗겼다는 얘기로군."

사실 그날 밤의 그녀와의 해후가 있고 나서 과연 불과 얼마 안 가서 영현은 군에 입대하게 되었다. 영장이 떨어진 것이었다.

"다행인지 불행인지 모르지만 K미군 부대에서 복무하게 되었어. 훈련소에 있을 동안 원장 부인과 그녀의 친지의 알선과 조력에 의해서였지. 그것이 내가 치른 고행과 희생에 대한 대가이긴 했지. 그런데 거기에서도 나를 기다리는 것이 있었어."

"그 '희망의 집'에 있었다면 미군과 몇 마디라도 회화를 할 수 있었던 게 아냐? 그러니 도움을 받을 수 있었겠지."

명길의 말이었다.

영현은 침묵의 아래에서 잠시 생각에 잠겼다. 악신의 눈짓은 여전했지. 예언이 현실화되는 것은 너무도 철저했어. 마리화나와 필로폰의 구원의 손길이 나타났지.

영현은 짧은 사념에서 헤어나 싸늘한 미소를 지으면서 말했다.

"나는 톡톡히 한몫을 한 셈이야. 틈나는 대로 밖에다 마리화나와 필로폰과 헤로인을 감추어 두었지. 부대의 담을 통해서였어. 담장 밖에 누군가를 기다리게 해 놓고서였지. 제대할 무렵에는 작은 가방을 가득 채우는 한 재산이 되었지."

영현은 야릇한 미소를 지었다.

"태우거나 녹여서 죽여 없앨 것이 아니었어. 팔아서 돈을 만들 수 있었어. 필로폰 1그램이면 돈이 얼마이지?"

"1그램당 도매가가 삼십만 원 내지 백만 원 이상에 이르지. 소비자 가격으로는 백만 원이 훨씬 넘게 되지."

"그렇다면 벼락부자가 될 수 있었지 않아?"

명길은 무엇인가가 대단히 잘못되었다는 어투로 말했다.

"그만해 둬. 아마 그럴 수는 없었을 걸. 잡힐 위험성은 몹시 컸어."

"아아, 그러했겠지. 그런데 그 여자는 어떻게 되었어?"

"휴가 때 진희를 찾아가니, 그녀는 어느 섬으로 의사와 함께 떠났다고 하더군. 그 전 휴가 때까지만 해도 그녀는 잘 있었어. 결국 나는 제대했지. 목적지를 알 수 없이 물결과 바위에 부대끼며 떠내려가는 한 개의 낙엽처럼 나는 이 길 저 길을 떠돌면서 거닐었어. 그러다가 '희망의 집'으로 가 보았어. 하지만 고아원은 이미 없어져 버렸어. 그 자리에 시외버스 정류장이 들어서 있었지. 그녀가 있던 병원도 이미 없어져 있었어. 극도의 탄식이 내 몸에서 뿜어져 나오고 말았어. 병원과 고아원 주위에 있던 집들과 길마저 찾아낼 수 없도록 땅은 상처투성이의 얼굴이 되고 말았어. 병원과 고아원에 있던 사람들은 어디론가 떠나 버리고 말았어."

영현의 쓸쓸하고 애잔한 미소가 마치 전염되어 오듯이 명길의 얼굴에도 번졌다.

"그래, 그녀는 찾아냈어? 찾았더라도 이미 남의 여자가 되어 버렸거나 시집가 버렸겠지. 여자란 언제나 얼굴 값을 하고 마니까."

영현은 짙은 비애의 늪에 빠져 있다가 가까스로 헤어나기 시작했다.

"찾아 헤매었으나 소식을 들을 수 없었어."

열차 바퀴가 레일을 울려 놓는 진동음과 기적의 음향이 영현에게 냉혹한 현실감을 안겨 주었다. 이어서 영현의 뇌리에는 쓸쓸한 애상을 머금은 음악 즉 선율의 굴곡이 엷게 펼쳐지고 있었다.

그녀의 그림자마저 불살라져서, 그림자의 재를 내리는 거리와 철교 아래 강변과 목화밭과 여울물……. 그는 모두를 찾아가 보았다. 그는 독버섯같이 피어오르는 실의를 씹고 있었다. 마침내 그는 대도시로 향해 훌쩍 떠나 버렸다. 밀림 같은 빌딩의 틈바구니에서 그 강변과 목화밭과 여울물을 망각하지 않으면 안 되었다.

"차라리 대도시에서 그녀를 찾을 수 있지 않았겠어? 아무래도 그녀는 시골을 떠났을 테니까."

명길의 어조는 깊은 동정심을 머금고 있었다. 영현은 명길의 말에 응대했다.

"하기는 거기서도 찾아 헤맨 일이 있었지. 그러나 무슨 소용이 있었겠어?"

뇌리에서 고조되어 가는 선율과 함께 영현은 극도의 처절한 냉소를 머금은 표정으로 되어갔다. 그의 어스레한 침묵의 쉼표 아래에서 생각의 흐름이 이어졌다. 그는 일터를 찾았다. 화장장의 근무 경력밖에 없는 그가 간신히 발견할 수 있는 곳은 어디였을까?

그곳은 바로 장의사였다. 사철이 지나도록 시들기를 거부하는 울긋불긋한 조화, 반영구적으로 오래 가는 인간의 나무외투……. 시신을 만지면서 누런 삼베로 염습을 할 때 그는 섬뜩하다 못해 킬킬킬 웃어 버렸다.

   명길은 종이컵을 기울여 남은 술을 다 들이켰다.
   "술을 천천히 마셨군. 너의 재미있는 얘기를 안주 삼
아……. 초상집에서 대접은 잘 받았겠군. 술은 마시지 못했
겠지만 말야."
   영현은 창백해졌다. 잎과 줄기가 하늘거리며 킥킥거리던
그때 그 대마밭이 뇌리에서 맴돌고 있었다. 싱싱하게 살아
있던 대마의 누런 삼베로의 변화……. 하긴 삼베는 잘 직조
하면 약간은 유용하게 쓰일 수 있는 옷감이기도 했다. 마치
대마초의 냄새가 희한한 것처럼…….
   영현이 시신을 위한 염습을 할 때 그 의식의 흐름은 어떠
하였을까? ……대마밭에 이르기 전, 여울물에 못 미쳐서
그 여울물 가에 있는 하얀 목화밭……. 달빛을 실어 나르
는, 조금 서늘하게 느껴지는 밤의 미풍에 흐느적거리는 목
화 꽃송이……. 이어서 그녀의 고운 손이 떠올랐다. 역시
시체나 그에 가까운 사람을 만지던 그녀의 손과 하얀 얼
굴……. 절대의 적막을 껴안고 떠도는 삭막함 뒤에 오는 싸
늘한 웃음……. 그가 염습을 할 때 파문처럼 일어나서 전율
하며 퍼져 나가려는 킬킬거림을 참느라고 몸을 가누지 못
할 지경이었다.

영현의 뇌리에서는 비창(悲愴)한 선율이 흐르고 있었다. 무의식적으로 자신이 즉흥적으로 작곡한 단선율이라고 할 수 있었다. 길게 꼬리를 흔드는 기적의 음향은 영현에게 오래도록 떠내려 버린 시간의 흐름, 그리고 그 시간 뒤에 오는 절박한 현실감을 나타내 주는 듯했다.

사람들이 흔히 꽃다운 청춘이라고 부르는 이십 대의 대부분을 영현은 그렇게 떠내려 보내고 말았다. 하기는 그 시기에 꽃다운 점이 있기는 했었다. 그는 독의 힘이 밀어 주는 찬연한 색조로 치솟다가 침통하게 이울어지고, 또다시 일으켜지는 찬연한 꽃이 되었었다.

영현은 생각의 흐름을 끊어 버리고 말했다.

"나는 제대 후 한때는 스스로 장의사를 내 볼 생각도 했었지. 그래서 장의사의 집에 몸 담은 때도 있었지. 그러나 그것은— 장의사를 내 본다는 생각은 우스운 생각이었어. 결국 나는 나를 몸서리치게 했던 장의사를 뛰쳐나왔어. 그렇지만 아무리 달아나도 장의사인 그 집은 멀어지지 않았어. 몇 해 동안 이렇게 열차를 타고 자꾸만 달려도……."

영현은 적화물 더미에 머리와 상체를 기댄 채 눈을 감고 있었다.

그러다가 영현은 차내 좌측 뒤쪽 자신의 자리로 가서 선반 위의 보온병을 내렸다. 선 채로 물을 마시다가 갑자기 무척 놀란 듯 보온병을 툭 떨어뜨렸다.

"아, 알았어! 할아버지와 아버지가 무엇에 깊이 빠져 있었는 지를……. 깊이 빠져 있었던 것은 중독을 의미할 거야. 마약에 중독되었음에 틀림없어. 그러면서, 비유하자면 유전 인자를 변형시켰을 거야. 몹쓸 가문이야. 아버지 대에도 필로폰은 없었으니까 할아버지와 아버지는 아편에 중독되었을 거야."

"정말 그래?"

"우리 집안은 이상하고 특이한 가문이야. 유전과 유사한 흐름을 가져와서 나까지 중독되었다고 할 만해. 우리 가문은 3대째 마약 가문이지."

영현은 자신의 자리(좌석) 위 선반에서 분량이 많지 않은 종이 묶음을 가져왔다.

"이것은 오늘 받은 '문신의 해설서'에 붙여진 한 부분이군. 소설의 뒷부분이지. 맨 끝 대목만 한번 읽어 보지. 음미하면서, 소리 내어……. 그런데 이미 말했듯이 치유된 병이란 아편 중독이었어. 그리고 대강 훑어볼 때, 적어도 마지막 장면의 배경은 '상여 굴' 즉 '상여를 안치한 동굴'인가 봐. 할아버지가 아편에 중독된 채 은신했던 동굴이겠지. 동굴에 은신이란 죽음과도 같았겠지."

영현은 천천히 음미하면서 소설의 맨 끝 대목만을 읽어 내려갔다.

〈'기타' 중 소설의 맨 끝 대목〉

"또 죽는다는 소리를 했군요. 그러나 그쪽은 죽지 않아요. 설령 죽는다고 거듭 가정을 하더라도 저에게는 죽는 게 아녜요. 제 몸과 마음 속에는 당신이 영원히 살아있어요. 저의 심장은 당신의 생생한 그림자가 새겨져 깊이 깊이 패이고 말았어요. 버들잎이 바람결에 하늘하늘 떠오르듯이 표표히 떠나기를 바라겠어요."

"영원히 살아있는 것은 없다고 경아가 말하지 않았소?"

"사랑은 사랑하는 자가 죽음을 맞이할 때까지, 아니 그 이상으로 살아남게 되어요. 사랑은 거리와 시간에 의한 분리와 관계를 맺을 때 사랑으로 살아남듯이, 그쪽의 생생히 살아있는 영혼은 가끔 저의 가슴을 찾아들 거예요. 가슴의 창문을 두들기겠죠. 그때 저의 심장은 설렐 거예요. 그렇기 때문에 전 지금 울지 않겠어요."

여자는 그렇게 말하면서 손수건으로 눈물을 찍어내고 있었다.

남자는 동굴 입구 쪽 눈의 통로로 가서 밖을 내다보고 있었다.

"여명이 다가오고 있나 보군. 서로가 서로를 떠날 때까지의 시간이 한 치도 늘어날 수 없이 임박해진다는 것인가?"

"이제 저는 가야겠어요. 쉽게 떠나도록 어서 저를 뿌리쳐 주세요."

남자는 달려가듯 다가가서 여자의 양손을 잡았다.

여자가 조용한 음조로 말했다.

"단 한 번의 손길의 스침도 없이 떠나려고 했었는데……."

그녀는 양팔로 그의 목을 끌어안았다. 그는 그녀의 가슴이 으스러지도록 힘껏 끌어안았다. 그녀는 그의 뺨에서 마치 살점들을 파내려는 듯이나 자신의 뺨을 비비다가 꽉 압착하듯이 누르고 있었다. 두 사람은 한참 동안이나 아무런 미동도 없이 끌어안은 채 서 있었다. 붙어진 채 깎여진 조상처럼……. 한동안 두 사람 사이에 몹시 말하고 싶으나 표현될 수 없이 대강의 뜻만 뇌리에 함축된 채 몹시 고요한 침묵이 흘렀다. 이때 계곡의 숲을 들쑤시고 온 산중을 술렁이게 하는 바람 소리가 스산했다.

온 산중의 소리에 귀를 기울이던 남자가 그녀를 끌어안은 채 입을 열었다.

"상대방의 죽음을 목격하는 듯한 떠남의 쓰라림이라는 희생의 대가를 치르기 위해서, 한편으로 오히려 그 쓰라림을 두 배로 가중시키기 위해, 나는……, 나는 포성과 총성을 울려야 해!"

얼마 후 그녀는 끌어안고 있었던 팔을 풀고 빠져나왔다. 그러고는 짐을 챙겼다. 그러면서 그녀는 돈지갑을 동굴 북쪽 벽 등잔의 밑받침대 위에 놓았다.

"먼저 떠나겠어요. 여기에 돈이 있어요. 당신이 멀리 떠나자면…….”

짜부라진 상여는 죽음을 압도하는 그들의 삶을 노려보며 상여 자신의 패배를 시인했다. 무서워서 떨며……. 그러면서 그들의 강한 의지와 체념에서의 아픈 헤어짐을 지켜보았다.

그녀는 누더기 두루마기를 입었다. 그리고 머리와 어깨에 장옷을 걸쳤다. 언뜻 보면 그녀의 아름다움이 반감된 것 같기도 했다. 하지만 그녀가 처음 동굴에 들어올 때와는 달리 턱 부분이 꿰매어져 있지 않고 펼쳐진 장옷 사이로 드러난 눈, 코, 입, 뺨의 모습이 겉옷과 현격한 대조를 이루듯 놀랍게 아름다웠다. 남자는 정면으로 쏘아보듯 그녀를 바라보았다.

"경아는 처음 이곳에 들어올 때와 달리, 얼굴 모습만은 겉옷을 놀려대기나 할 듯이 놀랍게 아릅답구려.”

"김지수 오라버니! 고마워요. 하지만 지금 그런 게 문제가 아니어요. 중국에 가서서 절대로 죽지 마셔요.”

남자는 선 채로 눈을 감았다. 이때 그의 귀에만 포성이 울렸다. 포성은 일정한 시간적 간격을 두고 여러 차례 울리고 있었다. 반생에 걸친, 절실한 집착과 애끓는 아쉬움을 머금은 애절한 추억과, 떨치기 어려운 미련과, 짙은 비애의 망각을 강요하여 연막을 펼쳐서 내리눌러 덮는, 격렬하고 장엄한 음빛깔의 포성……. 그리고 그에 어우러져서 그리크의 비장한 '장송행진곡'이 흐르고 있었다. 특히 작은북을 포함한 타악기군이 연막을 펼쳐서 대지를 내리누르면서 비장함을 더해 주고 있었다.

남자는 눈을 떴다. 그러고는 결연한 표정으로 말했다.

"설령……, 내가 죽는다 한들, 삶의 찬연한 불꽃을 일으키며 죽는 것을 일본군이 볼 것이오. 동족인 전우가 볼 것이오. 그리고 멀리 떨어져 있으나 민족이 투시하는 눈으로 볼 것이오. 나의 귀에는 자꾸만 포성이 펑펑펑 울리고 장송행진곡이 울리는구먼. 삶의 찬연한 불꽃을 일으키며 죽는 나를 땅이 볼 것이오. 삶과 죽음의 영원한 응시자인 암석이 전율하며 지켜볼 것이오. 아니, 무엇보다, 가면을 벗어버린 세계인, 그 몸뚱이인 죽음 자체가 죽는 나를 치어다볼 것이오. 마중 나온 죽음은 그러면서 벌벌 떠는 손으로 나의 삶을 거두어 갈 것이오!"

두 사람은 서로 떨어진 거리에서 마지막으로 서로를 눈으로 사진이라도 찍을 듯이, 그리고 서로를 자신의 눈(眼) 속에 집어넣고 있는 듯이 서 있었다.

남자가 말을 마친 직후에도 그녀에 대한 그리움을 억제시켜 내리누르려는 듯 남자의 귀에는 포성과 총성이 울렸다. 그리고 그리크의 '장송행진곡'이 울리면서 큰북 소리가 남자의 귓전을 두들겼다.

이 광경을 끝내 응시하는 것은 몸을 떨며 패배를 시인한
상여의 눈뿐이었다.

-끝-

다 읽고 난 영현은 탄식했다.

"3대째의 마약 중독이라……. 할아버지 때부터, 비유하
자면 유전인자의 변형으로 인하여 후손들은 맨 정신으로는
평형감각을 잃게 되는 몸의 이상이 있었던 것 같아. 그리하
여 마약과 인연이 생기게 되면 쉽사리 투약하게 되는 모양
인가 봐."

"그 점에 있어서는 나도 마찬가지인 것 같았어. 나도 평
형감각을 잃는 증상을 겪었으니까."

명길은 그러면서 술병을 바라보았다.

"할아버지와 나와의 공통점이 있다면 다음과 같은 두 가
지야. 첫째로 할아버지와 나는 여복(女福)이 있었어. 그래서
이경아 혹은 진희나 다른 여성을 사랑했고 사랑을 받았어.
둘째로는 중독의 정도가 더할 수 없이 극심하다는 점이야."

"다른 점이 있다면?"

"할아버지는 중독증에서 치유되셨어. 소설은 그것을 극
명하게 보여주고 있어. 그러다 못해 할아버지는 소설 밖에
서 생생히 호흡하고 계셨어. 그러고는 정신적으로나 육체
적으로 강한 독립군이 되셨어. 그래서 찬란한 불꽃을 일으

키셨어. 그런데 나는 뭐냐? 나와는 아득하게 거리가 멀지."

영현은 깊은 한숨을 지었다.

"너도 치유할 수 있지 않을까?"

"나에게는 치유할 은신처인 동굴이 없어. 뭐, 날더러 가문을 일으켜 세우라고? 틀렸어. 그럭저럭 한 세상 지내는 거지."

영현의 표정은 쓸쓸하다 못해 냉소적이었다.

"너의 집 가문 얘기는 그만 하자."

영현의 심적 상태를 들여다본 명길의 말이었다.

"그래, 그렇게 하지."

명길은 다시 마신 술에 의해 흥에 겨워 하는 마음의 상태에서 다음과 같이 말을 이었다.

"우리는 너무나 먼 거리를 이 지붕 밑에 앉아서 달려 버렸어. 대개는 한 티끌의 생명체도 없는 이 지붕 밑이지. 한 포기의 풀이 있는 땅이 그리워, 땅이……. 비록 눈과 얼음에 가리어진 땅이라 할지언정……."

"우리가 이 감옥에 갇히지 않았을 때에 철로 주위에서 맴돌고 있을 때면 기차를 타고 어디로든지 가고 싶기만 했었지."

명길은 문득 생각이 떠오른다는 듯이 다음과 같이 말했다.

"바로 전에 멈추었던 그 정차 역에서 그 친구가 왜 보이지 않았을까? 임규석 말이야. 꼭 만나고 싶다던 얘기까지 했었는데. 그의 눈빛을 보니까 무슨 긴한 일이 생긴 것만 같았어. 고독과 번민으로 방황하는 사내……, 그 친구와 제법 친해졌지. 사귈 만한 상대가 될 여자를 몇이나 보여 주겠다는 얘기를 숱하게 했었지."

영현은 찻간의 길이(좌우)로 볼 때 적재물 더미를 배경으로 하는, 얼마간 우측의 공간, 즉 명길이 앉아 있는 쌀자루보다 우측인 사과 상자로 와서 앉아서 무슨 소리 같은 것에 귀를 기울이며 말했다.

"밖에서 무슨 소리가 들리고 있어. 마치 비명 소리 같아."

"늘 그런 소리들이지. 여기에 있으면 바람 소리에 휘저어지며 귀신이 울부짖는 소리까지 들려오지. 여기서는 모든 소리가 일 초 일 초 시간이 흘러서 깊은 호수 속으로 떨어져 내리는 소리에 불과하지. 바람에 시나브로 나부끼며……."

5. 살해자를 살해

　가루약과 술에 취한 영현과 명길이 각각 차내의 좌측의, 뒤쪽 좌석과 앞쪽 좌석에 앉아 있었다. 열차가 바람을 휘저으며 달리는 음향과 함께 차내 우측에서 문 두드리는 소리가 계속되었다. 두 사람은 선뜻 의식하지 못하다가 문득 몸을 돌려 귀를 기울였다. 두드리는 소리는 세찬 눈바람 소리에 휘감기며 들리다가 스러졌다 했다.

　그 소리가 몹시 귀에 거슬리는 영현이 말했다. 얼굴에는 불안감이 서려 있었다.

　"눈바람 소리일까? 아니면 그것을 타고 날으는 유령이 울부짖으며 손으로 벽을 할퀴는 소리일까? 아니면 사람이 내는 소리일까?"

　"혹시 순회 감사원인지도 몰라. 그네들은 밤중에도 극성을 부리거든."

　명길의 얼굴에도 불안감이 깃들어 있었다. 그는 술병들을 화물의 틈새에 감추어 넣고 화물 더미 곁의 통로를 거쳐 차내의 우측으로 갔다. 그러고는 고함 소리를 내어 물었다.

"누구요?"

"나요, 나……."

문 밖으로부터 흐릿하게 가까스로 들려오는 목소리였다.

명길은 잠긴 문을 열어 주었다. 문이 열릴 때의 세찬 눈바람 소리와 찬 기류가 차내로 확 끼쳐 들어왔다.

명길은 놀라움과 반가움으로 규석을 맞이했다.

"어서 와! 눈을 흠뻑 맞으며 웬일이야?"

이윽고 영현에게도 규석의 모습이 보였다. 규석의 용모와 몸짓에서 비교적 다혈질의 기질이 엿보이면서도 얼굴에 짙은 고독의 그늘이 드리워져 있었다. 명길은 문을 닫고 잠갔다. 규석은 화물 더미 곁 통로에서 머리와 옷에 하얗게 덮여진 눈을 털었다. 그의 표정에는 막다른 골목에 이르도록 쫓기고 있는 불안과 고통과 번뇌의 그림자가 서려 있었다. 특히 눈을 터는 동작은 자신의 몸을 치면서 아무렇게나 몸을 내던지고 싶은 자포자기의 몸짓 그대로였다.

영현은 창밖과 규석을 번갈아보면서 규석을 맞이하는 인사를 했다.

"미스터 임, 당신을 보니 반가워. 다시 눈보라가 세차게 몰아치고 있나 보군."

그러면서 영현은 잠시 생각에 젖어들었다. 침묵의 쉼표 아래로 언어가 이어져 흘렀다. 땅 위에 멈춰 서 있는 사람에게는 무엇이든 움직이는 것 위에 올라 있는 사람이 좀 별

나게 생각되는 법이지. 분뇨 차 위에 타고 있더라도 어디론가 새로운 땅 위로 가는 것으로 보이거든. 하지만 우리는 언제나 가지 않고 있었어. 아니면 그저 끌려가고 있었지. 아냐, 그냥 멈추어서 쭈그려 앉아 있었어.

영현은 길게 뻗어나려는 생각의 물줄기를 막아 버리고 입을 열었다.

"당신은 그래도 흙과 공기와 눈 내리는 공간을 마음껏 누릴 수 있는 사람이야. 그리고 한여름 밤 향기로운 숨을 내쉬는 나무와 숲도 누릴 수 있고. 이런 밤에 도대체 어디로 향해 가고 있어? 눈을 흠뻑 맞아 가며……."

명길은 영현과 내용적으로 유사한 의미를 지닌 말을 던졌다.

"우리는 아주 멀리 가 본다 한들 지붕 밑에서 제 자리에 서 있는 것밖에 안 되지. 눈을 흠뻑 맞다니! 승강구에 서 있기만 했었던 모양이지?"

"내가 무엇을 누려? 좁은 땅덩이 위에 갇혀 있을 뿐이었어. 나는 노형들이 부러웠어. 구획된 좁은 땅덩이를 순간순간 벗어날 수 있으니까."

규석은 잠시 침묵을 지켰다. 이어서 갑자기 진지해진 표정에 애수가 어린 음성으로 말을 이어갔다.

"나의 좁은 땅덩이 위에서나마 숱한 풀포기들이 눈에 비쳐 들어왔어. 마치 상대해 주기를 기다리듯이. 하지만 언제

나 옷자락을 스칠 정도도 못 되었어. 한 번도 풀포기를 만져 본 적이 없지. 그럴 수가 없었지. 잠시도 누리는 것이 불가능했어. 땅 위에서의 향유며 행복이라는 게 바로 그런 것일까? 나는 지금 그저 한없이 달리고 싶을 따름이야."

명길은 차내의 좌우로 보아 중앙쯤 되는 지점의 쌀자루 위에 앉으며 말했다.

"무슨 일을 저지른 게 아냐? 그저께부터 나를 만나고 싶다고 했지? 무슨 얘기를 하고 싶은 눈치였어. 또 여자 때문인가? 여자는 남자만큼 많아. 멋진 여자 하나쯤은 구해 줄수도 있어. 경찰서장의 딸을 상관 어르신네에게 빼앗긴 것은 기정사실이 아냐?"

영현은 돌연히 무슨 상념이 스쳐 지나간 듯 섬쩍지근해하는 표정을 지으며 혼잣말하듯이 입을 열었다.

"벌써 얼마 전 우리가 이렇게 앉아 있을 무렵 무슨 비명같은 소리가 났어. 승강구 쪽에서 말이지."

"비명이라니? 이런 눈보라 속에서 사람 소리가 들려? 정말 이상한 소리가 들렸어?"

규석은 무엇인가를 감추고 싶은 듯 불안한 안색이 되어 물었다.

명길은 찡그린 표정으로 마음속에서 무엇인가 짚이는 것이 있다는 듯이 의미심장하게 고개만 끄덕였다.

"사람이 열차 밖으로 떨어졌어."

규석은 갑자기 될 대로 되라는 체념적인 표정으로 돌변하며 말을 내뱉었다.

"무엇? 그렇다면 바로 이 칸의 차바퀴에……."

영현은 섬뜩해져서 그렇게 중얼거리면서 말끝을 흐렸다.

"반드시 그렇다고는 볼 수 없어. 사람은 작은 철교 밑으로 추락했으니까."

"그 전에 휠이 한번 잡아 삼킬 텐데……. 그런데 그자가 도대체 어떤 사람이지?"

명길도 섬쩍지근한 안색이 되어 말했다.

규석은 자신의 힘에 벅찬 듯 담력를 일으키고 어성을 높였다.

"나의 지엄한 주인, 그리고 며칠 후면 경찰서장 딸의 남편이 될 뻔한 이구중 부지사장……."

"자살이야? 아니면 자신의 실수? 아니면 타인의 실수? 아니면 과실치사?"

명길은 진상을 빨리 알고 싶다는 듯이 그렇게 물었다.

"그렇게 빙 둘러서 얘기할 필요는 없어. 어쩐지 심문을 당하는 기분이구먼."

규석은 얼굴에 차가운 비웃음을 그리며 개의 상자 위에 앉으면서 말했다.

"어쩐지 심문 같다구? 세상에 심문할 사람은 아무도 없어. 자기 자신 외에는 없어."

명길은 규석에게 나무라듯이 말을 던졌다.

영현도 진심을 밖으로 나타내듯이 말했다.

"때로는 자기 자신도 자신을 심문할 권리가 없지. 이를테면 세상으로부터 끊임없이 즐김의 대상이 되어 학대만 받는 자일 때 말이야."

"우리는 단지 당신이 무엇을 말하고 싶어 하는지 듣고 싶을 뿐이야. 지금 이 바닥 아래 휠이 구르고 있는 소리를 들어 봐. 한 바퀴 회전하는 동안마다 과거는 새로운 과거의 꼬리를 물면서 날아가 버리고 있어."

명길은 규석의 긴장을 풀어 주려는 듯이 애써 그렇게 말했다.

"산 사람은 하고 싶은 얘기를 다 하지 못하고 끝장나고 마는 게 대부분이야"

영현의 말은 의미심장한 어조였다.

규석은 다시 비웃음이 눈가에 흠뻑 서려 있었다.

"혹시 내가 자살 방조라도 하지 않았나 알고 싶으시다는 거지? 자살 방조는 이 세상 곳곳이 별로 행해지지 않는 곳이 없지. 노형들마저 나의 점진적인 죽음 즉 자살에 대한 방조자일 따름이야. 내가 해야 할 말은 그렇게 복잡한 것이 아니야. 분명한 사실은 내가 그자를 승강구 계단 아래로 떠밀었다는 얘기지."

"뭐라구?"

영현은 돌연히 아연해 하는 눈빛이 되어 외치듯 한마디 발성을 했다.

"무엇? 지금 헛소리라도 하고 있는 것 아냐?"

명길도 아연해 하는 기색이 되었다.

"술이 있으면 좀 줘요!"

규석은 갑급하게 외치듯 말을 내뱉었다.

명길은 화물 더미에 숨겼던 마지막 술병을 찾아냈다. 명길이 마개를 틀어 따서 부어 주는 종이컵을 규석이 받았다. 규석은 철철 넘치는 한 컵을 냉수 들이키듯 다 마셔 버렸다. 그들 모두 급격히 어스레한 침묵 아래로 가라앉았다. 특히 영현과 명길은 말실수를 하지 않으려고 약속이나 한 듯이 입을 다물고 있었다. 이것을 알아차린 규석이 문득 입을 열었다.

"세상 사람들은 나를 보고 살해자라고 하겠지. 그런데 또 한 잔! 아니, 내가 알아서 마시지."

규석은 스스로 술병을 집어 마구 몇 모금을 급히 들이켰다.

"그전에, 미스터 임, 당신이 말한 대로 그자는 살해자가 아니었어? 칼을 들지 않았을 뿐이지. 직접 살해도 있지. 단지 이름이 예뻤지. 과실치사이었으니까."

명길은 규석을 달래려는 듯이 말했다.

"어떤 사실에다 기호를 부여한 언어에 너무 전율해서는

안 돼."

영현도 규석의 마음을 달래려는 듯 특별히 강조하는 어조로 말했다.

명길은 고개를 끄덕이더니 말했다.

"너는 화장장에서 죽은 사람을 다시 죽여야 하는 강제 노역을 치렀으니까 너무도 당연하지."

규석은 애써 차분한 마음가짐을 지니려 했으나 흥분되어 언성을 높여서 길게 이야기했다.

"그래도 그 과실치사라고 불리어지는 것은 그의 살해 방법 중에서 가장 악의 없는 것이었어. 그는 명목상으로는 일개의 관리자였지만 실질적으로는 경영자로서의 비상한 재능을 발휘하고 있었어. 지사장과 몇 차례 트러블과 말싸움이 있었던 후 지사장을 허수아비로 만들었다면 알고도 남음이 있겠지. 실질상 서열 1위는 그자가 점하고 있었어. 일종의 정치적 인물이기도 했지. 지사장용 1호 승용차는 사실상 그자의 전용이었지. 감히 그걸 타고 장거리 출장까지 하는 것이었어. 이렇듯 승용차를 좋아하는 그는 차를 스스로 몰고서 야간의 현장을 순시하는 것이 취미가 되었었지. 퇴근 후 저녁 식사를 마치고 부인과 드라이브를 끝낸 다음이었지. 그러니까 본사에서는 밤 열 시까지 근무하는 충성 사원으로 평가되었지. 아니, 자기희생적이면서 공격적인 열성 경영자라고 해야 옳겠지. 어느 날 밤 지사에서 직접 운영하는 자동차 정비공장의 복잡한 작업 현장에서 꾸부리고 일하던 소년 노무자를 그자가 치어 죽이고 말았어. 사자가 고아였던 점과 관계하여, 또한 본사의 그 작자에 대한 평가와 톱 매니지먼트로 이어지는 그의 배경으로 인한 회사의 비호와 관계하여 몇 달 동안, 병 보석이니 뭐니 하면서 들락날락하더니 어물쩍 형 집행 정지로 풀려 나왔지."

명길이 말을 받았다.

"세상은 요지경 속처럼 알록달록하기 마련이야. 울퉁불퉁한 것이 오히려 반들반들하게 조화된 것이지. 부잣집 금으로 된 변기가 빈자의 집 전체보다 더 값지고 반들거리지. 여왕개미의 신혼여행 준비 차 동분서주하는 일개미가 사람이나 짐승의 오물 무더기에 깔려 죽기도 하지. 세상의 울퉁불퉁한 한 단면에 대해서 지나치게 신경을 쓴 게 아냐? 더 배운 게 해독이었을까? 비록 야간 대학 중퇴이긴 하지만 더 배운 게 말야……."

"우리에게 등 돌린 세상의 실태는 정말 요지경 속이야."

영현은 혼잣말하듯이 냉소적으로 말했다.

"그 작자의 살해 방식은 법망에 걸리지 않는 가장 교묘하고 잔혹한 것이었어. 인간의 육체와 정신으로 향하여 잠식해 들어가서 서서히 죽게 하는 무엇이었어. 집단의 목표를 위한 개인 행동에 관한 관리 통제, 즉 일에 관한 지배의 범위를 벗어나서 그자는 인간 자체 내지 인간 정신에 대한 지배를 획책했어."

규석은 새삼스럽게 분노하며 말했다.

"각 성원이 심리적 인간 전체라는 것을 기업의 강자에게 조공으로 바치도록 요구하는 유도였어."

냉소가 어린 영현이 즉각 위와 같이 말을 받았다.

"바로 평등한 인간 자체에 대한 품질 관리를 시도한 거지. 누가 뭐라고 하든 나로서 가장 용납할 수 없었던 것은 바로 이 점이었어. 나라는 인간의 생득적이며 동시에 궁극적 것이라고 표현될 수 있는 보편적 의지가 분노를 휘젓고 있었어."

규석은 메스꺼움을 물리치지 못하는, 비웃음으로 번득이는 눈빛으로 두 사람을 쏘아보며 말했다.

말을 마친 규석은 허탈감에 휩싸였다. 열차가 빚어내는 온갖 소리가 규석에게는 확대되어 귓전에 날아드는 듯싶었다. 레일 위의 바퀴 구르는 소리. 차체가 바람을 휘젓는 소리. 이어서 시간의 흐름과 공간의 전환을 암시하는 듯한, 꺼질 듯이 아물거리는 기적 소리. 규석은 그 소리들 속에 침잠해 들어갔다. 그러면서 생각에 잠겨 들어갔다.

사무실 내의 정경이 떠올랐다. 지사에서의 주무대 격인 1층의 일자리는 맨 뒤의 부지사장(이구중), 부장, 과장, 대리, 평사원으로 구성되어 있었다. 책상의 모습은 칸막이를 최대한 낮게 하거나 없앴다. 그러하기 때문에 앞쪽의 평사원들은 뒤쪽의 대리, 과장, 부장, 부지사장이 드리운 줄에 묶여 당겨졌다가 놓여졌다가 하는 것이었다. 다시 말하면 맨 뒤 부지사장의 시계(視界) 안에서 밧줄에 묶여 감시되고 조종되는 것이었다. 지사 사무실은 오래 묵은 건물을 헐고 신축한 것이어서 실내의 벽과 창문이 산뜻하게 느껴졌다.

낮은 칸막이는 있으나 팀장 직제가 없는 옛식이었다. 그러하기 때문에 앞쪽에 앉은 사원은 죽을 맛이었다.

한 번은 크게 마음을 먹은 규석이 부지사장에게 하소연하듯 말했다.

"부지사장님, 저와 같이 하위직에 있는 사원과는 냉전을 지양하여 대화의 문을 엽시다. 제가 먼저 사과드리겠습니다. 저는 노조 분회 총무로서 노조원을 대변해야 했습니다. 어용 노조가 아닌 한……."

"뭐, 어용 노조까지 알면서 감히 날 설득하려 해? 말이 통할 성싶어? 너무 늦었어. 만시지탄이야. 자네와 같은 하위직과는 냉전 상태가 되는 것이 내 생활에 활력을 주고 사는 맛이 나는 것이었어. 자네는 삐딱하게만 나와. 나에겐 활력을 주고 나는 사는 맛이 나니까."

어느 날은 부지사장 이구중은 규석이 가져온 결재 서류를 면밀히 검토한 뒤 사인을 한 뒤에 말했다.

"이봐, 일과 인간의 분리를 규정할 수 있는 무슨 표지라도 있어? 신이라도 만들어 놓은 표지라도 있느냐―하는 말이야. 날더러 어떻게 하란 말이야? 아무리 일을 중심으로 모여진 공식적 집단이라 할지라도 거기엔 일을 떠난 인간 대 인간의 심리적 관계가 있지 않아? 인포멀한(informal)한 관계 말이지."

"부지사장님 특유의 그 마지막 문자는 부지사장님으로부터 여러 차례에 걸쳐서 얼마간 귀가 따갑도록 들어왔어요. 부지사장만큼은 유식하지 못한 저도 서당개만큼은 알고 있어요. 부지사장님을 정당화시키는 교과서적 이야기도 그 자체로서는 별로 나무랄 데가 없어요."

"나에게도 어깨가 무거운 책임이 있다는 사실을 자네는 간과하고 있어. 목표의 초과 달성을 향하는 톱에 대한 책임, 각 성원의 이해관계의 조정과 현실적으로 가장 유효한 방향으로의 유도, 그리고 집단과 바깥 사회에 대한 복지 향상에 관한 책임……."

규석은 소음에 섞여 든 자동차의 경적 소리가 멎기를 기다리다가 다음과 같이 말을 내뱉었다.

"그토록 전체며 사회를 곧잘 들먹이는 부지사장님을 이해할 수 없는 점이 하나 있어요. 왜 부지사장께서는 부지사장과 비슷한 계층에 있다고 할까—하는 다른 부류의 사람들을 은근히 멸시를 하고 있는 거요? 특히 부지사장님 말대로 예술가 나부랭이와, 심지어는 부지사장님의 정당성을 입증시켜 줄 수 있는 경영학자까지 말이오? 그래도 그들

학자만은 부지사장님의 할아버지가 아니오?"

"역시 자네다운 질문이야. 확실한 주제 파악을 하려면 좀 더 뛰어가야 하겠군. 뭐니 뭐니 해도 사회, 아니, 인간 세상을 유지시키거나 발전시키는 원동력은 생산 수단이야. 그 원천인 분산된 돈 즉 주식이 아니야. 인간이 소유라고 부르는 것은 기껏 100년이면 끝나는 거지. 관리자, 곧 임차자가 바로 소유자야."

이구중의 목소리는 실팍하고 자신만만했다. 밖에서는 역으로 열차가 도착하는 소리가 들렸다.

"그러니까 부지사장께서는 경영학자보다 한 술 더 뜨시는구려. 실제로 경영 실무진(경영자)은 보다 소수이므로 당신네들 끼리 아전인수하려는 본능이 꿈틀거리고 있겠지요. 일과 인간을 분리하는 확실한 표지가 없다는 것─신이 그어 놓은 선 같은 것─쯤은 나도 알아요. 하기야 자그마한 가정 내에서도 마찬가지이니까. 그러니까 부지사장님 특유의 행동을 무한정 계속하는 것이 상책이오."

위와 같은 규석의 말을 듣고 사물을 조용히 관조하는 태도를 보이는 영현이 말했다.

"미스터 임, 당신 심정은 충분히 알겠어. 그러나 그렇게 열에 들떠서 흥분하지 말아. 어차피 공정한 대화는 성립될 수 없으니까."

명길도 흥분된다는 듯이 말을 내뱉었다.

"그러니까 대화할 필요가 없어. 그때는 알콜이 제일이야. 부지사장의 행동이니 뭐니 하는 것은 알콜이 다 녹여 줄 수 있어. 그게 들어가지 않으면 맹랑한 생각만 나기 마련이지. 술이 없는 음식은 세균이 들러붙어 들어오는 상한 음식이야. 그러니 골수에서 맹랑한 바람 소리가 일어나서 토해져 나오기 마련이야."

"내가 인생을 술로 달래기에는 약간 일러. 끓는 피가 알콜을 쫓아 버리니까. 하기는 가혹한 운명이 만들어 낸 예비 술꾼이기는 하지."

규석이 말을 받았다. 그리고 나서 짧은 시간 동안 침묵을 지키더니, 갑자기 돌이킬 수 없이, 상실감에 휩싸여 애조의 음빛깔을 띤 어조로 다시 말했다.

"결국 내 마음의 돌파구는 여자를 향한 것이 되고 말았지. 여름 방학 때 아버지의 사택으로 온 경찰서장의 맏딸과 가까워졌어. 도청 소재지의 대학에 재학 중이었어. 석탄 가루 더미와 진흙 속으로 옮겨진 유일한 꽃이었어. 그러나 방학이 끝나자 나의 좁은 땅덩이는 다시 텅 비워지고 황량해졌어. 나의 눈이 기웃거리고 대화를 요청하는 것은 오직 경찰서의 뒤뜰에서 하느적거리는 오동나무뿐이었어. 이윽고 나로서는 중대한 결단을 내렸어. 주말의 금지된 휴일을 이용해서 그녀의 도시로 달려가지 않을 수 없었어."

어느 날이었다. 이구중이 맨 뒤에서 묶은 줄을 당겼다가 놓았다가 하는 사무실의 분위기는 여전했다. 규석이 결근계를 내러 갔을 때 이구중은 심한 모멸과 불신의 표정을 짓고 있었다.

"벌써 몇 번째야? 이제는 눈 감고도 도저히 믿어 줄 수가 없어. 병결이나 휴일 결근도 사직이라는 말과 동의어로 통한다는 것쯤은 알고 있지? 결혼식, 자네의 약혼식, 친척들의 위독함과 죽음……. 그런데 왜 이렇게 자네 주위에는 죽음이 많은 거야? 이봐, 조상을 두 번 이상이나 사망시키는, 조상에 대한 모독은 아니겠지? 또 뻬딱하게 나오겠어?"

"뻬딱한 게 아녜요. 노조 분회의 말들은 그렇게 느껴질 뿐이죠. 제 측에서의 그 죽음들은 부지사장님으로 인해 자기 명보다도 일찍 당해야 하는 그 숱한 죽음에 비하면 많지도 않죠."

"뭐라구? 좋아, 못 들은 걸로 하지. 그런데 인간으로서 당연히 필요하고 또 찾아야 할 휴일의 수보다도 적다는 말이지?"

"휴일이니 뭐니 하는 것에 대해 감각이 무디어진 것은 이미 오래 전이죠. 도대체 의미가 없어져 버렸죠. 특별 휴가를 받은 날에 쉬고 있을 때, 초상집 같은 월요일의 엄격하고 메마른 분위기를 미리 상상의 공간 전체에 가득 메우고 대기해야 하는 힘겨운 시간에 불과한 것이 휴일이었죠."

"제법 현명해졌구먼. 부모가 세상을 떠나더라도 남의 사업체에 몸담고 있는 한 사표를 던지기 전에는 감히 가 보지 않으려는 각오마저 서 있어야 돼. 실제로 그런 이도 있었어. 운전기사 가운데 말야."

"그야 당연하죠. 회사로 인해서 자신이 서서히 죽는 것을 알기 때문에 부모의 죽음의 심각성이 희석되며 일에 쫓기는 판이니까. 그런데 왜 이제는 '남의 사업체'라고 하시는 거죠? 우리의 손으로 가꾸어야 할 우리의 삶터가 아닐까요?"

"이젠 제법 남의 등을 칠 줄도 아는데!"

"그렇게 너무 겁주지 마세요."

"말투까지도 담대해졌구먼. 노조 분회 총무로서 그 정도는 되어야 할 지도 모르겠어. 그런데 자네는 노조를 너무 치켜세우는가 하면 노조와 별 관계없는 개인 플레이가 많아. 담대해진 마음에는 만용만이 아니라, 몰매를 맞더라도 좋다고 하는, 진정 쓸쓸한 영웅심마저 서려 있군. 끝까지 현명한 것이 보다 낫지 않을까? 실패해도 최소한 뒤통수는 얻어맞지 않는 비결이니까."

"보내 주실 수 없어요?"

이구중은 교활한 눈웃음을 짓고 있었다.

"보내 줄 수 없어. 어딜 향해 가는지 다 알고 있어. 경찰서장의 딸은 일찍 단념하고 있을수록 좋아."

"뭐라구요?"

규석은 아연해 했다.

"경찰서장은 이제 나의 친구야. 이곳의 모든 기관장이 다 그렇듯이……. 내가 상당히 연하(年下)이기는 하지만 말이야."

도저히 참을 수 없는 비웃음이 규석의 얼굴에 번지고 있었다.

"연하인 정도가 아니라 새파랗다고 말해야 옳죠. 게다가 사모님까지도 세상을 뜨셨고."

"남의 사생활에 대해 이러쿵저러쿵하지 말어."

규석은 쏘아붙였다.

"저 같은 이의 사생활에 대해서는 예외이구요? 예외가 원칙보다 너무 많은 게좀 탈이지요. 여하튼 갈 수 없군요. 하는 수 없지."

"피할 수 없지."

이윽고 시간은 허망하게 흘렀다. 불과 며칠 후면 이구중의 결혼식 날짜였다. 하나에서 열까지 철저하게 규석을 망쳐 놓은 이구중. 끝내는 마지막 보루였던 그녀마저 빼앗아 간 것이었다. 규석은 그냥 둘 수 없다고 생각했다. 며칠이나 되는 고민 끝에 마침내는 결단을 내렸다. 좋게 평가하면 이 사회의 필요악일지도 모를 그자를 제거하기로……. 이구중은 며칠 전부터 장모 댁이 있는 그녀의 도시로 출발하는 것이었다. 이날은 폭설 때문에 승용차를 이용하지 않았다. 이날 규석은 그 시간을 기다렸다. 사무 보조원에게, 잠시 시내 거리에 볼일이 있다고 말하면서 도장을 맡겼다. 그러고는 회사의 거래처인 차량용품점에 들렀다. 가짜 알리바이를 만들기 위해서였다. 열차가 들어올 시간에 이를 무렵 규석은 몰래 역사의 반대편인 측백나무 울타리 뒤에 숨어 있다가 드디어 출발할 열차의 맨 끝 소화물 찻간에 붙은 객실의 승강구에 몸을 실었다. 아무도 모르게, 플랫폼의 반대편에서 올라서 타고……. 발차를 하자 그는 승강구에서 객실의 창문을 통하여 안을 들여다보았다. 규석에게 운이 좋았다고 할까, 이구중이 앉아 있는 모습이 보였다. 규석은 다른 아는 사람이 없나 하고 자세히 살펴보았다. 다른 아는 사람은 없었다. 규석은 객실 문을 열고 안으로 들어갔다. 규석은 정면으로 이구중을 쏘아보았다. 그러고는 아무 말 없이 뒤를 돌아서 객실을 빠져나왔다. 이구중이 나오기를 유도한 것이었다. 만약 안 나오면 손짓으로 불러내려고 했었다. 과연 이구중은 승강구로 나왔다.

여기까지 말을 마친 규석은 피로한 기색을 나타내고 헐떡거리기까지 했다.

명길은 걱정 어린 눈빛으로 물었다.

"정녕 목격자는 없었어? 당신과 그자의 움직임을 눈여겨 본……?"

"특별히 눈여겨 본 자는 없는 것 같았어."

이렇게 어눌하게 대답한 규석은 정신을 가다듬으려고 애 쓰며 다음 이야기를 계속했다.

승강구에는 눈바람이 세찼다. 승강구의 계단에는 눈이 내려앉아 있었다. 이구중은 추위에 몸이 떨리는 것을 짐짓 감추며 위엄 있게 말했다.

"아무런 허락이나 말도 없이 슬쩍 빠져 어디로 도망치고 있는 거야?"

"도망……? 그래요. 도망자가 있어야 추적자가 있어서 출세할 수 있는 법이죠."

"내가 자네 하나쯤 잡아서 출세할 수 있다고 생각하나?"

어느새 규석의 말은 반말 투로 되어 갔다.

"출세한 자는 자신의 거울 앞에서 자신을 가리는 자를 싫 어하면서도 한편으로는 거울 앞을 가리는 자를 한 대 치기 좋아하지. 맞는 자도 둘로 늘지만 치는 자신도 둘로 늘거 든. 일거양득이지. 그러면서 거울의 효과를 고려하지 않 지."

"누구 앞에서 반말이야?"

"바로 너 앞이지."

"무릇 나무 칼 든 폭도의 오합지졸은 갑자기 제 몸이 거물처럼 크게 튀겨진 듯한 착각을 하게 되지. 이렇게 눈보라가 날아드는 승강구에서 자네와의 말은 아무런 의미도 없어. 다음 역에 내려서 되돌아가는 데는 별로 어려움 없겠지? 뒤통수를 맞기 전에 말이지."

"나도 칠 수 있어. 그때 내가 등을 치는 것보다 뒤통수를 치는 것이 더 가볍게 치는 것이 되어 내가 편해지는 것이므로 별로 할 말은 없어. 그러나 한 말씀 더 올리겠어."

"그만둬. 내 고막에는 그 정도의 말쯤은 닿지 않을 테니까."

"장담할 건 없어. 결국은 너무 생생하게 듣게 될 테니까. 당신이 듣고 말게 될 소리의 울림은 바로 이런 것이야. 당신은 당신으로 인한 타인의 고통을 한번이라도 이해해 본 적이 없다는 말이야. 고통은 인간의 어리석은 상상의 산물이라구?"

"머리는 몸 전체의 복리를 위해 자신의 손가락에 피를 내게 할 수 있어."

규석은 확연히 드러나는, 차가운 비웃음을 머금었다.

"뭐라구? 진정 당신이 머리란 말이야? 쳇, 머리라구? 신의 계시라도 있었어? 그리고 피가 나오게 한 것은 한 손가락뿐일까? 보아하니 안하무인격이시군. 그래, 좋아. 겨우 한 손가락만에 피를 냈다고 가정할까? 그때 당신 같으면 아파하지 않는다구? 과연 그럴까? 당신이 등 뒤에서 발목을 맨, 눈에 보이지 않는 줄에 당겨졌다 놓여졌다-하는 사람들이 호흡 한번 크게 못하고 그림같이 앉아 있는 사무실을 누구보다 잘 볼 수 있는 자가 당신이야. 사무실 맨 뒤쪽에 앉아서 모든 사람의 등짝을 한눈에 보고, 통제하고 조종할 수 있는 자가 당신이지. 단 30초라도 더 심호흡을 나누면서 서로 연민의 눈길을 주고 받는 화장실 안에서의 사람들이 뭐라고 말하는 지 알아?-'살벌한 아침부터 서로 나눌 것이 조금도 없으니, 오줌이나 함께 나눕시다'-야. 당신은 많은 사람이 있는 화장실 안까지 근태 사항의 관점에서 눈여겨보고 있었어. 그러면서 당신은 더욱 날뛰었지. 화장실에 머무는 시간을 양심에 맡겨서 스스로 제한해야 한다고 말하고 세수하는 시간까지 지나쳐서는 안 된다고 하면서 점잔을 떨었어."

"그런 것을 느끼는, 그런 세심한 신경을 업무에다 쏟았다면 자넨 지금보다는 출세했을 거야."

"뭐라구? 그래도 못 알아듣겠어?"

규석은 상대방을 가로막으며 움직였다.

"이젠 내놓고 반말이군. 이봐, 무슨 일을 하자는 거야? 어디를 가로막고 있어?"

"당신, 아니, 너는 정말 할 수 없는 작자야. 너는 숱한 사람들의 죽음을 초래했어. 첫째, 과실치사는 제외하고라도 법망에 걸리지 않는 잔혹하고 교묘한 즉시 살해. 예를 들면 무리한 상차를 소리쳐 강압해서 작업원을 추락 살해했지. 그리고 부당 해고를 하여 단 몇 분만에 심장마비로 살해된 정명달을 기억하고 있어? 둘째, 가혹한 핍박—즉 부당한 변상, 감봉 등—을 통한 육체의 점진적 살해. 셋째, 위협과 마음속 생각의 흐름 내지 잠재의식이 움직이려고 하는 심적 자유까지의 통제와 조건 반사와 악몽의 야기 등 신경 조직의 해체를 통한 정신의 점진적 살해……."

"이봐, 궤변은 그만둬."

"그런 말투는 가짜 능변가인 동시에 진짜 궤변가들이 잘하는 식이지. 뭐, 내가……, 궤변? 몇 개의 공식만 이용하면 되는데, 그토록 수학을 못해? 한 사람의 증인만 불러와도 입증은 완벽해져."

"이쪽 객실에서라도 정신이 온전한, 나를 대변할 변호인을 불러올 수 있지 않아?"

"그럴 필요가 있을까? 곧 너 자신이 증인의 체험을 할 테니까. 넌 도합 90명 이상이나 되는, 생명들의 수명의 감축을 감행했어. 이건 추산이 아냐. 정확한 항목의 열거는 시간 관계상 여기서 생략하겠어. 너 자신이 더 잘 알 테니까."

이구중은 상대를 계단 아래쪽으로 밀어 위치를 바꾸면서 외쳤다.

"가만히 듣고만 있으니 변사같이 날뛰고 있어!"

"그 오랜 시간 동안 날뛴 자는 바로 너야. 결론은 바로 이 거야. 양쪽 귀 사이를 뚫고 지나가겠지."

규석은 짧은 침묵 후에 상대방이 말할 틈을 주지 않고 또 렷한 발음으로 다시 외쳤다.

"너는 악랄한 살인자야!"

"그래서 감히 날 어떻게 할 작정이야?"

규석은 악의에 차서 위협하듯이 저음의 낮은 어조로 말 을 던졌다.

"구걸을 해야 되지 않을까? 생명의 구걸……."

둘은 서로 밀치고 몸부림치며 엉켰다. 바닥과 벽에 부딪 치는 몸뚱이와 구둣발 소리. 결국 그들의 위치가 역전되었 다. 한 계단 아래로 바싹 몰아세워진 이구중. 유리한 위치 를 확보한 규석은 격렬하게 외쳤다.

"나에게 끼친 악몽과 점진적 살해 행위는 무시할 수도 있 어. 야간 대학 등교마저 방해했던 것—그것도 웃어넘길 수 있어. 그러나 나에게 마지막으로 남아 있는 꽃을 꺾으려 하 다니! 너같이 눈부신 뱀의 껍데기와 한 포기 꽃의 빛깔이 우선은 잘 어울린다고 생각했겠지. 경찰서장의 딸이 너무 아까워."

"정말 나를 죽일 셈이야?"

규석의 지극히 통쾌해 하는 미소가 얼굴 전체에 퍼졌다. 그는 더욱 맹렬하게 고조된 음성으로 외쳤다.

"이구중이라……, 이 구정물……, 이 구정물 같은 자식 같으니! 너는 잔혹한 살인자였음을 명심해. 최고의 낙원 관광지로 신혼여행을 보내 주겠어. 이윽고 잠시나마 처음으로 고통 받는 것이 무엇인지 배우게 될 것이야."

규석은 마지막 계단으로 밀려 내려선 이구중의 안면을 구둣발로 가격했다. 다시 한 번 힘껏 구둣발로 찼다. 아무것이나 붙잡으려고 허우적거리는 이구중. 규석은 다시 발로 찼다. 이구중은 굴러 미끄러졌다. 비명 소리가 눈보라 속을 헤집고 있었다. 한참 동안 낮게 메아리쳐 오는 듯한 비명의 여운…….

6. 잃어버린 낙원, 최고의 환각제

영현은 차내 좌측 뒷좌석에, 명길은 개의 상자 우측 쌀자루 위에 앉아 있고, 규석은 차내의 좌우로 보아 중앙 쪽 적재물 더미 곁에 서 있었다.

"왜 이토록 머뭇거리고 있었어? 일이 끝난 직후 빨리 되돌아가야 했을 것 아냐? 버스를 타고 말이지. 가짜 알리바이를 만들려고 시도는 했잖아? 이해가 안 가는군."

명길은 아쉬워하며 규석에게 핀잔을 주듯이 말했다.

규석은 잠시 체념적으로 되어 자세를 흐트린 채로 말했다.

"그런 계획에 대하여 미리 생각하지 못한 내가 아니었어. 다음 역에 못 미쳐서 차가 서행할 즈음에 뛰어내리는 것이 느닷없이 싫어지는 것이었어."

규석은 앞쪽 좌측 작업용 문의 창으로 와서 밖으로 눈길을 던지며 말을 덧붙였다.

"차바퀴가 뒤로 밀쳐 버린 모든 지나가 버린 것들이 지긋지긋하게 싫어졌어. 한없이 어디론가 달려가지 않고는 견딜 수 없었어."

"자신이 흥분했던 것을 후회하고 있었던 게 아냐? 끝까지 냉정하게 판단했어야 하는 건데."

영현도 아쉬운 점이 있다고 판단했다.

규석은 뒤를 돌아보며 신경질적인 반응을 보였다.

"내가 말한 것은 그런 뜻이 아니었어. 그 작자를 해치운 것 자체에 대해서는 후회하고 있지 않아."

"그자가 아무리 악인이라 하지만 이제 막 죽음을 들여다보기 시작한 눈에 나타나는 검은 절망에도 냉정을 잃지 않았겠지?"

이렇게 말을 한 영현은 스스로 표정이 어두워지며 규석의 얼굴을 응시했다.

규석은 앞쪽 우측 작업용 문으로 가서 문에 붙은 창의 밖으로 눈길을 던지며 혼잣말하듯이 지껄였다.

"찰나적으로 좀 아찔한 것 같기도 했지. 그러나 그런 눈빛이 감도는 순간이 너무나 짧았다는 점이 아쉬울 지경이었어."

이런 규석의 말은 힘이 들어간 실팍한 어조로 바뀌면서 다시 이어졌다.

"죽음의 맛을 서서히 음미하도록 하면서 더욱 잔인하게 죽였어야 했어. 이 세상에는 아픔이 있다는 것을 전혀 이해하지 못하는 구렁이의 눈부신 빛이 그자의 전체를 뒤덮고 있었으니까. 명길 형, 그리고 영현 형, 보시오. 내가 가한 행위의 의미를 물거품으로 만들 셈이야? 세상에는 정의이니 복수이니 하는 것이 없다고 생각해?"

"죽임만이 복수일까? 다른 방법이 있을 게 아냐?"

명길이 말했다.

"죽음보다도 훨씬 오래고 가혹한 무엇……."

그렇게 말한 영현은 섬뜩한 표정을 지었다.

규석은 반론을 폈다.

"현실적으로 가능할까? 우리와 같은 여건에서, 특히 현재의 나와 같은 상황에서……? 가정하여, 인생의 놀음이 역전되어 내가 그자의 상관으로 되는 것보다는, 곧 내가 잘되는 것보다는 그자의 파멸을 더 원했어."

영현은 수긍이 간다는 듯이 고개를 끄덕였다.

"바로 그런 것을 두고 진정한 증오라고 부르지."

명길은 갑자기 참을 수 없다는 듯이 종이컵에 술을 부어 들이켜고 나서 말했다.

"영현 씨, 참 씁쓸한 얘기군. 인간끼리 대화하면서 가장 들어 주기 어렵고 또한 해답해 주기 어려운 그런 거지. 내 생각으로는 누군가 발로 밟을 때는 밟혀 주는 것이 가장 상책이야. 발이 빨리 지나가기를 기다리는 거지. 아마 고개 숙여 더 죽어 주는 것이 당신을 위해서 더 나았을지 모르지. 복수할 기회를 엿보면서……."

규석은 돌아서서 언성을 높였다.

"내가 잘되는 것보다는 그자가 파멸하는 것을 목격하고 그 맛을 즐길 수 있는 것을 더 원한다고 말했잖아."

명길은 음성에 부드러움을 실어 대꾸했다.

"조금만 더 참고 그 맛을 즐길 수 있는 시간을 뒤로 연기시키면 되잖아. 자신도 성공하면서 적의 파멸을 목격할 수도 있잖아?"

"노형은 구렁이 한 마리 죽일 수 없는 사람이오. 그리고 깨물리지도 않지. 나무 위에 뛰어올라, 어서 가시오─하면서 아첨이나 하겠지. 그러면서 숱한 개미는 손쉽게 죽일 수 있지."

그러면서 규석은 명길의 곁으로 와서 명길의 손으로부터 종이컵을 빼앗듯이 하여 바닥에 있는 병을 들어 술을 부어 마셨다.

명길은 규석의 마음을 누그러뜨리기 위해서 목소리에 정감을 담아서 말했다.

"인간에겐 술이 있어. 술은 죽어 가는 인간을 저버리지 않고, 죽이려고 힘을 쓰는 자와, 그 자신에게 죽임을 당할지도 모를 그 상대방을 용서할 수 있어."

"아침부터 시작해서 밤까지 술을 마실 수 있다면 사정이 달라지겠지. 술은 밤이나 응달에서만 마시는 거 아니야?"

규석은 빈정거렸다.

영현도 맞장구를 쳤다.

"에덴을 떠나오기 이전에는 죽음과 죽임이 없었듯이 애초에 신은 술이 없도록 포도주를 만들지 않기로 했을 거야."

명길은 비웃으며 이의를 제기했다.

"내장을 갈가리 헤쳐 놓는 가루약이 애초에 없었듯이……. 술은 양지에서도 마실 수 있어. 어떻게 마시느냐가 문제지."

명길은 잠시 침묵 후에 대담하고 진지하게 말문을 열었다.

"내가 말하고 싶은 것은 어떠한 경우에도 사람이 사람의 명을 단축시킬 수 없다는 얘기야. 아무리 많은 목숨을 앗아간 살인마라도 사람이 그를 처치할 수는 없다는 거지. 또한 국가도, 법도, 하늘도……."

"과연 그럴까? 그렇다면 세상은 아수라장이 되게……?"

규석은 부정했다.

영현의 침묵 아래에는 의식의 흐름이 이어졌다. 아무도 정답을 대기 어려운 인간의 숙제다. 다만 죽은 자가 잠시 일어나서 죽인 자를 죽일 수 있다고 할까? 그런데 세상은 죽어가고 있는 것과 죽은 것으로 가득 찼어. 살아 있는 것처럼 웃고 있는 명태 눈깔, 본디부터이듯 배를 가르고 편안하게 휴식을 취하는 오징어, 구두나 장갑으로 다시 태어난

듯한 소가죽, 선반과 책상과 상자와 그리고 튼튼하고 반영
구적인 삶으로 화한 듯한, 열차의 벽을 이룬 나무들……
오직 산 자의 눈앞에서만 살아서 영원히 웃고 있을 듯이 느
껴진다.

영현은 사념에서 깨어나 입을 열었다.

"어느 쪽인가가 죽지 않고는 결판을 볼 수 없는 것이 이
땅이지. 다른 것들을 죽게 하는 것을 죽인 것은 죽음의 숫
자를 줄인 것도 되지만, 한편으로는 일단 죽음의 숫자를 하
나 늘인 것이 되지. 아마 시커먼 죽음의 땅에서는 이렇게
말하겠지.—잘 죽었어. 영원한 우리 편이 하나 늘었어."

명길이 영현의 말을 막았다.

"또 횡설수설이군."

규석은 명길의 곁에 선 채로 영현을 바라보며 언성을 높
였다.

"나를 위로하는 것일까? 아니면 놀리는 것일까?"

"어느 쪽도 아니야."

영현이 대답했다.

다소 마음의 안정을 되찾은 규석이 말했다.

"나는 알콜이나 무슨 약 같은 것에 중독되지 않았어. 내
몸을 이루는 세포 공화국은 통일을 잃지 않고 있었어. 파당
들도 분열되지 않았었지."

그러면서 규석은 개의 상자 앞쪽 쌀자루 위에 앉았다.

영현은 다시 생각에 잠겼다. 통일을 앗아갈 위험은 외부로부터 있었군. 세포 공화국의 한 진영을 파당으로 만들어 교란시키려던 것은 외부 오랑캐의 침입이었어. 자신의 몸 전체의 생리적 평형을 잃지 않기 위해서는 침입자를 무찌르지 않을 수 없었겠지.

이때 규석은 진지한 어조가 되어 말했다.

"노형들은 자신의 한 진영을 서서히 죽이는 살인자가 아닐까? 단지 세포공화국 전체의 입장에서 볼 때 자살자이지."

영현은 씁쓸한 웃음을 얼굴에 새기고 있었다. 잠시 생각을 계속했다. 살해가 아닌 것이 없군. 분열도 살해이고, 공존의 약속인 통일도 살해의 가능성을 의미하지. 적자생존의 입장에서 어쨌든 해독이 되는 다른 개체를 죽여야 하니까.

명길의 표정에는 긴장감과 우려의 빛이 감돌았다.

"이러고 있을 게 아냐. 오래지 않아서 다음 역에 닿아. 우리 셋은 모두 고등학교를 우등으로 졸업했어. 책도 많이 읽은 편이고, 머리가 좋아. 우리는 앞으로의 해결책을 강구해야 돼. 종착역에 닿기도 전에 누구에게나 최악의 상태로 몰릴 수 있어. 감사원이 불쑥 나타날 수 있어. 흔히 있는 일이니까."

이렇게 말한 명길은 잠시 침묵 후 가까스로 쾌활한 웃음을 떠올리며, 규석에게 얼굴을 돌려서 말을 덧붙였다.

"당신은 증인이 생겨서 쉽게 밖으로 나가려들지 않을 거야. 어쩌면 우리마저 처치할 수도 있어."

규석은 쓴웃음을 짓고 있었다.

"나를 미리 경찰에 신고하면 되지 않을까?"

명길은 갑자기 섬쩍지근해 하는 표정이 되었다.

"그자의 지문이나 당신의 지문 앞 칸 승강구에서 발견되면 큰일이야."

"나는 이 차를 탈 때부터 줄곧 목장갑을 끼고 있었어. 지금도 이렇게 낀 채로 있지 않아?"

규석이 말했다.

"준비나 계획만은 거의 완벽했군. 나 명길의 생각으로는 그렇더라도 큰일이야."

영현은 무표정해져 있었다. 그러다가 심드렁하게 말을 꺼냈다.

"승강구에 그자의 지문이 있을 수 있고 옆 칸에는 우리가 있다는 말이지? 그러나 우리 같은 자들이 혐의를 받을까?"

"일단 주목만 받는다면 문제가 확대될 수 있지. 다음 역에 이를 때까지 얼마 남지 않았어."

명길이 말을 받았다. 그의 마음속에는 근심·걱정이 증폭되어 가고 있었다. 영현에게도 긴장감이 감돌아 그는 사태를 빨리 수습해야 한다고 생각하며 입을 열었다.

"그러니까 일단은 될 대로 되어 버린 이 상황에서 미스터 임의 위험 즉 희생을 최대한 막는 길을 찾아야지."

규석은 두 사람에게 고마움을 느끼면서도 잠시 살짝 비웃는 표정이 되며 물었다.

"희생이라니? 누구로부터의……?"

영현이 대답했다.

"또 다른 사람으로부터이겠지. 더 정확히 말하면 붙잡혀서 인간이 행하는 재판으로부터이지. 만약 어느 정도라도 인생을 포기하고 싶다면 재판에 순응해야 되겠지."

영현은 그러면서 냉정한 표정을 짓고 있었다.

규석은 씁쓸한 표정이 얼굴에 짙게 깔리고 있었다. 그러면서 영현에게 말을 던졌다.

"포기하고 싶지 않다면……?"

영현의 말은 다음과 같이 쓸쓸하고 힘없는 어조로부터 시작하여 마치 혼잣말처럼 고조되었다.

"때로는 죽음의 골짜기를 아슬아슬하게 넘어서야 하는 어려운 삶의 땅일망정, 당신 본연의 인생을 찾고 싶다면, 인간의 재판을 부인하고 나가야 하겠지. 이미 무로 화해 버린 죽은 자의 산 자에 대한 복수란 있을 수 없지. 그렇다면 죽은 자를 위한 재판도 있을 수 없지. 살인 사건을 심리하는 재판은 죽은 자를 위한 재판이 아니라는 것이지. 가해자를 제외하고, 살아 있는 사람을 위한 재판에 불과해. 사실상 복수할 권리가 없는 살아 있는 가족과 방청객을 위한 것이지."

규석은 자신을 염려해 주는 영현의 눈빛을 보고 살갑다는 생각이 들었다.

"그러니까 빨리 도망치는 것을 방관할 수 있다는 얘기로군."

명길은 일어나서 뒤쪽 작업용 문의 창밖을 보며 서두르는 듯이 말했다.

"이 친구는 가루약만 있으면 입을 봉할 수 있다는 얘기도 되지. 차가 서행하기 시작했어."

"전혀 지문이 발견되지 않고 우리 두 사람이 주목을 받지 않을 수도 있어. 문제는 일이 끝나고 빨리 되돌아가지 못했다는 점이 아쉬움으로 남아 있다는 거야. 그러나 때늦게 후회하지는 말아."

영현은 핀잔을 주면서도 위로하듯이 말했다. 이때 명길로부터 말의 화살이 갈급하게 날아왔다.

"뭣들 하고 있는 거야? 우선 빨리 숨어!"

명길은 차내 후면에 있는 이불장의 도어를 열었다. 규석은 다급히 그리로 가서 미닫이 서랍 위의 널찍한 공간으로 들어갔다. 명길이 양쪽 도어를 닫아 주었을 때 안에서 양쪽 위 아래로 걸쇠를 걸어 버렸다. 규석은 이불장 속에서 다리를 뻗고 편안하게 기대고 앉았다.

"안에서 문을 걸어 버리면 아주 안전하게 숨어 있을 수 있지."

그제야 명길은 안도감이 생겨서 한마디 했다.

한층 더 서행하는 열차의 음향. 이윽고 열차가 정거했다. 영현과 명길은 뒤쪽 좌측 작업용 문을 열었다. 눈바람에 멍이 든 밤의 추위가 차 안으로 확 끼쳐 들어왔다. 플랫폼에는 가로등이 추위 속에서 졸고 있었으므로 작업용 문 밖은 얼른 눈에 들어오지 않을 정도로 희미했다. 플랫폼의 건너편에 접하여 윤곽이 흐릿한 유개 화물 전용차 칸이 보였다. 눈에 덮여져 있어 더욱 윤곽을 잡을 수 없고 지붕 위에는 침침한 하늘이 좁다랗게 걸려 있었다. 작업원 몇 명과 소화물 취급소장과 조역의 얼굴들이 뒷문 사이로 나타났다.

명길은 문 바로 옆에 서서 말했다.

"이 역에 내릴 화물은 없소."

소화물취급소장(회사 직영이 아닌 개인 업소의 장)이 말을 받았다.

"추운 날씨에 간단해서 좋군. 우리도 실을 물건은 없수만……."

취급소장의 말끝이 흐려질 바로 그때 조역이 작업용 문위로 차내의 빈자리를 찾고 있었다.

명길은 뭔가 의심쩍다는 듯이 물었다.

"실을 게 없는데 그게 뭐가 어떠하다는 말이오?"

"동물을 제외하고 말이지."

조역이 자신의 권한을 환기시켜 주듯이 그렇게 한마디 했다.

명길은 좌우를 둘러보다가 흠칫 놀라서 문 밖 오른쪽을 턱으로 가리켰다.

"저쪽에 흐릿하게 보이지만 길쭉하게 놓여져 있는 것은 뭐요?"

취급소장이 내미는 적하(荷)수수증을 보고 명길은 다시 한번 움찔 놀랐다.

"뭐, 사체와 새 한 마리라고! 새는 구관조라……."

조역이 턱으로 지시하자 인부 여섯이 관이 있는 자리로 걸어갔다.

영현도 작업용 문 밖을 내다보며 말했다.

"뭐라구? 이런 밤중에 사체를 옆에다 두고 밤을 세우라 니……."

명길은 취급소장을 내려다보며 따졌다.

"상상도 할 수 없는 일이오. 당신네들 같으면 어떻게 하 겠수? 왜 하필이면 그 많은 낮 열차를 다 두고서 이렇게 난 처하게 만들고 있는 거요?"

조역이 은근히 으름장을 놓았다.

"앞서 간 두 열차의 승무원이 다 적재를 거부했어. 화물 이 좀 많다는 구실을 대고 말이지. 그러나 징계를 면치 못

하겠지. 철도 전화와 무전 통신이 요란하도록 종착역에다 급보를 띄워 놓았거든. 사체란 어떠한 물건보다도 상차(上車)의 우선권을 갖고 있어."

명길의 얼굴에는 냉소의 그림자가 그려져 있었다.

"우선권 즉 권리라니⋯⋯? 죽은 것이 말이오? 이렇게 추운 날이면 부패할 염려도 없지 않아요?"

"죽은 것이라니! 말조심해."

조역이 자신의 권위를 세우려는 듯이 엄숙한 어조로 말했다.

한편 영현은 혼잣말 하듯이 넋두리를 했다.

"시급한 것은 사체 자체가 아니라 종착역에서 그걸 맡아야 할 사람들이겠지."

작업원 여섯이서 관을 들고 와서 소화물 차내에 실었다. 작업용 문 한 짝을 더 열었다. 작업원 여섯이 다 차 안으로 올라왔다.

명길은 여전히 따지는 어조였다.

"정말 이렇게 하기요? 아무리 규정이 어떠하다지만, 차에 탄 사람의 의사에 아랑곳없이 마구 들이미는 거요? 좋아, 앞으로 두고 봅시다. 정말 섭섭하군. 저쪽으로 바싹 당겨 주시오."

작업원들은 개의 상자를 보다 좌측으로 옮겨 놓았다. 그러고는 차내 중앙 위치에서 얼마간 좌측으로 하여, 관을 차내의 폭(너비)을 이루는 방향으로 길게 놓이도록 조심스럽게 당기고 밀었다. 즉 관이 놓인 위치는 화물 더미에서 왼쪽으로 얼마간 거리를 두고 뒹굴고 있는 몇 개의 짐 부근이며, 이불장의 좌측 끝과 관의 우측 머리끝이 거의 닿을 정도였다. 관은 옻칠한 갈색의 것으로서 매우 고급스럽게 보였다. 새장은 이불장 위에 얹혔다.

취급소장이 정중히 사과를 하듯 말했다.

"이거 미안해요. 우리도 저걸 오래 붙들고 있을 수는 없지 않수?"

취급소장이 무엇을 싼 보자기를 차 안으로 올려놓았다.

명길이 물었다.

"이게 뭐요?"

"특제 고량주와 안주요."

취급소장이 대답했다.

"원, 목구멍으로 잘도 넘어 가겠군."

그렇게 말한 명길이 작업용 문을 닫으려고 하던 동작을 갑자기 멈추고 다시 말했다.

"한 가지 부탁이 있소. 다음 역 이후에다가 만재(滿載) 통보를 해 주시오"

"만재라니? 이렇게 비어 있는데."

취급소장이 이렇게 이의를 달았다. 명길은 목을 가다듬고 다소 엄한 말투를 보였다.

"시체의 관 하나 때문에 만재가 되었지 않소? 차내를 꽉 채운 거요. 우리가 고개 한번 제대로 못 돌릴 정도로 말이오. 특히 고량주를 차입(差入)해 줄 정성이 있었다면, 그 정도의 수고는 해 줄 수 있을 텐데…. 하고 싶지 않으면 그만두구려."

"알겠수. 통보해 주겠수. 어느 역까지……?"

취급소장이 승낙을 하고, 명길은 최대한의 요구를 했다.

"그야 할 수 있는 모든 역까지……. 하긴 T역에서는 어차피 문을 열어야 하겠지. 하화(下貨)가 있으니까."

"알았수."

취급소장이 끝까지 성의를 보였다.

영현과 명길은 작업용 문을 닫고 잠가 버렸다. 그리고 명길은 새장을 올려다보았다. 열차가 서서히 움직이는 소리가 들렸다. 영현과 명길은 둘 다 움직이지 않고 불쾌한 기분이 되어 작업용 문가에 서 있었다.

잠시 후 명길이 침묵을 깨고 입을 열었다.

"말 못 하는 사람과 말하는 구관조라……. 묘한 인연이 되었구먼. 아까부터 마구 흔들리는 둥지 안에 처박혀 잠만 자고 있군. 저것도 관이 보기 싫은 모양이지."

영현이 뜨악한 기분이 되어 말을 받았다.

"사람이 볼 수 있는 것은 다 지켜봐서 간이 크다는 것을 알아야 할 걸. 도둑 지키기 위해서 미리 잠을 자 두는 것이

여울물을 건너서   161

겠지."

규석이 이불장의 도어를 열고 밖으로 나오면서 말했다.

"별 것을 다 실었구먼. 우측 통로 쪽으로 관을 옮겨 버리지."

명길이 반대했다.

"안 돼. 멀리 두면 더 기분 나쁘게 보일 뿐이야. 통로를 막아서도 안 되지. 그래도 그쪽은 우리보다 좀 나은 걸로 생각해. 장의 두터운 나무에게 감사해야 될 거야. 시체를 멀리 격퇴시키는 벽을 만들고 있으니까."

규석이 현재 자신의 감정 상태를 표현했다.

"나는 관 옆에 있는 또 하나의 관 속에 갇히게 돼."

영현과 명길 사이에 대화가 오갔다. 먼저 영현이 말했다.

"시체는 관도, 장의 나무도 다 투시할 수 있어."

"상주 없는 상갓집에 온 느낌이야."

"우리가 문상객 없는 상주들이 아닐까?"

"너만이 상주이겠지. 실제로 창백해진 것은 너 뿐이야."

"그럼 으스스하지도 않다는 말인가? 상차에 대하여 항의한 사람은 또 누구지?"

명길은 자신이 체험한 과거를 곁들여 이야기했다.

"처음에는 좀 으스스하게 느껴지기도 하지. 그런 느낌보다 내가 두려워하는 것은 입맛을 떨어뜨린다는 거야. 외로운 상갓집에 가서 관 옆, 바로 병풍 곁에서 혼자 밤을 새운 일도 있어. 문제는 술 맛이 좀 떨어진다는 것이었어. 나중에는 졸음이 오더군. 그런데 군대의 병원에서 시체 해부를 거든 일도 있어. 밖으로 떨어진 간과 내장을 손으로 집어넣기도 했지. 시체만 남기고 모두 퇴장한 실내에서 청소를 했어. 결국 입맛이 떨어지는 것 이외에는 아무 것도 아니었어. 어릴 때 무덤 위에서 재주를 부리던 것과 큰 차이가 없었어."

규석이 둘 사이의 대화에 끼어들었다.

"무덤을 생각하면 제일 먼저 여우가 떠오르는군. 그리고 세계에서 가장 무서운 귀신은 한국의 머리 푼 여자 귀신이란 것도……."

명길이 반론을 폈다.

"귀신이라는 것은 존재하지 않아. 먹을 것 궁색하고 남편 복 없는 여자들이 만들어 낸 것이지. 한국의 여우가 야산의 무덤가를 기웃거리는 것도 잡아먹을 것이 많은 너른 평원이나 고원이 없기 때문이지. 여우가 요사스럽게 좀 흥해 보이기는 하지만 무서워 할 것은 못 되지."

"여우로 태어나지 않은 것을 행복하게 느끼는 것은 아니야?"

말을 마친 규석은 슬며시 비웃음의 그림자를 눈 가에 띄고 있었다.

명길은 쓴웃음의 표정을 얼굴에 그려 놓고 있었다.

"행복……? 그런 말 자체가 나 명길에겐 생소해. 단지 재수가 썩 없지는 않았다고 느낀 일이 있었겠지."

영현은 이전보다 창백해진 얼굴빛이 되었다. 그러나 가만히 있기는 더 괴롭다는 표정을 지으며 말했다.

"너를 만들어 낸 유전 인자가 사람의 것이 아닐 수도 있었지. 이를테면 코끼리, 들소, 기린, 여우, 명태, 오징어, 매미, 귀뚜라미, 소나무, 배추, 민들레, 냉이, 포도……. 아니, 생명체가 발생하고 진화하기 이전에 있던 돌이나 흙이나 공기의 분자로 지금까지 남아 있을 수도 있었어. 이 모든 것들이 아닌, 지금의 너를 위한 유전인자로 내려 온 것은 재수가 썩 없지는 않았다는 말이 아냐? 그러나 돌이나 공기의 분자로 발생했더라면 재수가 더 좋은 것이라고 생각하지는 않아? 영원히 살게 될 테니까."

"실성한 듯한 소리하지 말아. 그것들은 발생할 때부터 이미 죽어서 태어난 것 아냐? 사산된 거지. 사람이 어디 두번 죽나? 한 번 죽지.─하며 큰소리 치고 싶지는 않아. 그러나 나는 무생물로 사산되어 태어나지 않은 것을 다행으로 생각하고 있어. 특히 인간으로 태어난 것은 그다지 불행이라 생각하지는 않아. 이제야 문득 생각에 떠오르는구먼. 특제 고량주라……. 그럼 이런 엉뚱한 상갓집에서 특제 고량주나 마셔 볼까."

모두들 닫힌 작업용 문 가에 서 있고 명길이 보자기를 풀어 고량주 병과 안주를 꺼내 병마개를 따려고 할 때, 맨 우측에서 문을 두드리는 소리가 들렸다.

"이런, 제에길, 감사원일 거야. 빨리 숨어!"

규석은 명길의 말이 끝나기도 전에 이불장으로 갔다. 규석이 그리로 들어가자 영현이 도어를 밀어 주었다. 규석이 안에서 걸쇠를 걸었다. 영현은 혼자 남아서 관이 보기 싫다는 표정이 되어 차내의 우측으로 갔다. 명길은 술병과 안주를 다시 보자기에 싸서 빈 병들과 함께 좌측 뒤쪽 좌석 아래 왼쪽 구석으로 밀어 넣었다. 이윽고 영현이 잠긴 문을 열어 주었을 때 차내로 휩쓸려 들어오는 열차 바퀴의 진동음 속에서 한 남자가 나타났다. 감사원이었다. 감사원은 적재물 더미를 천천히 훑어보면서 차내 좌측으로 왔다. 영현이 그 뒤를 따라오고 있었다. 세 사람 모두 관을 둘러싸고 섰다. 감사원은 관을 내려다보며 마음을 가다듬는 듯했다.

"관 하나만은 잘 모셨군."

명길은 은근히 친근감을 나타냈다.

"십 년 감수당하고 있답니다. 으스스해서 말이죠. 제발 이런 걸 싣는 규정은 좀 없애 주셨으면 합니다."

"원, 이 사람들, 어디 장사 한두 번 해 봤어? 이런 걸 가지고 무섭다고 그래? 그리고 누구 맘대로 또 누구를 위해서 규정을 뜯어고쳐?"

"모든 살아 있는 사람을 위해서이죠."

명길은 말이 눌리지는 않았다. 감사원은 실팍하고 엄격한 어투가 되었다.

"세상은 모든 것에 대하여 다 좋도록 돌아가지는 않아. 대를 위해서 소는 희생될 수밖에 없어."

"어느 것이 대이고 어느 것이 소이냐-그게 잘 정해져야 되겠죠."

영현은 관을 내려다보며 마치 혼잣말하듯이 말했다.

감사원은 영현을 유심히 바라보더니 연설을 늘어놓을 듯 말하기 시작했다. 이불장에 숨어 있는 규석은 나무 문 틈새에 바싹 귀를 갖다 대고 듣고 있었다.

"우리나라가 아무리 문명이 발달하고 부자 나라가 된다고 할지라도 역시 수요에 대응하는 수송 수단은 있어야 하고 거기서 지켜야 할 사람은 있어야 하지. 거기서 빠져나갈 자신이 없는 사람은 역시 천직으로 생각하고 남아 있어야 하지. 그런데 당신들은 소화물 열차에서 뛰어 내려갔다가도 결국은 자기 발로 돌아와서 뛰어오르는 사람들이야."

"예, 여기 김영현이 그러하고 저 역시 그러하죠."

입빠른 명길 때문에 일장의 연설이 순간적으로 끊어지는 듯했다. 곧 감사원의 말이 이어졌다.

"당신들이야말로 진짜 몸에 밴 승무원다운 승무원들이야. 내가 감사원 일을 10년가량 했지만 열차에 탄 그놈들이 시간이 지나도 또 그놈들이었어. 당신들이야말로 진짜

요원들이며 진짜 역군들이야. 그런데 김영현이야말로 자기 업무를 내내 계속할 수 있는 진짜 지키미야. 그런데 선진국의 예를 보아서 몇 년 더 지나면 철도 소화물은 없어질 수도 있다고 가끔 말해지고 있어. 소형 자동차 택배 때문이야. 설령 없어진다고 하더라도 김영현은 자기만의 공간이 필요하므로 선박회사의 갑판원이나 창고회사의 창고지기로 취직하고 말 걸. 그리하여 김영현은 선박회사 화물과 갑판의 지키미나 창고회사 화물과 땅의 지키미로 취직하여 자기 영역이나 땅을 지킬 거야. 그리하여 자기 영역 내에서의 자기 연극을 계속할 거야."

"연극? 그게 무슨 뜻이죠?"

명길이 물었다.

"가만히 듣고 있어 봐. 김영현은 선박회사의 갑판, 창고회사의 땅에서 흡연을 하면서까지 선량하게 자기의 업을 계속할 것이므로 오히려 인정받는 지키미가 될 거야. 이쯤 되면 철도 소화물이 없어지더라도 2중, 3중으로 자기의 무대 공간이 확보되는 거야. 아냐, 그렇게 될 것만이 아니라 오래 가지 않아 철도 소화물이 부활하게 될 거야. 도착지에 대한 정확한 정보만 있으면 철도 소화물에 의한 정확한 택배가 이루어질 수 있어. 사실상 지금 철도 소화물에 의한 택배가 이루어지고 있어. 열차 역에서 대형 수레, 또는 소형 자동차로 주로 상점이 되는 도착처로 택배가 이루어지고 있어. 그러므로 개인 대화주에 알맞은 대량의 소화물에 의한 장거리 운송은, 소형 자동차에 의한 택배가 따라올 수 없는 발달 가능성이 기대되고 있어.

그러므로 김영현은 창고지기, 갑판원으로의 자기 영역을 변경시키지 않더라도 흡사 극장 무대를 연상시키는 소화물 차에서의 자기 연극을 계속할 수 있을 거야. 2중·3중·4중의 무대 공간이 확보되는 것이지.

그런데 여기서 내가 말한 연극이란……? 이젠 두 사람 다 내 말의 진의를 파악했을 거야. 어렵게 생각할 필요가 없지. 여기서 연극이란 연극이라 말할 수 있는 모든 연극을 다 말하는 거야. 각본이 있는 연극일 수도 있어. 그리고 극본이 없는 여러 형태의 연극을 말하지. 직업으로 인하여 진짜 현실과 동떨어진 제2의 인생 현실을 본연의 정상적인 인생 현실처럼 살아 내면서 대사를 풀어내는, 연극 아닌 연극을 주로 내가 말한 거야. 연극 아닌 연극이라 하지만 완전히 연극으로 되어 버린 것을 말하지. 짧게 말했지만 이해들 하겠지? 영현 씨, 명길 씨가 이미 그런 식의 연극을 해 왔기 때문에 어렵지 않게 이해가 될 것이라고 나는 생각해."

감사원의 말을 끊고 명길이 말했다.

"실제로 연극이라 하면 제가 더 경험이 많을 지도 모르죠. 내륙의 5일장을 따라다니며 막을 여는 연극에서 단역을 맡았으니까요."

감사원은 얘기를 더 계속했다.

"그렇다고 하더라도 진심에서 대사가 풀어져 나오는 경우는 영현 씨가 더 많다는 것이지. 영현 씨는 떨어져 나가서 조용히 연극에 빠진 남자가 될 거야. 아마 연극이 잘 이루어질 거야. 이런 직업에 익숙해지지 않은 이는 처음에 연극 상태가 잘 안 될 거야. 아무리 말을 건네도 벽과 화물은 침묵할 뿐이지. 하지만 고독을 좋아할 정도가 되고, 끼가 있고, 깊은 사연이 있는 사람에게는 꽤 다른 현상이 나타나지. 겨울바람 스산한 어느 날 저녁 어느 순간부터 벽이 열리지. 또는 커다란 화물 궤짝이 열리지. 그러한 고독한 사람이 갈구하게 되면 벽과 갑판과 친화력이 생기고 갈구하던 것이 나타나게 되지. 세상을 떠난 연인이 속삭임을 계속하게 되지. 그렇게 되어 연극은 심화되는 거야."

긴 말을 마친 감사원은 적화물 더미와 널려진 여러 개의 화물을 손가락으로 가리켰다.

"정리 상태가 불량해. 저기 적재된 것 말이야. 선로가 심히 굽어져 있거나 열차가 요동할 땐 화물이 기울지 않는다고 말할 수 없어."

그러면서 감사원은 우측으로 움직이다가 고추 포대를 발견하고 살피면서 다시 말을 이었다.

"자루를 묶은 부분에 봉인이 되지 않았구먼. 이런 걸 왜 받았어?"

명길은 공손함을 잃지 않고 얼마간은 항변조로 나왔다.

"도대체 누구의 말을 들어야 하죠? 상차를 거부하면 역장이나 조역이 고함을 치고 윽박지르는 거죠. 말로는 자기네들이 무봉인을 더 금지시키면서……. 탁송 때 말이죠."

감사원은 이불장으로 가서 도어의 손잡이를 잡고서 당겨보았다. 규석은 반사적으로 몸을 뒤로 당겨 뒷벽에 기대었다. 감사원은 의심쩍어 했다. 다음의 감사원의 질문에 명길이 답변했다.

"이 문 좀 열 수 없어?"

"예, 열 수 없습니다."

"원래부터 문이 잠겼어?"

"예, 그랬죠."

"열쇠라든지 뭐 열 수 있는 것 없어? 아니면 장 전체를 흔들어서 여는 기술도 없어? 손에 전해 오는 묵직한 무게감이 있어. 안에 무엇이 들어 있어?"

명길은 당황한 얼굴빛을 감추려고 애를 썼다.

"별 것 아닐 것입니다."

감사원은 짜증을 내었다.

"문이 잠긴 걸 받으면 어떻게 해? 안에 무엇이 들어 있는지도 모르고, 또한 작업하기가 곤란하지 않아? 이불장 전체를 앞으로 좀 당겨 놓아 봐."

규석은 이불장 안에서 숨을 죽이며 긴장과 불안과 초조함에 휩싸였다.

"그렇게 하려면 앞을 다 치워야 하는데……."

이번에는 영현이 말로 거들고 나섰다.

감사원은 투덜댔다.

"한 번도 완벽하게 제대로 된 때가 없군. 가만히 앉아서 급료나 수당을 탈 셈이야? 이불장이라 하지만 군데군데 거적으로 간이 포장이 되었어야 할 것 아니야? 만약 흠이라도 생기면 화주에게 뭐라고 답변하겠어? 변상이라고 할 작정인가?"

"다음부터 각별히 조심하겠어요."

영현이 조용하면서도 공손한 표정으로 말했다.

"포장이 불량한 것은 이것 말고도 더 있어."

감사원은 수첩에 무엇인가를 적으면서 코를 벌름거리며 냄새를 맡고 있었다.

"담배 냄새가 어찌 좀 이상하고 야릇하군. 담배 피우지 말아. 알았어?"

"예, 알았습니다."

명길은 불안에 휩싸인 영현을 흘긋 보며 대답했다.

감사원은 관을 내려다보며 주의를 주었다.

"관을 옆에다 두고 누구든 졸지 말아."

"알았습니다. 옆에 두고 어떻게 졸음이 오겠어요?"

여전히 불안감이 있는 영현이 말했다.

"그렇죠."

명길이 맞장구를 쳤다.

우측으로 나가는 감사원을 두 사람이 함께 따라가며 배웅했다. 문을 열어 줄 때 실내로 휩쓸려 들어오는 열차 바퀴의 진동음이 세찼다. 두 사람이 좌측으로 향하여 올 때 규석이 이불장의 문을 열고 나왔다.

명길이 영현에게 물었다.

"문은 꼭 잠갔어?"

"물론 꼭 잠갔지."

"그자가 이불장으로 와서 문을 당길 때는……, 십 년 감수하는 것 같았어. 자아식, 잘아빠지게 깐깐한 태도이더군."

규석이 두 사람의 대화에 끼어들었다.

"승무원복을 입지 않았다고 지적하지는 않는군."

"나 영현의 생각으로는 그것으로는 너무 춥다는 것을 자신도 알기 때문일 거야."

"아마 수첩에 그것까지 적어 넣었을지도 모르지. 자아식, 까다롭겠지. 감사원 자식, 피도 눈물도 없는 작자야."

"아냐, 나 영현의 판단으로는 감사원이 다른 무엇을 적었을 거야. 조금 전에 말이 나왔듯이, 이 추위에 승무원복 안 입었다고 아예 반 마디의 말도 나오지 않았잖아. 적어도

'눈물'은 있는 사람이야."

"영현이 그대, 그자가 그대를 두고 끼가 있고 깊은 사연이 있다고 치켜세우니, 눈물은 있다고 생각하는 것 아냐?"

"그래, 그런 점이 있기는 하지만, 그게 다가 아니야."

"그자는 고추 철이 아닌 겨울에 흔히 있는 고추 포대 무봉인이니 하면서 잘아빠지게 입놀림을 했어. 특히, '빠져나갈 자신이 없는 사람은 이 업(業)을 천직으로 생각해야 한다'는 자기 주장은 결정적으로 우리를 낮추어보는 거만이자 자만이야."

영현은 손사래 치며 명길의 말을 중단시켰다.

"아냐, 아냐! 잘 생각해 봐. 감사원은 연극이라는 말을 하면서 우리를 걱정해 주고 자존심을 지키도록 세워주고 위로하려는 의도를 보였어. 그 사람의 모든 말이 연극이었어. 용역회사 윗사람의 강요가 흔히 있기 때문에 고추 포대 무봉인에 대해서 우리가 듣기 싫도록 잘아빠진 듯한 말을 또 반복했을 뿐이야. 우리더러 천직으로 생각해야 한다는 그의 말은 지어낸 위악적인 말에 불과해. 잠시 동안의 연기였어. 그런 위악적인 연기가 허술하면 연극 전체가 무너지지 않아? 그는 그가 내심으로는 우리의 편이며 우리에게 계속적으로 연극을 잘 하기 위한 노력을 한 것이야. 그는 연극을 잘 하는, 눈물도 피도 있는 사람이야."

명길에게 문득 깨달음이 찾아들었다.

"아아, 그런가? 그런 것 같아. 우리가 너무 몰라 주었군."

차내의 중앙쯤인 적재물 더미 곁에 명길, 규석과 같이 서 있던 영현은 차내 좌측 뒷좌석으로 갔다. 거기에 앉은 영현은 다시 창백한 표정이 되어 있으며, 두 사람의 말에 얼마간 무관심해져 있었다. 잠시 후 명길은 영현이 앉은 좌석의 밑에 숨겨 두었던 고량주 병과 안주를 꺼내어 차내의 좌우로 보아 중앙 쪽으로 갔다. 명길은 보다 관에 가까운 위치의 쌀자루 위에, 규석은 그보다 우측에 있는 사과 상자 위에 앉았다.

명길은 술을 매우 작은 종이컵에 조금만 따라서 규석에게 넘겨주었다.

"특제 고량주가 어떤지 맛보도록 해. 고량주 두 병에 안주는 탕수육이군. 이봐, 영현이, 웅크려 앉아 있지 말고 이리로 와. 여기가 덜 추워. 술이 싫거든 안주나 들어. 벌써 배고플 때가 됐잖아?"

명길의 말에 영현은 손사래 쳤다.

"나는 괜찮아. 둘이나 많이 먹어. 조금만 혼자 가만히 있고 싶어."

명길은 탕수육을 씹으면서 투덜거렸다.

"관이라……, 재수가 없게시리 입맛을 또한번 떨어뜨리고 있어!"

규석은 몇 번으로 나누어 고량주가 들어 있는 작은 종이컵을 기울여 마시고 난 후 컵을 명길에게 건네주고 술을 따랐다. 명길은 작은 종이컵의 2/3에 이르도록 따른 것을 단숨에 입에 털어 넣었다.

"이봐, 내게는 잔 가득히 따라 줘. 그런데 그만 장갑 좀 벗어 버려."

명길은 규석의 장갑 낀 손을 내내 눈여겨보았었다.

"아직도 이불장의 문을 열고 닫고 해야 하니까……."

규석은 말끝을 흐렸다.

"원, 지문을 몹시도 두려워하는구먼. 그런데 이봐, 영현이, 자는 거야? 눈을 감고 있군. 얼굴은 창백하게 보이고. 기분이 좋지 않으니까 한 잔 마셔 보는 게 어때? 고량주가 제법 화끈하게 쏘는 데가 있어."

명길의 말에 영현은 눈을 감은 채로 응답했다.

"내 생각은 하지 말고 많이 마셔. 나는 마시고 나면 기분이 더욱 좋지 않아져. 어쩌면 잠이 올 것 같기도 해."

명길과 규석은 연거푸 술잔을 주고받고 있었다.

명길과 영현 사이에 대화가 이어졌다. 먼저 명길이 말했다.

"화투나 칠까? 상갓집에서처럼 다 함께 밤을 새우도록……?"

영현은 여전히 눈을 감은 채로 입을 열었다.

"교대로 잠을 좀 자야 돼."

"혼자서 지킬 자신이 있어?"

"둘씩 지키는 것은 어차피 관을 보아야 하는 시간을 연장할 뿐이야. 눈을 피곤하게 만들 뿐이지. 보는 시간을 반감시켜야 하지 않겠어?"

"혼자서 깨어 있으면 더 고통스럽지 않을까?"

"둘이서 술을 마실 동안만 얼마간 시간을 빌겠어. 잠시 눈을 좀 붙이고 있을 테니 내버려 둬. 그리고 나서 나 혼자 지키겠어."

한참 후 명길과 규석이 마시던 술이 다 떨어졌다. 흥건히 취기에 젖어 든 두 사람은 소리를 낮춰 두런거리기 시작했다.

"완전 범죄란 없어. 더욱이 가짜 알리바이를 꾸미는 것마저 이젠 틀렸어. 어디로 피신할 셈이야?"

명길이 속삭이듯 말했다. 규석은 허탈한 감정 상태에서 가까스로 자신을 추스르고 있었다.

"일이 끝나고 뛰어내리지 못하고 달리는 차에 몸을 맡겨 버린 후부터는 당장 내일 이후를 생각할 수조차 없었어. 그러나 저 관이 내 눈동자를 물들여 버리고 나서 이불장 안에 갇혀 있을 때 느닷없이 내일이 걱정되었지. 지금도 그럴 듯한 계획이 없어. 다만 사람의 발자취가 드문 산골에 묻혀 버리고 싶어. 버섯이나 약초를 캐면서 말이지."

"어리석은 소리 말아. 사람이 드문 한적한 곳으로 숨는 것은 잡히러 가는 것이나 마찬가지야. 차라리 인파가 득실 거리는 도회지가 낫지."

명길은 잠시 침묵하고 있다가 좀 거북스러워 하는 표정 으로 독백하듯이 중얼거렸다.

"문제는 돈이야. 세월을 견뎌낼 수 있는 돈……."

규석은 진지하게 상대방의 눈을 응시하며 다소 길게 말 했다.

"나의 안주머니를 채우고 있는 것은 돈밖에 없어. 온라인 예금통장과 카드와 도장이지. 아들을 잃고 며느리와 손자 만 지켜보시던 할아버지……. 이윽고는 며느리마저 저 세 상으로 보내 버리고 끝내 눈을 감으시며 나에게 남긴 유산 이지. 그러고 나서 나는 없애 버려서는 안 될 논밭과 집을 팔아치우고 얻은 돈이야. 난 회사에서 돈을 모으기는커녕 할아버지의 돈을 까먹고 있었지. 더 이전에 학교에 다닐 때 는 할아버지 당신을 속이기도 하며 많은 돈을 타 써서 애를 태우시게 하기도 했었지."

"그 심정 알겠어. 그 통장과 그 카드와 도장을 내게 맡겨. 비밀 번호도 알려 주고……. 돈을 인출한 뒤에 달러로 환전 해야 되지 않겠어?"

규석은 깜짝 놀랐다.

"환전하다니! 어떻게 하려고?"

명길은 천천히 또렷또렷하게 말을 내리깔았다.

"밀항하는 거야. 밀항……!"

"밀항……?"

"그 외의 다른 방법은 없어. 나도 함께 가야 돼. 그런데 나로서도 양자택일의 가장 어려운 고비를 겪어야 하는 문제가 있어. 돈 많고 섹시한 젊은 과부냐, 아니면 이 지긋지긋한 땅을 떠나 버리는 것이냐−하는 문제이지."

규석은 궁금했다.

"어떻게 밀항을 할 수 있다는 거지?"

"그건 내게 맡겨. 고등학교 때 화물선의 화물 궤짝에 숨어서 독일까지 갔다온 경력이 있어. 물론 그 방면의 선배와 함께 행동했었지만 말야. 부두와 해안 사정은 당신도 얼마간 알고 있지 않아? 하긴 상당한 위험이 따르긴 하지. 잘못하면 본선에 이르기도 전에 쥐도 새도 모르게 바다 가운데서 꼬챙이에 찔려 죽을 수도 있어. 그때는 살인 용의자가지명 수배되지도 않아. 물론 나도 항만 사정을 보다 더 터득했어. 문제는 기술과 그리고 돈이야."

"밀항 탈출에 성공했다 하더라도 남는 것은 무엇일까?"

그러면서 규석은 느닷없이 밀려오는 서글픔으로 인해서 탄식조가 되어 다시 말했다.

"그건, 그건…… 영원한 이방인이라는 것이지."

"그쪽은 이미 이방인이 되어 버렸어. 그자가 승강구로부터 떨어진 직후부터이겠지. 산 속에서 약초를 캐거나 도회

지 거리에서 메이크업을 하여 변장을 하고 다닌다 하면 그
건 무엇이 된 거지? 그건 더 한층 고립된 무국적자가 되는
것 아냐? 아니, 그자가 죽기 전부터 그쪽은 이미 어쩔 수
없는 이방인이 되었었는지도 몰라."

　명길은 갑자기 침묵했다. 침묵의 교량 아래로 쓸쓸한 의
식의 흐름이 이어졌다. 그 점에 관해서라면 나도 어쩔 수
없지. 태어날 때부터 이 땅의 사람이 아닌 듯 겉돌며 살아
왔어. 여기 이 달리는 감옥은 더욱 더 나를 이방인으로 고
립시켜 놓았어. 저기 졸고 있는 친구 또한 마찬가지이지.
단지 나는 밀항의 도착지에서 핍박을 가하거나 모멸을 하
는 본국인 즉 외국인에게도 마치 친밀하게 대하는 것처럼
말을 걸고 손짓 발짓을 할 수 있다는 점이 다르지.

　규석이 침묵을 깨뜨렸다.

　"모두가 공허로운 얘기 같군. 밀항에 성공한다 하더라도
어떻게 삶을 꾸려 나가지?"

　"답답한 소리 같으니! 그건 차후에 생각할 문제야. 인간
이 어떤 땅이건 일단 거기에 떨어지면 죽지는 않아. 해외
곳곳에 한국인은 많아. 그들의 도움을 받아서 달러로 소규
모 사업이나 장사를 벌릴 수도 있겠지. 한국인 사이에서 그
럭저럭 끼어 살다가 국적을 취득할 수도 있겠고. 달러도 있
겠다, 그럭저럭 한 세상 잘 지낼 수도 있겠지."

　명길의 이 말에 규석은 강한 의문을 나타냈다.

"내가 말하는, 꾸려 나가야 할 삶은 물질적인 삶만을 의미하는 게 아냐."

명길은 규석의 약해진 마음을 추스르기 위해 낮고 진지한 어조로 말했다.

"이 시점에서 너무 지나치도록 생각을 많이 해서는 안 돼. 새로 시작하는 거야. 모든 것을 말이야. 또한 이전에 있었던 불행한 삶을 다 망각 속에 집어던지고……. 정신적으로도 한 세상 잘 지낼 수도 있어."

"망각의 절벽 아래로 집어던지고……? 할 수만 있다면 차라리 미개와 야성의 섬으로 가고만 싶군. 야생의 나무와 열매가 있고 방풍림이 둘러쳐진 해안으로 짠물이 밀려왔다가 썰리어 나가는……."

규석의 얼굴에는 동경의 눈빛이 찰나적으로 스쳐 지나갔다. 명길은 격려의 음성을 발했다.

"인간이 도달하기 쉽지 않은 이상향을 꿈꾸고 있군. 좋아, 차라리 그런 생각만 하는 게 나아. 고갱은 사실 그러한 이상향에 도달한 사람이 아닐까?"

"일단 목표로 해서 도달한 시점을 경과한 후 빠져나가는 시간 속에서 지구를 떠났던 사람이겠지. 낙원, 낙원—파라다이스, 이상향, 이상향—유토피아…… 곧 21세기가 흐를 이 지구 덩어리에 그런 곳이 존재할까? 인간이 그러한 낙원의 꿈을 상실하지 않고 간직할 수가 있을까?"

"지금 눈 감고 있는 저 친구도 무릉도원 건너 이상향을 꿈꾸어 왔지."

규석은 갑자기 회의적이고 무엇에 쫓기는 표정이 되었다.

"취흥에서 나오는 판소리 가락 아냐? 이 모두가 말야."

명길은 섭섭하다는 듯이 화를 내었다.

"나를 어떻게 보고 있는 거야? 벌써 두 해가 넘도록 나를 접촉했음에도 사람을 못 믿겠다는 거지?"

명길은 진정하며 상대방이 야속하다는 표정이 되어 말을 덧붙였다.

"설령 내가 판소리 가락을 읊었다 할지라도 그 주제 파악을 제대로 못 해 준 게 심히 유감스럽군. 나는 술 몇 병에 정신이 돌아 버리지 않아."

규석은 얼굴에서 침울한 표정을 지우며 미소를 떠올렸다.

"그만, 됐어요, 됐어. 침 한 대 찔러 놓은 효과가 있군 그래."

"내 말을 믿는다—이거지? 좋아, 그런데 시간이 없어. 얘기를 빨리 마치기로 해. 사실 나는 오늘 내내 미스터 임을 기다리고 있었어. 무슨 심상치 않은 일이 생겼거나 또는 괴로운 일을 시도할 것만 같은 그런 눈치를 요즘 몇 번 엿보았기 때문이었어. 아니면 몹시 난처한 것이지만 무슨 새로

운 좋은 일을 꾸미는 것 같기도 했어. 어쩐지 나를 필요로
한다는 생각이 들기도 하고, 또 괜찮은 일이라면 내가 가담
하고 싶기까지 했어. 철교 밑에 떨어진 그자의 시체가 발견
되려면 앞으로 시간이 좀 걸릴 거야. 그러니까 우선 내가
거처하는 곳에 숨는 거야. 나는 열차가 종착역에 도착하는
대로 지금 내가 하는 일을 정리하고 은행과 환전상과 암시
장을 거쳐서 항만으로 떠날 준비를 하는 거지. 그런데 아무
래도 그 젊은 과부를 구워삶는 것은 포기해야 하겠어. 미스
터 임은 종착역에 이르기 전 차가 서행하기 시작할 무렵 뛰
어내리는 것이 좋아. 나중에 뛰어내리는 지점과 만날 약속
장소를 가르쳐 줄게."

규석은 번민과 힘의 소모로 인해서 지쳐 보이는 얼굴이
되었다.

"모르겠어. 될 대로 되겠지."

규석은 명길의 눈초리를 바라보더니 다시 표정을 가다듬
고 성의가 깃들여 있는 말을 했다.

"아냐, 좋아. 어쨌든 열차에서 뛰어내려서 약속한 장소에
서 기다리겠어."

"어서 다시 숨어. 너무 시간을 헛되이 보내 버린 것 같아.
한숨 자 두는 게 좋은데 말야. 얼마 후 깨울 때까지."

규석은 일어나서 이불장으로 들어갔다. 그러고는 이불장
밖으로 소리를 높여 말했다.

"덮을 게 있어야 하겠는데……."

명길은 이불장 속에서 들려오는 말을 듣고 차내의 좌측 앞쪽 좌석에서 말아 놓은 모포를 이불장으로 넣어 주었다. 그리고 도어를 밀어 주었다. 규석은 안에서 양쪽 아래 위로 걸쇠를 걸었다. 그리고 다리를 제대로 펴지 못한 채 바닥의 대각선상으로 누워서 모포를 덮었다. 이불장 안에서 들을 때 약음으로 깔리는 열차 바퀴 진동음이 규석에게 무한한 적막감을 안겨 주었다.

명길은 한참 동안 관을 내려다보다가 관이 보이지 않는 쪽(횡으로 긴 앞쪽)으로 몸을 돌렸다. 그리고는 혼잣말을 했다.

"좀 어려운 일이지. 그러나 나는 결국 해 내고 말겠어. 나는 가고 싶어. 동트기 전 꿈과 여명이 있는 저기 먼 땅으로……."

아물거리는 기적의 음이 차내로 흘러들었다. 명길은 관의 왼편에 있는 쌀자루에 등을 기대고 그대로 바닥에 앉아 버렸다. 다리를 쭉 뻗은 채로…. 그러고는 명길은 눈을 감은 채로 중얼거렸다.

"조금만 더 있다가 좌석에 있는 저 친구를 깨워야겠군."

그러면서 명길은 뉘어진 쌀자루에 목과 머리를 얹고 그대로 누워 버렸다. 얼마 안 있어 코를 골기 시작했다. 갑자기 뒤쪽 좌석에 기대어 있는 영현이 슬며시 일어섰다.

"여태까지 내가 잠들어 있다고 생각하고들 있었군."

영현은 자신의 자리인 뒷좌석에 있는 모포를 들고 명길에게로 갔다. 그에게 모포를 덮어 주었다. 명길이 누워 있는 모양은 관과 가까운 왼쪽 위치에서 관과 평행선을 이루고 있으나 발끝이 관보다는 얼마간 앞쪽으로 나와 있다. 영현은 다시 뒤쪽 좌석으로 갔다. 보온병의 뚜껑에 물을 따랐다. 그러고는 안주머니에서 약 봉지를 꺼내어 그 속에 들어 있는 아주 자그마한, 밀봉된 약 봉지를 꺼내어 뜯었다.

영현은 허공을 쳐다보며 주문을 외듯이 낮은 음조로 중얼거렸다.

"이것이 바로 최후의 비밀로 해 두었던 약이지. 이름은 바로 LSD. 지금까지 세상에 알려진 것 중 가장 강력한 마약으로 필로폰보다 무려 300 배로 약 효과가 강하지. 가장 강력한 환각제야!"

과연 그랬다. 초강력의 효과를 내는 것이었다. 4/100 그램의 밀수입 시가가 1억 원을 초과하고, 1회 복용량은 일만 분의 일(1/10,000) 그램으로 시가가 무려 백만 원이나 된다. 일만 분의 일(1/10,000) 그램 복용으로 여섯 시간 내지 열두 시간 환각 상태가 지속되는 것이다. 잘못되면 죽을 수도 있다. 어쨌든 환각 상태는 초강력의 그것이다. 그는 딱 1 회 복용량만 소지하고 있었다.

왜? 가장 위급할 때 쓰려고 했던 것이다. 그런데 관과 함께 죽음 속을 달리는 지금 이것을 복용하지 않을 수 없어. 이 정도의 양으로 투약하면 죽지는 않을 것이다. 내가 너무 낙천적일까? 사실은 그 반대다. 그러나 나는 오래지 않아 죽을 지 모른다. 그러므로 죽기 전에 마지막으로 투약하고 싶다. 지금이 가장 적절한 시간이다.

영현은 생각을 멈추고 뜯긴 봉지에서 자그마한 캡슐(캅셀)을 꺼내어 다시 주문을 외듯이 중얼거렸다.

"바로 이 캡슐 속에 LSD 일만 분의 일 그램이 강렬히 숨 쉬고 있어. 바로 진정 강력히 숨 쉬며 진짜 살아 있는 거지. 으하하하하하하……, 나는 최후의 일회적인 비밀을 그대로 삼키는 거야. 초강력의 환각 상태에서 시체의 관 정도야 하찮고 우습게 보이지. 이번에는 어디로 갈까? 또는 무엇을 기다릴까? 무릉도원 건너 진실한 생명의 골짜기로……? 아냐, 떠나간 후 가까이에서는 단 한 번도 볼 수 없었던 나의 사랑 진희, 그대를 보고 싶어. 어떻게 하면 만날 수가 있어? 어떻게 하면……? 오직 나는 염원하고 있어!"

영현은 먼저 보온병 뚜껑에 따라 두었던 물을 입에 넣는 다음 LSD의 캡슐을 입 안에 넣고 삼켰다. 그러고는 그는 관을 유심히 지켜보았다. 그에게는 나부끼듯 애조 띤 금관악기처럼 바이브레이션을 일으키는 기적의 음향이 들려왔다. 그리고 레일을 울려 놓으며 구르는 삭막한 열차 바퀴 소리까지……. 또한 차체에 부딪쳐 오며 황량하게 울부짖는 바람 소리까지…….

　여기(다음 장)에서 절정으로 치닫는 극심한 환시는 LSD
그 자체로써 강력해지지만 음악으로 이루어지는 환청이 더
한층 환시를 촉발시킨다. 그만큼 음악적 요소는 중요하다
는 말이 된다. 사실 영현은 작곡의 학습과 수련을 받도록
눈에 띄어, '희망의 집' 교회 목사(악전부터)를 사사하고, 또
한 나중에 K미군부대 복무 때 한국어를 아는 미군 군의관
(악리까지)을 사사한 것이 된다. 특히 미군 군의관에게서 결
정적으로 심화된 악리를 배웠다.

7. 절정에 이른 극심한 환시(幻視)

지나간 마지막 장면으로부터 30~40분 정도를 경과한 후이다.

영현은 초연하고 한편 실성한 성자의 모습처럼, 눈을 감은 채 차내 좌측 뒤쪽 좌석에 앉아 있다. 신비한 의식을 치르고 영험을 기원하는 듯한 몸의 자세이다.

문득 영현은 조용하고 부드럽게 말을 이어간다.

"이제부터 전 우주는 나의 것. 시체의 관이 소속되어 있는 우주는 나의 것. 관 속의 그대, 아름다운 꿈을 꾸어라. 죽음과 시체조차 아름답다. 관 속의 그대의 아름답고 감미로운 꿈조차 나의 것. 이 싸늘한 무덤을 싣고 어둠 속을 달리는 열차가 향하는 곳은 어디일까? 지하를 두들기며 끊임없이 파고 들어가는 저 소리……."

느닷없이 구관조가 말을 하기 시작한다.

"안녕하세요!"

영현은 아찔해지도록 놀란다.

"조용히 해. 그런 소리는 여기 잠자는 세 사람에게나 해."

"머뭇거리지 마세요. 죽여 버리겠어!"

"부리가 몹시 달콤하고도 거칠군. 산 사람만큼이나 말이지. 여기에 도둑은 아무도 없어. 너에게 죽음을 정확하게 가르쳐 줄 주인한테나 그런 소리를 하지."

구관조가 한참동안 계속하여 같은 소리를 반복한다.

"안녕하세요! 머뭇거리지 마세요. 죽여 버리겠어!"

영현은 한참 동안이나 귀를 막고 눈을 감는다. 소리가 잠잠해질 때 그는 귀를 막던 손을 내린다. 영현은 약이 강력한 효과를 내어 눈을 뜨고 거의 생기를 찾고 있다.

"한 줄기의 새하얀 빛이 바늘구멍만한 틈으로 새어 들어온다 해도 나는 그 틈을 비집고 목을 비틀며 빠져나가고 싶어. 이봐, 두 친구들, 이런 곳에서도 잠이 오느냐 말이야?"

잠시 후 그는 그가 앉은 좌석 뒤에 붙은 창으로 내다본다.

"열차가 굽이치고 있군. 잠과 죽음과 깨어 있음을 온통 내리덮어 하나로 된 저 눈의 나라……. 그런데 이게 무슨 소리인가? 아아, 모든 혈관을 타고 온몸의 세포에다 속삭이는 약의 아름다운 소리가 들리는군."

영현은 관과 뻗어 있는 명길의 사이를 빠져나와 차내의 앞쪽의 왼쪽 작업용 문의 창으로 간다. 창에 낀 성에를 손으로 닦고 밖으로 내다본다.

"어두운 하늘 아래이기는 하지만 뒤덮인 은세계가 보이

는군. 시체를 덮는 하얀 천 자락처럼 눈이 이 땅을 온통 뒤 덮어서 아름답기까지 하군. 좁은 계곡을 따라 열차가 비스 듬한 오르막을 오르고 있군."

기적 소리는 좁은 계곡의 눈 속에 삼켜져 파묻힐 듯하면 서도 가까스로 약한 반향을 일으키며 꼬리를 흔든다. 영현 은 눈을 감고 무엇을 애써 추적하는 듯한 표정이 된다.

"꼬리를 흔들며 도망치듯 앞으로 내닫기만 하는 환상의 뒤꿈치를 쫓기만 하던 나……. 이번에는 무슨 소리가 들리 려 하는군."

영현은 눈곱 낀 흐릿한 눈앞의 몽롱한 시계에 도취되어 간 다. 그는 무엇에 홀린 듯 희열이 감도는 미소를 짓고 있다.

"정말 무슨 소리가 들려. 그렇군. 플룻의 소리가 들려!"

라흐마니노프의 '보칼리제'가 흐르고 있다. 처음부터 영 현의 뇌리에서 고조되는 플루트와 관현의 화음. 영현의 말 에서 플루트는 '플룻'으로 부드럽고 짧게 발음된다. 여기서 특기할 점은 영현은 열성적인 음악 애호가의 수준을 넘어 기악까지 창작을 했다는 것이다. 그는 여러 작품의 기악을 작곡했다. 작곡을 할 때는 심신의 고통이 그로부터 퇴각했 다. 반쯤은 독학으로 이뤄낸 그는 초극(超克)의 음악을 쓴 것이다. 숨어서였다. 외부의 도움을 거부라도 하듯이 혼자 서 숨어서였다. 재작년 9월에는 J음악콩쿠르 작곡 부문에 응모하여 1등 상을 안았고, 약정대로 11월에는 연주가 되어서 대단한 호평을 받았다. 하지만 고통의 인간 영현은 고통의 시간 속으로 돌아왔고 그는 그 속에서 숨은 재질을 부정하고 망각해야 했다. 그는 환난 속에서만 존재하듯 일상 속에서 아래쪽으로만 침전되었다.

이곳 장면을 포함하여 이후 장면에서 영현의 뇌리에서는 음악이 거의 끊임없이 흐른다. 영현의 극심한 환각 상태(특히 환시 상태)에서의 계속되는 환청이기 때문이다. 별도로 지정되는 곡이 영현의 뇌리에서 끊임없이 흐르는가 하면, 곡이 지정되지 않는 장면에서도 그 분위기에 적확한 음악이 영현의 뇌리에서 거의 끊임없이 흐른다.

"고뇌와 아픔을 떨쳐 버리며 서서히 날개를 젓는 저 플룻과 관현의 소리……. 비상, 드높이, 그윽하게 비상! 아아, 그렇군. 열차가 공중으로 향하여 수직으로 치솟고 있어. 내가 일종의 도립상을 보는 것이 아니라 현실 속의 실물들이 거꾸로 뒤집혀지고 있어! 승천한 물방울이 천상을 떠도는 것을 거절당하고 하얗게 식어서 내리는 시체인 눈……. 저 순결한 순교의 미소! 새파란 생명의 싹도, 잠도, 꿈도, 죽음도, 무덤도, 누렇거나 검은 상복도 모두 가려 버리는 하얀 천 자락……. 새로운 빙하기가 도래할 듯만 싶군."

그는 몸을 돌려 한참 동안 관을 내려다본다. 그러고는 우측으로 간다. 팔짱을 끼며 내딛는 그의 발걸음에는 유유한 여유까지 있다. 화물 더미의 왼편 모서리에 등을 기대고 선다. 갈망의 눈초리로 허공을 응시한다.

"안녕하세요! 머뭇거리지 마세요. 죽여 버리겠어!"

"부리를 닥쳐!"

영현은 새 소리를 지워 버리려고 노력하는 절실한 표정이 된다. 잠시 동안 그의 뇌리에서 현의 합주가 리듬감이 적은 굴곡을 이루며 고음으로 상승한다. 그러다가 일시에 멈춘다. 영현이 노래를 시작한다. 처음에는 새(구관조) 소리와 함께 시작되나 얼마 안 있어 새 소리가 약화되면서 사라진다. 그의 노래는 성악가만큼 세련되지는 못했으나 차갑고 어두운 시내의 정경과 묘한 조화를 이룬다. 싸늘한 비애를 머금은 가슴이 떨고 있다. 테너의 중음 음역에 속하는 선율의 표현은 상당한 호소력까지 지니고 있다. 부르는 곡은 글룩의 오페라 아리아인 'O del mio dolce ardor'이다. 이 곡을 세 부분으로 나눈다면, 첫째 부분과 중간 부분과, 거의 첫째 부분의 반복이 되는 셋째 부분이 되는데, 중간 부분과 셋째 부분을 빼어 버리고 첫째 부분만을 노래한다. 응답을 기대할 수 없는 것을 부를 때의 애끓는 설렘을 나타내는 현의 전주에 이어서 노래가 시작된다.

"O del mio dolce ardor bramato oggetto, bramato oggetto. L'aura che tu respiri, (쉬는 동안 멜랑콜릭하게 울먹이며 위무하는 오보에.) alfin respiro, (쉬는 동안 바로 앞과 같

은 선율로 오보에의 응답.) alfin respiro."

(오 나의 사랑하는 그대. 감미로운 이 설렘. 내 소망하는 것이어라. 내 소망하는 것이어라. 그대 마시는 입김을 나 또한 마시리.)

마치 실제로 죽은 자에 대해 초혼하는 것처럼 영현이 창백한 발성을 한 다음 한참동안 숨 막히는 정적이 이어진다. 이윽고는 다시 같은 가사에 같은 선율을 여러 번 반복한다. 오보에를 비롯한 관현악 반주와 함께 곡을 다 마쳤을 때 또다시 숨 막히는 정적이 이어진다. 잠시 구관조가 영롱하고 요란한 소리를 발한다. 싸늘한 윤기를 발하는 관. 그런데 관 뚜껑이 얼마간 돌아가서 관이 삐뚜름히 열려 있는 것을 영현은 본다. 그 속에서 남자의 낮고 맑은 음성이 흘러나온다. LSD가 불러일으킨 극심한 환시와 환청의 세계가 펼쳐지는 것이다.

관 속에서 최초로 흘러나오는 음성은 다음과 같다.

"그런 미숙한 노래는 그만둬. 그리고 그런 선율은 무덤 속에서나 어울려. 도대체 누가 영원히 잠들었다고 그런 핏기 없는 창백한 발성을 하고 있어? 또한 그런 선율은 죽은 자 자신이 다른 죽은 자를 부르는 노랫가락에 불과하지."

영현은 차내의 오른편으로 물러난다.

"여기는 시체와 잠 투성이오. 내가 기대고 있는 화물 더미마저……. 투명한 포장의 오징어만 봐도 그렇소. 여기는 바로 무덤 속이오."

관 속의 음성이 다시 흘러나온다.

"오래 살기는 틀렸군. 벌써 무덤 속을 생각하다니! 시집 가 버린 그 간호사를 아직도 잊지 못하고 있어? 지금 나자 빠져 자고 있는 그 친구에게 언젠가 그렇게 말했었지."

"나는 지금 그녀를 생각하고 있지 않소. 이 땅에는 여자 투성이라고 할 수 있소. 그들이 없다면 이 땅에는 죽음이 없소. 태어남이 없으니까."

역시 관 속의 음성이 흘러나온다.

"거짓말하지 말아. 그대는 아직도 갈대 같은 여자 하나를 생각에서 지우지 못하고 있어."

"갈대……? 하기는 그때 강변 갈대숲 속에서 그녀를 만 났었지."

관 속의 음성.

"그것 봐. 차츰 본심을 드러내고 있군. 도시로 떠나온 후 한 번이라도 적극적으로 그 여자를 찾아 본 적이 있어?"

"기어코 건드리고야 마는군. 좋아, 말해 드리지. 그녀는 이미 오래 전에 이 땅에서 사라졌소."

"뭐라구? 그럼 나보다도 선배가 되었다는 말인가? 아아, 내가 잠시 깜빡 잊고 있었군. '진희'라고 하는 그 여자이로 군. 그 여자가 깊은 잠에 있어서 나보다 선배이긴 하지만, 나보다 나이가 적고 계급이 낮아 꼬레아부(部)에서는 내 명

령에 따르게 되어 있어. 그런데 그대도 거짓말을 잘 하는
군. 그녀가 아직 살아 있는 것처럼 이 녀석 명길에게 말했
으니까."

영현은 관이 있는 좌측으로 몇 걸음 전진한다.

"거짓말이라고 부를 수는 없소. 일종의 묵비권을 행사한
것 뿐이오. 더 이상 말하기 싫어서 한쪽으로 비켜가서 입을
다물고 싶어서였소. 제대 후 귀향하여 오랜 시간 끝에 찾아
낸 것이 바로 그녀에 대한 소식이었소. 그때 콜레라는 20
세기 중반 이전의 무서운 전염병으로 취급되지 않았지. 단
지 그 섬 안에서만 떠돌던 좀 나쁜 병이었지. 그 섬의 주민
으로서 외항선을 탔던 몇 사람들이 귀향하여 섬 전체에 콜
레라를 퍼뜨렸지. 그런데 내가 제대하기 전 마지막 휴가 때
그녀를 찾아가니, 콜레라가 유행하던 그 섬으로 의사와 함
께 떠났다고 하더군. 그러나 그녀는 콜레라에 전염되어 돌
아오지 못했어. 지상에로의 불귀의 몸이 된 채 떠나고 남은
그녀의 껍질만이 돌아왔어. 무덤마저 없지."

이어서 관 속의 음성.

"그래? 그대의 독백 같은 성조(聲調)에 나마저 슬퍼지려
고 하는구면."

문득 영현은 탄식이 깃들여진 말을 풀어낸다.

"그녀야말로 이 땅의 생명들을 가장 소중히 하고 사랑했
소. 자신의 생명도 소중히 하고 사랑했지. 꽃봉오리를 갓

활짝 피우고 꽃잎이 숨 쉬는 소리를 스스로 제대로 들어보지도 못한 채, 자기편이 되어야 했던 생명으로부터 배신당한 것이었소. 생명의 순교자였어. 뱀의 이빨을 가진 배신의 생명에게 발목이 물린 에우리디케였소. 그 이후로 나는 이 땅에 대한 절망으로부터 도피할 만한 한 조각의 땅덩이도 없게 되었소. 그런데 바로 그날 밤 미풍이 기웃거리는 여울물 가 달빛 아래서, 눈송이처럼 하얀 목화꽃이 한들거리며 자아내는 한숨을 들었소. 그녀의 쓸쓸한 속삭임도 하늘거리는 목화 꽃송이와 풀잎의 소리를 닮았었지."

여전히 관 속에서 말이 흘러나온다.

"그 목화꽃의 한숨은 몇 년 후 그대의 인생에 있어서 핏기 없고 짙은 탄식의 전주곡이 되었겠군."

영현은 선 채로 화물 더미에 머리를 기대면서 말한다.

"돌이킬 수 없는 과거를 회고하는 것은 부질없는 일이오. 괴롭군. 차라리 눈을 감고 졸고 싶어."

갑자기 구관조의 소리가 났다. 둘의 대화에서의 잠깐의 틈을 비집고서…….

"안녕하세요! 머뭇거리지 마세요. 죽여 버리겠어!"

이어서 관 속의 음성이 흘러나온다.

"너희들 숨 쉬고 있는 인간은 일단 잠들면 다시 깨어난다는 보장은 없어. 생명의 줄이란 어이없는 것이지. 더구나 그대는 지금 너무나 과대하게 투약한 게 아냐? 인간이란 최후의 의식을 잃거나 잠들기 전까지 할 말을 다 못하는 법이야. 왜 이야기할 것을 다 하지 못하고 있어?"

"할 말을 할 때 남김없이 다 들어 주는 사람은 이 세상에 아무도 없소. 아무리 고독한 사람일지라도……. 그리고 말의 끝은 언제나 허망한 것이오. 추억에 대한 말의 끝처럼……. 할 말의 일부는 어차피 무덤 속으로 가지고 가는 수밖에 없는 것이 아닐까요? 또한 말이란 고독이라는 핵을 둘러싼 허망한 껍질이 아닐까요? 양파의 껍질 같은 것……."

이어서 관 속의 음성.

"지금 제법 지껄이고 있다고 감히 그런 자신만만한 소리를 할 수 있어? 그리고 감히 항변조로 말하고 있는 건가? 마약의 힘이 최후의 종지부로부터 그대를 구할 수 있다고까지 믿고 있어?"

"천만의 말씀……. 내가 가루약의 힘 자체에 대한 두터운 신임을 저 버린 것도 이미 옛이야기가 되어 버렸소. 그런 것을 묻다니! 도대체 당신은 누구요?"

"그런 것을 알 필요가 있을까? 알아서 이로울 것은 하나도 없지. 그대는 지금도 시시각각 나와 가까워지고 있어. 멀지 않아 나와 똑같은 모습이 되겠지. 내가 하고 싶은 말은 적어도 그대가 하고자 했던 말을 인생 최후의 종지부의 시간이 오기 전에 다 해 두라는 것이야. 혹시나 말을 다 하지 못한 채 마지막 길을 떠나서는 안 되겠지."

"그런데 왜 그렇게 내게 관심이 많은 거죠?"

"솔직한 게 좋지 않을까? 사실은 그대가 오히려 훨씬 내게 관심이 많아."

"관심이 없소. 단지 싫어할 뿐이오."

"도망치는 모습마저 엉성하군. 꼬리를 잡히고 있어. 관심이 없다면 싫어할 수 있을까?"

둘의 대화의 틈을 비집는 구관조의 영롱하고 요란스러운 소리.

다시 흘러나오는 관 속의 음성.

"나에 대하여 너무 놀랄 것은 없어. 화장장에서 그리고 장의사에서 일하면서 많이 다루어 왔을 테니까."

"그렇게 상상되나요? 좋아요."

잠시 침묵에 이어서 낮게 가다듬은 맑은 음성이 관에서 밖으로 나온다.

"그대는 그 여자를 잊지 못하고 있어. 그날 밤 목화밭을 곁에 둔 여울물 가에서 무슨 일이 있었다는 얘기까지 했어. 그대는 스스로 자신이 불행하다고 생각하고 있지. 그러나 이 세상의 허다한 인간이 목화밭 가에서 모두 그런 달콤한 속삭임을 체험한다고 볼 수는 없어. 덧없는 추억이라지만 행복했던 면도 있어."

"행복이라고? 도대체 놀리는 거요?"

"그날 밤 목화꽃의 한숨 소리가 미풍에 실려 오는 여울물가에서 그런 일이 있던 후에 얼마 안 가서 그녀는 지상을 떠나 버렸다고 했어. 그러고는 그대는 도대체 이 땅에 남아 무슨 일을 하였나? 그녀와 그대 자신을 위하여 말이지."

"아무 것도 한 일이 없소. 이 땅이 지옥만큼이나 지긋지긋해졌으니까."

"에루리디케를 잃은 오르페우스는 숨이 끊어질 때까지 오랜 세월 동안 슬픈 추억을 간직하는 행복을 누릴 수 있었어. 숲과 바위와 강어귀에서 말이지. 때로는 눈 덮인 산 속에서 떨며 웅크려 앉을 때에도 추억이라는 행복으로 몸을 녹였지."

"그랬소."

다시 비꼬는 듯한 어조의 말이 관으로부터 흘러나온다.

"그대는 그녀를 에우리디케에다 비유하더군. 그리고 그대 자신을 오르페우스로 생각하고 있는 것 같더군. 그럴 자격이라도 있어?"

영현은 화물 더미에 손은 짚은 채 정면으로 관을 노려본다.

"아무런 자격도 없소. 오르페우스는 양자마저 없으니 양자의 후손의 후손이 되는 것마저 기대할 수 없소. 무엇보다 나에겐 '리라'라는 악기도 없고 마음속의 노래마저 없었소. 또한 나의 주변에는 산도 숲도 강도 없었소. 산 속으로 잠입한 마의태자의 양자의 후손 노릇도 할 수 없었소."

"그렇다면 이 땅 위에서 마구 뒹굴며 굴러먹어야 했을 게 아냐? 때로는 분홍빛 생을 찬미하며 말이지."

영현은 둔각을 이루는 화물 더미 모서리에 선 채로 머리를 기댄다.

"나에게도 한 가닥 지조는 있었소. 간혹 거기에 갔었소. 섬이 떠 있는 강을 건너고 들과 낮은 언덕을 넘어 목화밭을 안고 있는 그 여울물 가로 갔었지. 메말라 버린 눈에서도 이슬이 맺히고 있었소. 언덕에 가려진 멀리 화장장과 무덤의 작은 봉우리들을 거쳐서 달려오는 바람도 나의 젖은 눈을 말릴 수는 없었소. 그러나 가슴 속에서 메아리치는 가장 진정한 노래는 대마를 말은 궐련에 불을 붙일 때부터 시작되는 것이었소."

"그게 전부였군. 그대 노래의, 그리고 그대의 현세 생애의 전부였군."

"우리의 이 땅에는 사람을 제외하고는 숨 쉬는 생명이 줄어들었다는 사실을 이해해 줘야 할 거요. 그것으로 인해 마의태자처럼 산 속으로 떠날 수가 없었소. 짙은 그늘을 만들어 놓는 삼림과 풀잎 사이를 싫도록 걸을 수 없었고 굶주림을 면할 열매와 풀을 구할 수 없었소. 그러니 이 땅에 대한 나의 노래는 녹슬고 퇴색하지 않을 수 없었소. 그래서 나는 불모의 도회지로 나올 수밖에 없던 것이었소."

"빌딩의 밀림 속에서나마 불러야 할 참다운 노래를 찾아야 했을 게 아냐?"

영현은 비웃음이 감도는 표정으로 관을 노려본다.

"그것이 진정 가능한 일이었을까요?"

"그리하여 시체를 만지고 수의를 입히고서 씻지도 않은 손으로 숱한 여자들을 만졌나?"

"그렇소."

"왜 그리했나?"

"그건 시체에 영광을 주는 일이오."

"영광……? 사실 그렇기는 하군. 시체의 때가 아름답고 싱싱한 여자의 알몸과 섞여 융화를 이루니까. 또한 시체가 살아 있는 싱싱한 여자를 만지는 것이 되니까. 부인할 수 없지. 이승을 떠난 우리가 그대에게 빚을 지고 있군."

"진희를 떠나보내고 난 후 나는 숱한 여자를 만졌소. 새로운 여자를 얻는 것만이 죽음의 검은 입김으로부터 몸을 피하는 길이었소. 새로운 여자를 찾았던 또 한 가지 이유가 있다면, 세월이 흐를수록 살아 있던 그 여자─진희의 모습이 기억으로부터 흩날려 떨어져 나가고 있는 것을 막기 위해서였소."

관 속의 음성은 다음과 같이 야유조가 된다.

"그대의 곧은 지조는 알아 줄 만하군."

영현은 싸늘한 쓴웃음을 머금는다.

"야유하지 말아요. 가만히 있으면, 진희……, 그녀는 자꾸만 멀리 저 건너편 관 속에 누운 채로가 아니면, 수의를 걸치고 서서 저 건너편에서 물끄러미 이쪽을 바라보기만 했었소. 그것은 참으로 견디기 어려운 고통이었소. 그러나 다른 여자들과의 교제도 오랜 세월이 못 가서 끝장이 나고 말았소. 노래가 없는 유희는 시체로 향하는 골목길이었기에……."

"그렇다면 이 지상에서 무엇이 그대를 만족시킬 수가 있겠어? 무엇이 그대로 하여금 노래할 수 있게 만들 수 있었을까? 돈? 명예?"

"몰라서 묻고 있소? 결국 대마초와 가루약보다는 나은 게 없었소."

"그러고 보니 지금 이 지붕 밑이 마약류를, 아니, 자양분을 섭취하기에는 가장 알맞은 공간이기도 하군. 무릉도원 건너 진실한 생명의 골짜기에 내려 설 수도 있었다고?"

"그곳에서만이 짙은 녹음과 맑은 폭포의 음향을 반주 삼아 노래를 부르며 거닐 수 있었소."

"그 여자와 함께 오밀조밀 굽이져 있는 호숫가를 거닐던 일도 있었겠지?"

영현은 애절하게 고조되는 음성이 된다.

"그것만은……, 그것만은 절대도 안 되었소. 단지 몇 번인가 추억의 쓰리고 감미로운 노래를 불렀던 것은 사실이지만……."

관 속에서 낮게 가다듬은 엄숙한 음성이 흘러나온다.

"그곳은 이 땅 즉 이승이었나? 아니면 대체 무엇이었나?"

영현은 화물 더미를 어루만지며 고통스럽고 절망적인 표정이 된다.

"바로 그것이 문제였소. 이윽고는 나를 최후의 절벽 끝가장자리로 몰아세울 작정이오? 그곳은 이승도 아니었소. 또한 피안도 아닌 것 같았소. 그리고 피안일 것이라는 가상 자체도 두려움을 안겨 주었소."

한동안 영현의 주위에는 무덤 속 같은 정적이 깔린다. 이어서 구관조의 영롱한 소리가 차내의 공간을 울린다.

이어서 관 속의 음성이 흘러나온다.

"그대의 여생이 얼마큼 남아 있을 것이라고 계산해 본 일이 있어?"

영현은 실의에 젖은 표정이 된다.

"그런 걸 계산해 본 일은 없소. 이미 보내 버린 삶도 계산하기 싫은 판인데……."

영현은 관을 외면하면서 명길의 발끝을 스치고 앞쪽으로 돌아서 차내 좌측의 뒤쪽 좌석으로 간다. 그는 좌석의 오른쪽 팔걸이 위에 고개를 얹고 누우면서 눈을 감는다. 문득 또다시 사람의 말을 발성하는 구관조의 소리가 들린다. 명길이 몸을 뒤척인다.

그러다가 명길은 잠이 덜 깬 상태에서 투덜거린다.

"저놈의 새 소리에다 끊임없이 지껄여대는 저 친구의 말소리……. 소란스러워서 어찌 제대로 잠을 잘 수가 있어야지. 물, 물……. 몹시 갈증이 나는군."

명길은 눈을 제대로 뜨지도 못한 채 일어나서 차내 좌측인 앞쪽 좌석으로 향해 기계적으로 움직인다. 보온병을 찾아내어 병째로 들고 물을 들이킨다. 다시 누웠던 자리로 소경 같은 몸짓을 하며 돌아와서 눕는다. 이내 다시 코를 곤다.

명길은 한 차례 코 골기를 멈추고 몸을 뒤척이며 잠꼬대를 한다.

"나, 나는 어디까지나 지금까지 내 눈앞에 나타나지 않았던 새, 새로운 것을 찾고 싶어. 나, 나를 묶고 가, 감금하는 것을 떠, 떨치고 말이지. 그, 그 식당 주인인 돈 많고 젊은 예쁜 과부를, 그, 그리고 보, 복권의 당첨을 기다려야 할까? 아니면 미, 밀항을 시도할까?"

이때 규석이 이불장의 도어를 밀치고 밖으로 나온다. 그러고는 규석은 눈이 감긴 채 잠이 덜 깬 상태에서 중얼거린다.

"이불장 안이 너, 너무 덥군. 열에 들떠서 땀이 나는군. 바, 바깥에서 울리는 혼자서만의 이상한 말 소리에, 또한

구, 구관조의 소리에 소란스러운 꿈까지 겨, 겹쳐서 몸부림
치는 선잠을 잤어."

규석은 명길보다 오른쪽 위치에서 명길과 나란히 누워
버린다.

명길이 몸을 뒤척이며 다시 잠꼬대를 한다.

"젊은 과, 과부와 보, 복권이냐, 아니면 미, 밀항이냐? 참
겨, 결정하기 어려운 문제로군. 어디 미, 밀항이 그렇게 쉬
워? 어쨌든 그 녀석은 내 그물에 잘 거, 걸려들었지. 나는
미, 밑져야 본전이지. 도, 돈을 우려낼 수도 있고, 처치해
버리고 도, 돈을 다 차지할 수까지 있어. 혀, 현상금이 붙으
면 수사 당국에 넘길 수도 있고……."

규석도 몸을 뒤척이며 중얼거린다.

"아, 아주 모, 몹쓸 인간이군. 거, 겉과 속이 달라."

영현도 몸을 일으켜 등받이에 기대면서 중얼거린다.

"저 친구의 꿈은 해몽을 잘 해야 돼. 허튼 잠꼬대 소리를
믿지 말아. 우스운 퀴즈 문제에 불과하지."

명길은 또다시 웅얼거린다.

"우, 우리의 우정이란 직업이라는 꺼, 껍질을 빼고 나면
아무 것도 아니지. 바, 바로 시체에 불과해. 지, 직업의 껍
질인 헤어진 옷을 서로 다, 당길 뿐이지. 그, 그러면서 서로
연민을 느끼고, 위, 위로를 하고, 구, 구원을 청하기도 하
지."

규석이 넌지시 일어나서 눈을 비비며 웅얼거린다.

"방금 내가 꿈을 꾼 것은 분명히 아니었어. 이 사람을 믿었다가는 큰일 나겠는데."

영현은 차내 좌측의 뒤쪽 좌석에서 여전히 등을 기대고 눈을 감은 채로 입을 연다.

"그자의 꿈을 믿지 않으면 돼."

열차가 터널을 통과하고 있다. 터널의 벽에서 반향을 일으키는 파괴적인 해체의 음이 차내의 공간을 지배한다. 규석은 졸음이 달아난 듯 앉아 있던 몸을 일으켜서 앞쪽(동쪽) 왼쪽 작업용 문의 창으로 걸어 나온다. 그리고 그 창밖을 바라본다.

"열차가 터널을 통과하고 있어. 차체가 으깨어지고 해체되는 소리 같군."

영현은 눈을 뜬다.

"무슨 소리가 요란하다구? 내게는 정말 아무 소리도 들리지 않아."

"터널을 지나고 있는데도……?"

영현은 이상하다는 듯이 고개를 젓는다. 자신이 환각 상태에 몰입되어 있음을 판별하지 못하고 있다.

"실제로 내게는 아무 소리도 들리지 않아. 아, 무슨 소리가 약하고 둔중하게 들리기는 해."

규석이 쓸쓸한 어조로 혼잣말처럼 말한다.

"과연 밀항이 가능할까? 가능하더라도 나는 무국적자에 영원한 이방인이지. 나의 인간으로서의 삶은 이제 끝장난 거지. 새로운 내 인생의 시작이라는 것은 바로 그런 거지. 떳떳이 문방구점에서 구입한 흰 종이 위에다가 아니라, 외딴 쓰레기 처리장에서 흙을 털고 주운 괴상한 마분지 같은 것 위에 펼쳐지지 않으면 안 될 그런 인생일 수밖에 없어."

영현이 혼잣말하듯이 대꾸한다.

"무국적자나 이방인이 아니더라도 그런 인생은 이 땅에 수 없이 많아."

규석은 느닷없이 내습해 오는 고통에 대하여 차라리 몸을 내맡기듯 눈을 감는다.

"지금 내 눈앞으로 무엇인가가 펼쳐져서 밀려오고 있어. 선도 형태도 없이 명암만이 있는 것, 무슨 자극적이 냄새만 거느린 것, 그저 연막처럼 펼쳐진 것이 성큼성큼 다가오고 있어. 불과 몇 시간 전만 하더라도 내 인생에 변할 만한 것은 아무 것도 없으리라고 생각했었는데……."

영현은 깊은 동정심에서 우러나오는 위로의 말을 한다.

"지나치게 생각에 빠지지 말아. 우선 저 친구가 깰 때까지 잠을 자 둔 다음 생각할 일이야."

"터널 속을 벌써 지나 버렸군. 파멸적인 음향이 사라지니 더욱 허전하군. 흐흐흐, 으흐흐흐……."

규석은 갑자기 실성한 사람처럼 웃어댄다.

영현은 약간 놀란 듯이 말한다.

"드디어 실성해지기 시작하는 것 아냐?"

"천만의 말씀. 여기 차창에 비친 노형의 모습이 무척 우습군. 흡사 털이 많은 원숭이 얼굴 같아. 더욱이 특기할 만한 것은 원숭이가 우스꽝스러운 성자의 표정을 짓고 있다는 거지. 얼마간은 진실성이 엿보이기도 하고……. 원숭이 사회가 지금보다 진화했다면 꼭 저런 모습의 성자가 실재할 것 같아."

비로소 영현의 표정에 살포시 미소가 떠오른다.

"유리창을 두고 그런 각도로 두 사람이 위치하고 있는 한 나도 상대편의 창 속의 모습을 볼 수 있어. 으흐흐흣, 당신의 비친 모습은 흡사 식인종 추장 같아. 그런데 추장의 얼굴에 우수가 새겨져 있어."

규석은 얼굴의 각도를 돌려 차창에 비친 자기 자신의 모습을 정면으로 바라본다. 자학적인 눈웃음을 짓는다.

"참으로 그렇군. 교활한 눈웃음까지……. 한바탕 배 불리고 나서 다시 숲 건너를 넘어다보는 식인종 추장……. 노형의 관찰은 아주 결정적인 것이었어. 실제가 그런 것을 어찌할 수 없지. 아무리 울퉁불퉁한 거울도 사물의 결정적인 특징을 잘 나타내 주고 있어."

규석은 더욱 싸늘한 자조의 웃음을 짓고 있다. 영현이 달래듯이 말한다.

"차창은 잘 닦여지지 않았어. 거울도 아냐. 그런 엉성한 반사에 마음이 흔들릴 필요는 없어."

"거울이 없더라도 사실이 그러한 걸 어찌할 수 있어? 자동차에 달린 백미러—즉 그 작고 엉성한 볼록거울도, 그리고 또한 오목거울도 사람의 생김새의 특징을 실감나게 잘 나타내 주고 있어. 어둠이 뒤를 받혀 주고 있는 이 차창은 거울 이상의 거울이야."

규석은 돌아선 채 잠깐 있더니 이불장 쪽으로 걷는다.

영현은 흠칫 놀란다.

"조심해! 관 속에서 무슨 말 소리를 듣지 못 했어?"

규석은 의아해 한다.

"아니, 무슨 얘기야? 말소리? 천년이 지나도 관 속은 모기만 한 소리조차 발할 수 없어."

"하긴 이렇지. 아까는 모두 잠들어 있었으니 들릴 수가 없었을 거야."

규석은 어이없다는 듯한 표정을 짓는다.

"귀가, 아니, 머리가 이상해진 것 아냐?"

규석은 매우 이상하다는 듯이 영현을 유심히 바라보다가, 이불장 안으로 들어가서 도어를 열어 놓은 채 벽 모서리에 등과 머리를 기대고 앉으며 말한다.

"거울 속 추장의 번들거리는 얼굴에서 찰나적으로 무엇이 세차게 번득였어. 그것은 지울 수 없는 섬광이었어. 그 섬광은 또한 어두운 그림자를 한쪽 구석에 뚜렷이 거느리고 있었어."

"그만해. 우선 잠이나 자 둬."

규석은 영현의 말을 듣지 못한 듯 허탈감에 휩싸여 절규하듯 말한다.

"그 섬광이 거느리고 있는 것은 그자가 차에서 떨어지는 최후의 찰나에 얼굴에 나타난, 형용할 수 없는 슬픔과 공포의 윤곽이며 명암이었어. 그 잔상이 나의 내부에 머물러 있다가 이토록 생생히 살아날 줄은 미처 몰랐지. 마치 나의 눈동자가 카메라 렌즈가 되어 한 찰나에 찍어 놓은 한 장의 사진에서처럼……. 그자의 그러한 표정이 조금만 더 일찍 나타났더라도 나는 살려 주었을지도 몰라. 최후의 순간에 이르기 전까지 보류하고 버티어서 나에게 자신의 빛나는 삶의 권위를 과시한 그자가 무척 증오스러웠어. 나는 세차게 발길로 걷어차 버렸지. 하지만 자기 자식을 세차게 가격하는 쾌감 속에서와 마찬가지로 나 자신을 무자비하게 구타하는 아픔이 함께 자리하고 있었어. 아찔한 어지러움을 느끼지 않을 수 없었어. 그 작자와 나를 잠시 같은 혈육으로 만들어 버린 죽음에 대한 공포가 몹시 새로운 학습 사태로 발전했다고 할까. 몸서리치는 새로운 인식의 빛을 던졌지."

영현은 등받이에 기대어 눈을 감은 채로 말한다.

"당신은 지금 열에 들떠서 제 정신이 아냐. 지금 이곳이 춥지 않다고 느끼는 점만이 나와 같다고 할까……."

규석은 잠시 눈을 치뜬다.

"이전에 죽음에 관하여 알고 있었던 것은 기실은 죽음에 관한 것이 아니었어. 그것은 실제의 죽음과 그 이후에 대하여 상상하는 공포에 관한 것이 아니었어."

규석은 눈을 감고 졸음을 청하는 듯한 허탈한 표정으로 자세를 흐트러뜨린다. 규석에게는 잠시 동안 차내에 갑갑한 정적이 흐르는 것으로 느껴진다.

갑자기 다시 구관조의 말소리가 발성된다.

"안녕하세요! 머뭇거리지 마세요. 죽여 버리겠어!"

간격을 두고서 구관조의 앞에서와 같은 소리가 몇 차례 반복되다가 멎는다.

영현은 갑갑해 하며 외치듯 말한다.

"그런데 아무 것도 보이지 않는다. 왜 그럴까? ……아아, 보인다, 보여. 엷은 베일 같은 것 뒤에 흐릿한 모습들이 보인다. 몽환 같은 것이 흐른다. 아니, 실제로는 몽환이 아닌지도 모른다. 약을 복용하지 않았더라면 실물들이 움직이고 있을 것이다."

잠시 후 영현의 귀에만 몽환적인 음악이 이어지는 가운데 관의 머리 부분(차내 뒤쪽) 가까이에 한 남자가 서 있다. LSD가 강력한 효력을 불러 일으켜 영현에게 환청과 아울러 더한층 극심한 환시의 세계가 펼쳐지는 것이다.

영현은 눈을 감으며 묻는다.

"이봐, 이불장의 문을 열어 놓았지? 관의 머리 부분에 이상한 사람이 서 있지 않아?"

규석은 이불장의 뒤쪽 모서리에 머리를 기댄 채 눈을 치뜬다.

"아까부터 이상한 소리만 하는군. 헛소리는 그만해. 아무것도 없어. 개미 한 마리도 나타나지 않았어. 또한 내 눈 앞에 있는 관에도 아무런 이상이 없어. 잠은 못 이룰지언정 홀로 좀 고요히 있고 싶어."

규석은 귀찮다는 듯이 눈을 감는다.

관의 머리 부분(차내 뒤쪽) 곁에 서 있는 사람의 모습은 보통 키에 전체적으로 보기 좋도록 알맞은 체격의 남자이다. 입고 있는 수의는 서양식의 것이지만, 천은 누런 빛깔의 삼베로 되어 있다. 삼베의 누런 빛깔은 다소 흉한 느낌을 준다. 서양식이므로 몸을 둘러싸는 염포도 없다. 그의 모습은 공포감을 자아내지만, 한편으로 그의 표정에는 고요한 안식과 신비한 침잠의 그늘이 설핏한 채로 살며시 숨어 있다. 그는 서서히 조심스럽게 차내 좌측 공간을 돌며 조용히 관조하듯이 주위를 둘러본다. 가볍고 소리 없이 그림자같이 움직인다.

관 속의 육신이었던 이 제4의 남자가 관의 머리 부분에 가까이 서서 영현은 바라보며 목소리를 발한다. 이미 관 속에서 흘러나오던 그 음성이다.

"나는 산수 맑고 절대의 고요가 깃들여진 내 영원한 고향으로 실려 가고 있군. 나의 최종 목적지는 우주의 한 행성이겠지만……. 실려 가는 도중이라 하지만 이 지붕 밑은 너무 지저분하군. 무릇 살아 있는 것이란 한 번 숨 쉬거나 기지개를 켜도 먼지를 일으키기 마련이지. 그러니 땀과 때로부터 피할 수 없지. 숨 쉬는 자가 둘만 있어서 만나거나 헤어지면 소음과 싸움과 탄식과 눈물에서 벗어날 수 없지. 내가 눈을 감은 것을 결코 후회할 수는 없어. 나도 그대들 생애에 못지않게 이승의 고해에서 숱하게 격랑에 부대끼며 벼랑 기슭으로 밀려 몸부림쳤었지."

"당신은 어떻게 관 뚜껑을 돌려놓고 나왔소?"

제4의 남자가 강조해서 말한다.

"귀신은 나무 관을 투과해 나올 수도 있는데, 이따위 관 뚜껑을 돌려놓지 못할 것이라고 생각해?"

영현은 등받이에 기대어 있는 채로 눈을 치뜬다. 비웃음을 머금고 있다.

"수의를 걸친 당신의 모습은 도대체 서양적인 것이오? 아니면 동양적인 것이오? 아니면 동양적이고 또한 서양적인 것이오? 그렇지 않으면 이것도 저것도 아닌 것이오?"

"죽음에 대하여 동서양을 구분할 필요가 있을까? 또한

이 협소한 지구와 생명이 있는 다른 행성들과도 구분할 필요가 있을까? 죽음은 숨 쉬고 있을 때의 모든 공간은 초월하고 있어."

"죽음은 우주적인 것이며 또한 우주적인 대변화를 의미하는 것이란 말이오?"

"일단 호흡이 끊어지면 결국 거대한 하나의 공간으로 귀속되기 마련이지. 그대들 숨 쉬는 인간에 따라서는 숱하게 구분을 하기도 하지만 말이야. 살고 있는 좁은 공간도 다시 손바닥만 한 진영과 구역으로 갈라놓기를 좋아하는 그대들이니까."

"광활하고 고요하고 꿈 같은 우주로 떠나면서 왜 그런 삼베를 거느리고 가는 것이오? 육체를 거느리고 떠나는 것조차 번거롭지 않소? 그런 좀 흉한 누런 삼베는 가난한 인간에게 남겨 주어야 할 것 아니오?"

"죽음의 꿈 속에 잠겨 있으면서도 나더러 나체주의자가 되란 말이야? 스트리킹도 할 수 없는 노릇이고. 그런데 '데리고' 떠나게 한 것은 바로 그대들이야. 겨우 삼베와 나무 외투를 입히고 있지. 나는 그런 것을 바라지 않았어. 내가 바라던 것은 나를 향해서 한없이 흘러내리는 눈물이나 거두라는 것이었어. 흘러내리는 눈물은 나에겐 아무 필요 없고 거추장스러운 것이었지."

이렇게 제4의 남자는 오히려 상대방이 가엾다는 표정에

맑고 달래는 듯한 어조로 말했다.

영현이 질문을 던진다.

"보내는 자의 애달픔을 이해할 수도 없소?"

"어차피 영원히 울 수 없다면 일찌감치 울음을 거두는 게 좋아. 또한 진정한 슬픔은 눈물도 탄식 같은 소리도 없는 고요한 미소 같은 것이지. 고요한 미소를 짓는 것은 떠나버린 자가 아니면 좀 어렵기도 하겠지만."

영현은 다그치듯 묻는다.

"지금 진실을 말하고 있는 거요?"

제4의 남자는 잠시 침묵 후에 경멸하듯 얼굴을 찌푸린다.

"그건 엄연한 진실이지. 제상의 음식들, 술병들, 화투 치기, 통곡들, 때로는 거짓 곡성들……. 이들만은 없기를 최소한 바라고 있었어. 특히 통곡은 나에 대한 모욕이었어. 고요히 정밀(靜謐)의 길을 거닐기 시작하는 자에 대한 모독이며 냄새이며 어처구니없는 불협화음이었지."

영현의 침울한 얼굴이 문득 가벼운 의혹의 표정을 짓는다.

"고요히 정밀의 길을 거닐기 시작한다구? 당신은 또 진실을 말하고 있소?"

영현은 더욱 귀를 기울였으나 제4의 남자는 말할 필요도 없다는 듯이 그윽이 미소 짓고 있다.

영현은 마리화나를 꺼내어 불을 붙이자마자 다소 조급하

게 연기를 들이키기 시작한다. 여태껏 차내 좌측을 때로는 관 주위를 거닐거나 그림자처럼 서성거리던 제4의 남자가 우측 화물 더미 곁으로 후퇴한다.

제4의 남자는 상대방을 유심히 관찰하다가 너그러이 미소를 짓는다.

"나를 닮았을 법한 그대의 할아버지 김지수도 아편을 투약했더군. 참 한심한 집안이야. 그런데 내가 걸치고 있는 삼베가 아깝다구? 그대야 말로 대마를 모독하고 있어. 그대의 삶을 스스로 모독한 것처럼……. 아마 그대의 어머니도 삼 줄을 잡아당기며 그대로 하여금 이 땅에서 태양빛을 보도록 하셨을 거야. 아니면 그대의 할머니가 그대의 아버지를 그렇게 출산하셨을 거야. 대마에 의해서 고귀한 생명을 출발시켰어. 숨 쉬는 자를 위한 여름날의 운치 있는 삼베와 옛날식 모기장을 생각하더라도 그런 흡연은 삼가야 했어."

"대마는 삶과 죽음의 양극단에서 쓰이고 있소. 사형수의 목을 조이는 밧줄에까지……."

"그렇기 때문에 죽음과 관련이 있는 대마초를 피우는 것은 자연스러운 일이란 말인가?"

"그렇소."

"대마에 대한 보답이 겨우 그것이었나?"

영현은 여유 있는 손짓을 하며 연기를 한 모금 들이킨다.

"나는 옳았소. 장의사에서 일할 때 나의 정당성을 확인했소. 어차피 인간의 최후를 감싸 주는 수의와 염포는 역시 대마로 만들어진 것이었기에, 시신에 봉사하며 삼베를 잘 다루는 자가 깊은 내면의 붕괴를 막기 위해서는 대마초를 피울 자격이 있으며, 그것은 정당성이 있다는 악신의 계시가 있었소."

제4의 남자는 여태까지 차내의 우측에서 조용히 서성거리다가 둔각을 이루는 화물 더미에서 모서리에 머리와 등을 기대며, 진지하고 엄숙하게 말한다.

"제법 건방지시군. 연장자 앞에서 끽연을 하는 것까지는 봐 줄 수 있어. 그러나 봐 줄 수 없는 것이 있어. 그대는 최후라고 하는 것이 무엇인지 정확히 알아냈다고 생각해?"

"생각하기를 무척 회피해 왔소. 그러나 회피는 오히려 생각하기를 촉구하는 것이었소. 그리하여 그것이 오히려 나로 하여금 정확한 것이 무엇인지 알아내게 한 것 같소."

"지금 말하고 있는 그대의 표정 자체부터 자신이 없는 것 같군. 목소리는 제법 낭랑하지만 말야."

"그야 그럴 수밖에 없죠. 유쾌함을 주지 못하는 목표물을 바라보는 것은 그다지 마음에 내키는 것이 못 되는 것이니까."

"참으로 그대는 나를 한 번도 제대로 쳐다보지 못하고 있었군. 한 번만이라도 똑바로 쳐다보는 게 어때? 회피란 탈출을 의미하는 게 아냐. 회피하면서 불안해하는 것보다 못한 것은 없지. 한 번 똑바로 쳐다봐! 마법의 연기가 또한 거들어 줄 테니까. 시선을 똑바로 던진다면 최후라는 것이 어떤 것인지 대강 알게 될 수도 있지."

영현은 비웃는다.

"결말이 기대 밖으로 되더라도 실망하지는 않소. 한 번도 낙관치를 기대하며 미소 지어 본 적이 없으니까."

영현은 마리화나에 불을 붙인 직후에는 내뿜는 생 연기를 아까워했지만, 이번에는 많은 양의 연기를 입 안에 넣었다가 한번 길게 내뿜는다. 더 태울 수 있는 꽁초를 바닥에 내던져서 발로 짓이겨 버리고 나서, 정신의 상태를 고조시켜 제4의 남자를 뚫어지게 응시한다.

"지성적이고 차가우나 얼마간 공포감을 일으키는 용모이군. 역시 최후의 죽음의 냄새를 거느리고 있고……."

제4의 남자는 멈춰 서서 엄격하고 진지한 낮은 어조로 말한다.

"그대는 숱한 시체에 봉사해 왔으면서도 그런 소리를 해? 그 정도의 경력을 가지고 있으면서도 깊은 잠에 대해 초연하지 못하고 있어. 무관심으로 가장된 공포의 전율이 그대의 손끝에서 우리들의 잠든 육신을 향해 전도되어오기까지 했어. 그러니까 실제로는 우리들의 육신이 좋은 대접을 받지 못한 경우도 얼마간 있어."

이러면서 제4의 남자는 다시 통로의 역할을 하는, 우측의 짐 사이를 거닌다. 규석은 이불장 속에서 모서리에 기댄 채 감았던 눈을 한번 치뜬다.

"혼자서 무슨 헛소리가 그렇게도 많아? 제발 나를 혼자 조용히 있게 해 주었으면 좋겠어."

이러다가 규석은 다시 눈을 감는다. 영현은 그대로 앉은 채 이불장의 좌측면을 바라본다.

"이런 판국에 잠이 오다니! 과연 여간 아니군. 도어까지 열어 놓고 바깥 광경을 목전에 두고서 말이야."

규석은 짜증을 낸다.

"나는 지금 졸고 있지 않아. 가끔 눈을 똑바로 뜨고 앞을 응시하고 있어."

영현은 도리어 규석이 이상하다는 듯이 눈을 깜빡인다.

지금까지와 마찬가지로 영현 혼자의 환시·환청 속에만 있는 제4의 남자는 거닐고 있다가 돌연히 뒤로 돌아서서 차내 좌측을 바라본다.

"사람을 살해한 자의 마음의 상처는 깨어 있는 한 언제까지나 아물기 어렵지. 최선의 치유법은 바로 잠이지. 그래서 지금 잠을 청하고 있는 거지. 그것이 일시적인 잠이든 영원한 잠이든 간에……."

영현은 놀라움을 금치 못한다.

"다른 사람의 이력까지 환히 꿰고 계시는군."

제4의 남자는 그대로 선 채 다소 서두르는 눈짓을 한다.

"나는 오래 머물 시간은 없어. 빨리 진실을 알려 주겠어. 잠과 최후에 대하여……."

제4의 남자는 그림자처럼 걸어서 차내 후면의 작업용 문의 창으로 간다.

그러고는 문에 기대고 서서 차내 앞쪽(동쪽)을 보며 고요한 안식의 표정이 깃들여진 자세를 취한다. 오르간만의 화음이 조용히 영현의 뇌리에 깔린다.

영현은 다소 긴장한다.

"오르간의 음이 들리는군. 도대체 당신이 내게 무엇을 알려 주고 설유하겠다는 거요? 고요하고 엄숙한 요구와 유도……. 설득과 달램과 그리고 심지어는 유혹마저 있을 것 같구려. 대체 무엇을 요구하고 싶다는 말이오?"

영현은 천천히 눈을 깜박이며 음악 소리 속에서 말한다.

이어서 제4의 남자는 맑고 엄숙하고 느린 어조로 말한다. 말이 끝날 때까지 계속해서 거듭되는 오르간 중심의 통주저음.

"참된 길, 진정한 길을 선택해야 돼. 무릇 잠들어 있는 자에게는 고요한 안식 이외에는 이 세상 모든 것이 다 귀찮고 싫을 뿐이야. 모멸감까지 생기기 마련이지. 흔들어 깨우는 자가 이 세상을 통째로 다 등기하여 제공하겠다고 해도 역겨움만 갖게 되지. 고이 눈 감고 자세를 느슨하게 풀어서 번잡한 사념의 동력을 꺼 버린 안식의 진공 상태— 곧 천국에서의 꿈의 상태……. 이것보다 곁에 두고 싶어 하는 것은 실제로 이 세상에 더 없어. 누운 채로 티끌만한 의식마저 거부하는 상태……. 오히려 이것만이 인간이 기도(企圖)하는 진정한 열락(悅樂)의 길이지. 열락의 길, 그것의 최고 준령은 안식의 진공 상태에 즉 극도로 깊은 잠에 빠진 순간으로부터 시작되지. 그 최고의 준령을 넘으면 천국이 나타나지. 천국의 대저택 즉 맨션(mansion)……, 천국의 숲……, 천국의 강……, 천국의 호수…….”

“죽음의 직전에 있는 것이 잠이란 말이오?”

다시 영현에게만 들리는 오르간 중심의 통주저음과 함께 제4의 남자가 말한다.

“그렇게 표현해서는 안 되지. 지금까지 ‘죽음’이란 말이 몇 번 나왔지만 사실상 이 세상에 ‘죽음’이라는 것은 없어. 만물은 유전하기 때문만은 아니야. 고통이 떨어져 나간 깊은 잠의 순수한 의미를 우리는 받아들이고 인정해야 돼. 다만 일시적이고 보통의 잠은 최고의 준령에 얼마간 못 미친 잠의 상태일 뿐이야. 우리가 죽음이란 말을 쓰더라도, 또한 이미 썼더라도 대개는 ‘깊은 잠’으로 대체될 수 있는 말임을 전제로 하고 우리는 말을 이끌어 가도록 하지.”

제4의 남자의 말은 달래는 듯한 부드러운 어조이다.

오르간 중심의 통주저음이 멎고 돌연히 다른 음악이 영

현의 의식을 지배한다. 트럼펫과 호른의 고음이 현저하고 트럼본과 튜바의 큰 음량이 가세하는 관현의 합주이다. 이불장 안에 있는 규석이 주머니에서 단도를 끄집어낸다. 규석은 망설이다가는 이불장 안의 나무 바닥에 꽂는다. 인간으로서 최대한의 고통과 파멸적이며 처절한 절규를 담은 음악이 영현의 의식 속을 흐른다. 가려져서 이 장면을 볼 수 없는 영현은 단지 칼을 꽂는 소리만 듣고 우두커니 이불장의 좌측 측면을 바라본다. 영현의 귓전을 지배하는 음악은 불협화음으로 발전된다. 영현에게 규석의 말소리가 들린다.

"밖에 있는 승무원 단 한 사람의 헛소리만이 아니야. 이세상이 온통 소음 투성이야. 거기다가 나의 영육 속에서 온통 악몽이 들끓고 있어. 이 아수라장을 차마 보고 들을 수없어. 지옥보다 못하지. 누가 나를 찔러 줘. 아냐. 내가 직접 찌르겠어."

규석은 이미 꽂힌 칼을 뽑아서 들고 있다.

영현의 귀에서 일시에 금관과 현의 불협화음이 정지된다. 절대의 침묵이 이어진다. 영현에게는 현실과 환각이 교차되는가 하면 어우러지고 있다. 제4의 남자가 그림자처럼 움직여서 규석에게로 간다. 영현이 좌석에서 일어나서 차내의 앞쪽(동쪽)으로 몇 걸음 걸어 나온다. 영현은 도어가 열려진 이불장 안을 볼 수 있는 위치에 서서 방관자처럼 바라본다. 이미 제 정신을 잃은 규석은 손으로 칼을 가슴에 들이대고 있다. 그러다가 칼을 쥔 손을 아래로 내려뜨리고 눈을 감은 채로 말한다.

"밀항이 성공한다 할지라도 나는 갈 곳이 없어. 내가 떠나려고 하는 미지의 섬인 지상 낙원은 이제 이 지구상에는 없어. 모두가 다 세상에 알려져서 관광지로 개발되어 때 묻고 흠집이 생긴 땅으로 변하고 말았어. 이제 실낙원의 시대가 도래하고 말았어. 그자를 처치할 때, 찰나적으로 번득이는 그 아찔한 섬광 때문에, 죽음에 대한 새로운 인식의 빛 때문에 나는 이 세상의 굉음과 악몽에서 벗어날 수가 없어. 죽음을 너무 배워 버리고 말았어. 누가 나를 찔러 줘. 아냐, 내가 직접 찌르겠어."

영현에게만 감지되는 것이지만, 제4의 남자가 뒤쪽 작업용 문의 창가로부터 이불장 앞으로 와서, 고통으로 일그러진 규석을 내려다본다.

"제 정신을 완전히 잃었군. 그럴 수밖에 없지. 잠을 원하고 있어."

영현의 눈에는 이불장의 열려진 문 앞에서 제4의 남자가 가리고 서 있기 때문에 규석의 모습이 더욱 보이지 않는다.

열에 들떠 있는 채로 규석은 중얼거린다.

"역시 아무도 나를 보고 있지 않군. 멀찌감치 서서 구경하는 저 미친 사람을 빼놓고는 말이지. 어서 찔러야 하는데."

영현은 의아스럽다는 듯이 작은 소리로 말한다.

"얼마간 떨어져 위치한 나를 볼 수 있다면서, 바로 자기 앞에 서 있는 자를 보지 못하고 있군. 도대체 지금 누가 눈이 멀었을까! 저 친구일까? 아니면 나일까? 나는 고개를 흔들지 않을 수 없군. 규석은 틀림없이 열에 들떠 있어서 자기 앞에 있는 자를 보지 못하고 있어."

제4의 남자는 규석을 내려다본다.

"영원한 잠을 원하고 있군. 그럴 수밖에 없지. 전류의 방전에 전율하듯이, 영원한 잠이 깃들여져 있는 자에 관한, 곧 나에 관한 새로운 인식의 광선이 그대의 몸을 통과해 간한……. 그대가 끝내 잡히지 않아서 재판을 받지 않는다 하더라도 일생 동안 나에 관한 생각으로부터 도망칠 수 없지. 세상이 인정해 주는 교묘한 수법으로 무수한 타인의 수명을 갉아먹으면서도 최후에 이르지 않고는 깊은 잠, 곧 나에 대하여 심각하게 생각하지 않는 이구중이라고 불리는 작자가 있었다고 했지? 나는 어떤 의미에서 그런 인간에 대하여 가장 포용력이 크지. 진실로 그런 자는 나를 모르기 때문이야. 그런 인간을 그대가 해치웠다는 것은 나에 대해 가장 큰 결례를 범한 셈이야. 더 잔혹하도록, 나를 모르도록 놓아두어야 했을 텐데……. 잠이 들 가치도 없는 인간 하나를 해치우고서 못 이루는 잠을 스스로 청하는 그대의 심정을 이해할 수 있어. 그대가 직접 수고하지 않아도 돼. 내가 대신하여 재워 줄 테니까. 전혀 고통이 없도록 고요히, 감미롭게 데려가겠어."

규석은 감았던 눈을 치뜨고 허공을 응시하다가 칼을 가슴에 갖다 댄다.

"직접 찌르겠다고 하면서도 너무 오래 끌었군. 저기 한 사람의 미친 방관자 외에는 아무도 내 모습을 보지 않는 것만 해도 다행이지. 아아, 그런데 칼로 찌를 자신이 없군. 준비해 두었던 감기 약 100알을 목에 넘기는 것이 더 고통이 적겠군."

규석은 칼을 이불장 밖 차내 나무 바닥에 내리 던져서 꽂아 버린다. 그리고 가방에서 감기 약 봉지와 물병들을 꺼낸다. 그러고는 약과 물을 연거푸 넘기고 마셔댄다. 얼마 후 그는 격심하게 몸부림친다.

규석을 내려다보는 제4의 남자가 말한다.

"알약 가지고는 안 되지. 내가 가슴을 포근해지도록 살포시 쓰다듬어 주겠어."

제4의 남자는 그렇게 말하면서 규석의 가슴을 살며시 쓰다듬는다.

잠시 후 영현의 귓전을 맴도는, 맑고 감미롭게 미끄러지는 독주 바이올린의 선율.

이와 함께 영현에게 들리는 제4의 남자의 말소리.

"나는 규석의 가슴을 살포시 쓰다듬었을 뿐이야. 지금 가볍게 눈만 감는군. 이제 남은 것은 나와 함께 가볍고 산뜻하게 떠나는 일 뿐이야."

제4의 남자는 다시 차내의 뒤쪽 작업용 문의 창을 뒤로하고 서 있다. 영현은 이불장 문을 우두커니 지켜보다가 차내의 좌측 뒤쪽 좌석으로 가서 앉는다. 그러고는 제4의 남자가 서 있는 쪽으로 향하여 팔걸이에 왼팔을 늘어뜨리고는 몸이 기울어진다. 이것을 보고 있는 제4의 남자가 동정어린 음성을 발한다.

"몹시 피곤한 모양이군."

영현은 팔걸이에 몸이 기울어진 채로 응답한다.

"천만에! 약을 복용했으므로 피곤함을 느끼지 못해요. 당신은 미혹 속으로 나를 몰아넣었소."

"내가 몰아넣은 게 아니라, 그대 스스로 때문이 아닐까? 아직도 나를 똑바로 응시하지 못하고 진실을 회의하기 때문이 아닐까? 추위에 몸이 옹송그려지지 않아?"

"천만에! 열에 들떠서 열차 밖으로 뛰어내리고 싶소. 그래서 수북이 쌓인 눈 속에라도 드러눕고 싶소."

"바로 그거야. 고통에서 떨어져 나간 감미로운 잠을 원하고 있어."

다시 영현의 뇌리에서 일어나는 오르간 중심의 통주저음.

이때 제4의 남자가 말한다.

"일체의 고뇌와 고통으로부터 떨어져 나간 감미로운 잠을 아직도 이해하지 못하고 있어. 고요한 절대의 안식처를 향하는 진정한 희열의 길, 유유히 뻗어 나가는 최고의 준령을 상상도 하지 못하고 있어."

영현이 제4의 남자의 말을 막았다.

"귀하의 말은 얼마간 설득력이 있긴 해요."

"그래? 그렇다 하더라도 언어로는 그 천국의 실체를 도저히 다 표현할 수 없어. 그대가 진정 천국의 실상을 알고 있어? 분명히 깨우치고 익혀야 할 것은 잠의 참된 의미야. 그것을 깨우치지 못하는 한, 일생 동안 나에 대한 불길한 영상에서 한 발자국도 벗어날 수가 없어. 나는 오래도록 여기에 머물 수는 없어. 열에 들떠서 눈 속에라도 드러눕고 싶다고 했지? 깊은 잠을 동경하는 욕구와 의지가 인간에 내재되어 있어. 그대가 며칠 동안이나 한숨도 자지 못하고 눈 덮인 산 속을 헤매며 걸었다고 하자. 시계에서는 온통 눈부신 흰 빛깔이 눈을 찌르고 있어. 고통에 시달린 육신……. 그보다 눈과 정신이 더 지쳐 있어. 그래서 지금처럼 지친 그대는 그대로 눈 속에 누워 잠을 자고 싶어 하지. 잠을 자게 되면 육체가 얼 수도 있어. 그럼에도 그대는 눈 속에 쓰러져 잠들고 싶어 하지. 다시 말하면 깊은 잠을 택하고 싶은 거지. 확실히 그러해. 그대는 아직 체험이 부족

하지만 깊은 잠의 안락함을 본능적으로도 택하고 싶어 하지. 그 눈 쌓인 산 속에서 잠에의 유혹이 큰 만큼 삶에서의 투쟁을 중단하고 자고 싶어 하는 것이지. 다시 말하면 깊은 잠에 대한 항거를 중단하고 깊은 잠과 손을 맞잡고 싶어 하는 거지. 속세의 번잡하고 어지러운 쾌락은 내던져 버리고 싶어 하지. 바로 그거야. 그대의 뇌리에는 약간 음량이 잦아 든 오르간의 음악이 흐르는 것 같은데, 그 음악처럼 부드럽게 속삭이듯 말해 주겠어. 나는 기독교도도 회교도도 불교도도 아니며 그들 각각을 위한 전도사도 아니야. 근본적으로 종교가가 아니야. 종교가 이전의 잠의 철학가이지. 나는 그대들의 길을 안내하는 진정한 잠의 철학가야. 어차피 그대는 오랜 세월이 지나지 못한 어느 한 시각에 떠나지 않으면 안 되지. 투약과 연기의 흡입이 너무 지나쳤어. 어쩌면 불과 몇 시간 안으로 떠나야만 할지도 몰라. 잠의 철학에 귀의해. 나는 여기에 오래 머물 수 없어. 그대는 잘못하면 영영 기회를 잃고 말지."

영현은 더욱 미혹에 빠져 버린 표정이 된다.

"나는 오랜 세월 동안 숱하게 비상을 해 왔소. 남의 도움 없이 단신으로⋯⋯."

제4의 남자는 경멸의 조소가 감도는 표정이 된다. 그러나 다시 너그러워지면서, 올바른 성찰과 판단을 유도하려는 맑은 음성을 발한다.

"그것들은 끝내는 헛된 비상이었다는 것을 그대 스스로가 잘 알고 있지 않아? 나보다도, 그 어떤 누구보다도……. 스스로 눈을 똑바로 떠."

영현은 극도의 혼미에 휩싸인 표정이 되어 다시 팔걸이에 상체를 던져 버린다. 그러나 이내 안간힘을 써서 다시 몸을 일으켜 세운다. 마리화나에 불을 붙이고는 오랜 갈증에 시달린 것처럼 연기를 달게 들이킨다. 그는 연거푸 연기를 빨아들이고 난 한참 후에 여유를 갖기 시작한다. 이때부터 제4의 남자는 뒤쪽(서쪽) 작업용 문을 앞으로 하고 돌아서서 창을 바라보며 움직이지 않는다.

영현의 귀에 플루트의 소리가 약음으로 들리기 시작한다. 차츰 음량이 커지며 관현의 협연까지 확실히 들린다. 음량이 확대된 채로 그대로 계속된다. 글룩의 오페라 「오르페오와 유리디체」 가운데 '정령들의 춤'이다. 곡은 일종의 리토르넬로 수법으로서 반복의 형식을 취하는데, 플루트의 독주가 관현의 반주보다 단연 위주가 되는 (2)중간 부분을 사이에 끼고 독주와 관현의 협연이 거의 대등한 지위를 점하는 (1)첫 부분과 이의 반복인 (3)셋째 부분으로 나눌 수 있다. 먼저 (1)첫 부분의 중심부가 영현의 의식 속에서 흐른다. 그러나 (1)첫 부분은 주제의 흐름 정도로 짧게 끝나고 짧은 휴지 후에 플루트의 독주가 위주가 되는 (2)중심 부분에 돌입한다. 이 (2)중심 부분은 전체가 영현의 의식 속에서 흐르게 된다. 이 중심 부분이 흐르기 직전에 진희가 차내 우측 끝에 그림자같이 나타나 있다. 그녀는 얼굴이 그전과 같이 희고 의상까지 옛 모습과 똑같다.

영현은 돌연히 일어나서 차내의 좌측 끝(즉 명길의 좌석 부근)으로 가서 선다. 입 안에 있던 연기를 여유 있게 허공으로 뿜어 올린다. 음악 속에서 영현은 말한다.

"오랜 세월이 흘러 버렸어. 이제 돌아와서 무엇을 하겠다는 거야? 왜 눈물을 흘리고 있어? 그윽한 플룻 소리까지 풀어내어, 나를 그 눈물의 홍수 속으로 밀어 넣겠다는 거야? 나를 그 눈물 속에서 흘러 떠내려가게 하겠다는 거야? 그리하여 나를 익사시키겠다는 거야? …… 이제 나의 눈물샘은 메말랐어. 슬픈 탄식조차 제대로 할 수 없어. 내 마음은 황량한 바람만을 휘젓고 있어."

플루트의 선율도 함께 끊어졌다가 다시 (2)중심 부분의 첫머리로 되돌아가서 시작된다. 이 (2)중심 부분은 진희가 등장해 있는 동안 계속 순환된다. 음악에 깊숙이 빠져 있는 영현은 다시 말을 이어간다.

"지나가 버린 그날 밤의 달빛을 회상시키겠다구? 목화밭과 여울물도……? 저 슬픈 미소……. 애절한 그 미소를 거두어요. 싫다구? 그렇다면 그 미소가 얼굴에 그득히 차서 넘쳐흐르도록 해요. 살포시 눈을 감고 고요히 회고를 촉구하겠다구? 나는 더 한층 음악 속에 깊숙이 빠져들고 있군.

이제는 우리 사이에 있었던 모든 일들이 땅 속에 묻히고 만
먼 전설을 노래하겠다구? 이젠 눈까지 깜빡거리는군. 윤기
에 젖은 입술까지 벌리고 있군. 제발 눈짓을 하지 말아 줘.
형태도, 소리도 없는 가냘픈 꼬리를 흔들지 말아 줘. 입술
을 그만 움직여 줘. 무엇을 호소하겠다는 거야? 유혹하겠
다구? 무엇을 설득하겠다구? 어떠한 땅으로 나를 이끌어
가겠다구? 이젠 고개까지 흔드는군. 될 대로 되라구? 내
마음대로 하라구? 그러면서도 돌아서 가지는 않는군. 그렇
게 오랫동안 나를 응시하지 말아 줘. 떠나기 직전 마지막
시각에 이르렀다구? 애끓는 호소와 유혹에 응하지 않는 내
가 원망스럽다구?"

영현은 선 채로 고개를 떨군다. 앞의 장면의 어디쯤 해서
아직 약간 덜 탄 꽁초는 영현의 뒤쪽으로 꺼지지 않는 채로
내던져져 있다.

"이제는 가 버렸군. 고개를 들어 볼까? 아니, 아직 있군.
여전히 슬픈 미소를 머금고 있군. 나는 음악 속에 너무나
빠져 있어. 이번엔 에우리디케가 정령들을 대신했군. 하지
만 나는 오르페우스의 후손이 아니야. 자격이 없어. 여태껏
나는 별 도리 없이 오직 나일 수밖에 없는 나를 살아 왔을
뿐이야. 왜 이토록 말이 없어? 역시 이승의 생명은 아닌가
보군."

진희는 의외로 살아 있는 사람과 똑같이 생기 있는 몸짓

을 하며 입을 연다.

"나 역시 에우리디케의 후손이 아니에요. 예전과 같이 한 갓 간호사일 뿐이죠. 애절하게 호소하고 싶어요. 저쪽 세상에도 병이 있죠. 다만 깊은 잠이 없을 뿐이죠."

"병이 있다구?"

"그래요. 그러나 이승과 저승에 걸쳐 깊은 잠이 단 한 번밖에 없다는 사실은 축복 받은 일이 아닐까요? 그런데 이젠 내놓고 보통 담배가 아닌 이상한 담배를 피웠군요."

"이상한 담배……?"

"옛날 강가 갈대숲에서 그토록 피우고 싶어 했던 그 담배이군요. 바로 대마초이죠. 국제어로는 마리화나이구요. 그런데 영현 씨는 그거보다도 더 지독한 필로폰·LSD류의 마약을 투약했다더군요. 그러면서도 한 가지를 빼고 나면 옛 모습과 똑같군요. 그 한 가지란 오랜 투약 후 눈 가장자리가 거무스름한 테두리를 형성했다는 거죠. 어두운 색조의 그것은 건강한 삶에 반하는 색조이기는 해요. 적어도 나만은 그 색조를 이해해 줄 수 있어요. 오래 묵은 일종의 감식안만 있다면 깊은 아름다움을 그 얼굴에서 건져낼 수 있어요. 영현 씨, 이해하고 말구요. 더욱이 사랑하니까. 객관적으로 생각하더라도 그 거무스름한 색조의 테두리는 일률적으로 추한 모습을 이룬다고 말할 수 없어요. 알콜 중독자의 적면 즉 붉은 얼굴 피부나, 검은 얼굴 피부가 되어 버리는 것, 간이 나

쁜 사람의 '황달'에서 볼 수 있는 누런 얼굴빛보다도 덜 추해
요. 잘하면 그 눈 테두리의 검은 색조는 떠나는 자의 철학이
엿보이고 아름다운 세계로 여행하는 자의 출구의 강어귀라
고 할 수 있어요."

"왜 그리도 병적이야? 그래, 진희 씨도 투약자가 되고 싶
어 하거나 미쳐가는 것 아냐?"

"아니에요, 아니에요. 난 영현 씨를 깊이 이해하는 것뿐
이에요. 마약 투약자는 너무나 억울하게 세인들로부터 매
도되고 있어요. 투약자의 투약 후의 모습도 세인들로부터
매도되는 것처럼 추하지도 않아요. 집중, 추구, 모색, 노력
이라는 과정이거든요. 흉악하게 간질 발작을 하는 것, 협심
증 환자가 꿈틀거리며 발작을 하는 것, 알콜 중독자가 술주
정을 하며 구토를 하는 것, 뇌 중풍 발작을 하는 것과는 차
원이 달라요. 검사와 세인들은 그 눈 거무스름한 테두리 안
에 들어 있는 무릉도원 골짜기와 낚싯배가 뜨는 강호와 신
비의 푸른 밤하늘을 너무나 인정하지 않으려고 하고 있어
요."

"이해해 준다니 고맙기는 하군. 하지만 멀지 않아 나도
세상을 뜨겠지. 그 퀄련을 포함한 마약류 때문에……."

영현의 표현은 매우 애잔한 파장으로 진희에 와 닿는다.

그리고 제4의 남자는 여태껏 뒤쪽 창가에 서 있다가 앞쪽
(차내의 동쪽 측면)으로 한번 돌아다본다.

"모두 함께 조용히 떠나도록 해."

진희는 영현에게 매달리듯 애소한다.

"그 대마초를 포함한 마약류를 쓰는 것은 얼마나 귀찮을까요? 하루에도 몇 번 죽었다가 살아나는 거죠? 약과 귀찮음과 고통과 절망 없이 단 한 번의 주사로 함께 소리 없이 고요히 거닐도록 해요. 여름날 조금 서늘하게 느껴지는 밤바람이 미소 짓는, 흰 눈의 세계와 같은 목화밭과 달빛에 촉촉이 젖은 여울물을 쭉 따라서, 그리고 무릉도원과 깊은 계곡을 지나서 깊은 잠과 같은 영생의 골짜기로……."

영현은 결단할 수 없는 괴로움의 표정을 짓는다.

"그 옛날 밤에 강가에서 내가 그리했듯이, 이번에는 그쪽에서 나를 유혹하는군."

진희는 핸드백에서 주사기를 꺼낸다.

"아주 잠시면 끝나요. 찔릴 때의 뜨끔함만 참으면 돼요. 고요히, 감미롭게……."

진희는 화물 더미의 우측 끝에서 좌측으로 몇 발자국 걸어온다.

영현은 그리움과 두려움이 교착하는 갈등과 번민의 골짜기에서 빠져 나오지 못한다.

"안 돼! 그것만은 할 수 없어. 아무리 호소해 와도 나는 피안만은 믿을 수 없어. 불타는 지옥계가 있어 거의 만원이 되었고, 진희가 거기로 간다면 나는 즐거이 진희를 따라가겠어."

"믿을 수 없다구? 이렇게 돌아와서 웃고 있는 걸 보고서 두?"

"그래도 믿을 수 없어. 설령 저쪽 세상을 믿을 수 있더라도 진희의 곁에 머물 수는 없어. 일단 잠든 뒤에는 무엇이 어떻게 되더라도 혼자서만 출발하지 않으면 안 되지. 온 세계의 결혼식장에서 자주 발하는 소리가 무엇인지 알아? 「죽음이 두 사람을 갈라놓기 전에는……」 이렇게 낭랑하게 울려 퍼지고 있어."

진희는 애잔한 미소를 머금고 뒷걸음질 한다.

"내가 떠난 뒤로는 나를 생각해 주지 않았군요. 이제 다시는 돌아오지 않겠어요. 작별 인사도 하지 않겠어요. 나를 따라오든 말든 마음대로 하세요. 다시 소리 없이 그림자처럼 사라지겠어요."

"안 돼! 어디로 가려는 거야? 가지 말고 가만히 있어. 조금만 더……."

그녀는 소리 없이 사라져 버리고 없다. 이윽고 글룩의 '정령들의 춤'이 일시에 멈추어져 자취를 감추어 버린다. 영현의 뇌리는 모든 것이 침전되어 버린 듯한 허허로운 정적에 휩싸인다. 영현은 우두커니 서서 차내의 우측을 안타깝게 지켜본다. 그러고는 맥없이 뒤쪽 좌석(차내 맨 좌측의 뒤쪽 좌석. 영현의 자리)으로 가서 앉는다. 팔걸이 위로 왼쪽 팔을 늘어프리고 몸을 기울여 버린다. 제4의 남자가 창에서 몸을 돌려 영현을 바라본다. 영현의 뇌리에서 오르간 중심의 통주저음이 흐른다. 영현에게 제4의 남자의 달램, 장중한 설득과 요구, 때로는 강박의 암시가 있다. 이어서 제4의 남자가 엄숙하게 말한다.

"이제 정말 머물 시간이 얼마 남지 않았어. 지금도 몸을 늘어뜨리고 잠들고 싶어 하는군. 내가 한 말의 진위를 다시 한번 잘 생각해 봐. 정확히 생각해 보아야 해. 고요히 함께 떠나야 해."

영현은 잠시 침묵 후에 말을 받는다.

"당신은 생전에 시인이었소?"

"뭐, 시인……? 이봐, 정신 똑바로 차려. 나는 지금 시를 읊고 있는 게 아냐. 시적 과장과 나는 관계가 없어. 그대는 처벌과 응징을 받아야 하겠는데. 나를 노하게 하겠어?"

"알겠소. 송구해요. 마음을 바로 잡겠소."

제4의 남자는 잠시 침묵을 지킬 듯하더니 돌연히 입을 연다.

"왜 그렇게 번거롭고 귀찮고 고통스럽게 삶을 끌어가고 있어? 진희는 가 벼렸으니 이제 나와 함께 가. 진희가 있는 곳으로 인도하겠어. 기회는 딱 한 번 남았어."

제4의 남자는 잠시 말을 끊더니 영현에게 애끓던 기억을 촉발시키려는 듯 다시 말을 이었다.

"진정 그대는 달빛에 촉촉이 젖어 소리 내어 굽이치며 돌아가는 여울물을 잊었나?"

"아니오. 결코 잊지 않았소."

"그렇다면 왜 그렇게 망설이고 있어?"

"아니오. 이제는 잊어버렸소."

"왜 이랬다 저랬다야?"

"좋아요. 나를 가야 할 그곳으로 데려다 주시오!"

"좋아, 일찌감치 그렇게 나왔어야지."

"아니오. 나를 눈 뜨고 있도록 내버려두시오. 나는 그토록 믿었던 진희마저 뿌리쳤소."

그렇게 말하면서도 영현은 미혹의 강물 한가운데서 이리저리 휩쓸리는, 갈등과 번민과 고통의 표정이 된다.

영현의 뇌리에서 애절하고 절실한 고음 중심의 현의 단선율이 흐른다. 연약하나 항변을 표현한다.

영현은 팔걸이로부터 안간힘을 써서 상체를 일으키고 앉아서 좌석 등받이에 기댄다.

"이제는 「함께 떠나야 해!」하는 식으로 요구하고 명령하는 투로 변하는군요. 나는 애절하게 호소하고 싶소. 나는 포기할 수 없소. 괴롭고 쓰릴지언정 내가 깨어 있는 이 땅의 길을 저버릴 수 없소."

영현은 눈을 감는다. 다시 눈을 떴을 때 영현에게 제4의 남자의 맑게 빛나는 엄숙한 눈짓이 보인다.

"그대의 눈을 똑바로 떠! 나는 잠의 철학가로서 종교가는 아니지만, 종교 교리에 어긋나지 않는, 오히려 인정받는 자였어. 그러니까 종교가까지도 나를 신뢰하고 있어. 이래도 나를 못 믿겠다는 거야? 나는 잠의 철학가이지만 나를 신뢰하는 종교가 몫까지 하여 종교를 전도하기까지 하는 역할을 믿어 줄 수 없어? …… 나는 그렇게 하여 천상으로 향하는 길로 함께 비상하려고 했어. 이만하면 나는 진실만을 말하는 게 아니야? 그래도 이해하지 못 하겠어? 그리하여 나의 철학의 진실은 이중으로 보증 받는다는 것을 모르겠어?"

"무신론자도 함부로 신을 부정할 수 없다는 것은 알고 있소. 종교라는 언어 자체가 중량감이 있으니까. 그러나 나는 믿을 수 없소. 나는 니체의 '짜라투스트라는 이렇게 말했다.'를 신뢰하고 찬양까지 하니까."

"나의 모습이 무섭나?"

"얼마간 무섭소."

영현은 다시 눈을 감았다 뜨면서 힘에 부치는 듯이 쓸쓸하게, 그러나 절실하게 외친다.

"그래요! 나는 눈을 똑바로 뜨고 싶소. 잠과 정지의 늪으로 잠겨들려는 이 육신……. 떠 있는 눈으로 비쳐드는 이 땅의 온갖 슬픔의 그림자일지언정 나는 포기할 수 없소. 그대로를 보고 향유하고 싶소."

영현은 거부하듯이 고개를 젓는다. 그러고는 다시 눈을 감는다.

제4의 남자가 엄숙하게 말한다.

"지금 다시 눈을 감으면서도? 계속 눈을 뜨고 있을 자신이 있어? 힘차게 호흡을 하면서?"

영현은 힘없이 눈을 뜨며 절실히 외친다.

"아마 그럴 수 있을 것 같소. 아니오. 그 정도가 아니오. 반드시 그리하고 싶소. 계속해서 눈을 뜨고 그리고 힘차게 호흡을 하고 싶소."

음악이 사라지고 영현의 의식은 정적에 휩싸인다. 영현은 마리화나를 꺼내기 위하여 안주머니에 손을 넣었으나 자제하려는 듯 돌연히 빈손을 꺼낸다. 약간 다급하면서도 제법 확고해진 표정과 몸짓으로 된다. 이때부터 영현에게는 진폭이 큰 심경의 변화가 일어난다.

영현은 뒤쪽 좌석에서 일어선다. 열렬히 절규한다.

"나는 영원히 눈 감을 수는 없어! 잠은 정지된 휴지이며, 나로 하여금 가장 염원하는 안식조차 의식하지 못하게 만들지. 그런데 자신의 안식조차 의식하지 못한다고 하더라도 그건 죽음의 상태와 같을 수는 없어. 안식조차 의식하지 못하고 쓰러져 정지해 있는 자신의 모습에 대해서, 눈을 감기 전에 전혀 두려워하지 않는 것이 잠이지. 휴식의 진공 상태조차 의식하지 못하고 쓰러져 있는 영육은, 이미 눈을 감기 전에 반드시 다시 지상으로 올라올 수 있다는 무언의 계약을 체결한 것이 바로 잠이야. 일반적인 잠과 최후의 깊은 잠과의 커다란 차이가 바로 여기에 있다면 나는 다시 한 번 절망하지 않을 수 없어."

영현은 이불장으로 가서 그 안에 누워 있는 규석과, 이불장 밖 차내 나무 바닥에 꽂혀 있는 칼을 바라본다. 그러고는 앞쪽(동쪽) 왼편 작업용 문의 창으로 걸어 나온다. 몹시 산란한 눈동자. 그러나 눈에서 묘한 힘의 빛이 걷잡을 수 없이 방출되고 있다.

영현은 낭랑한 목소리로 열렬히 외친다.

"나는 인간의 삶을 바라보고 좌절했소. 그리하여 마약과 관계되는 특이한, 기괴한 삶의 방식을 선택했소. 그럼으로써 인생을 긍정했소. 생명체는 죽기 위해서 태어나는 것이 아니라 살기 위해서 태어나는 것이오. 생명체는 죽음을 알지 못해도 죄가 되는 것이 아니오. 영원히 모른다면 얼마나 좋을까? 죽음은 자연 또는 신의 몫이오. 거기에다 죽음을 맡기고 열심히 살아가야 하는 것이오."

"죽음을 모르는 자만이 죽음에서 멀찌감치 떨어져 있어. 죽음을 모르는 자만이 오랫동안 살 수 있으며 눈을 감아도 영원히 죽지 않는 것이야. 생명체는 사람을 제외하고는 죽음을 잘 모르고 있어. 무생물과 사돈 격인 식물은 죽음을 모르고 있지. 동물도 개, 소, 말, 돼지처럼 대개는 죽음을 모르지. 유독 인간만이 삶의 비극과 조우(遭遇)하게 되지."

"태어나서 얼마 안 있어 인간은 비극과 맞닥뜨리게 되오. 물론 여기서 비극이라 함은 죽음이 있음을 인식하는 것이오."

"그 비극이라 하는 것은 사실 비극이 아니라 축복의 시작일 뿐이야."

"그것은 장담할 수 없소. 그런데 죽음을 너무나 알아 버렸다면 어떻게 해야 할까? 그리고 뒤에서 쫓아오는 죽음이 살아 있는 자를 죽음의 절벽으로 떠밀 때는……? 그리고 죽음이 살아 있는 자를 큰 입을 벌리고 산소같이 흡입해 버리려고 할 때는……? 그때는 죽음에 항거하여 싸워야 하는 것이오. 쇼펜하우어와 니체가 말하는 '살려는 의지'를 발현시켜 죽음과 치열하게 투쟁해야 하는 것이오. 끊임없이 격퇴시켜야 하는 것이오. 죽음의 진영 자체를 퇴각시켜야 하는 것이오. 내가 기피하고 멀리 하려던 죽음이 내가 가는 길로 황급히 바싹 다가오고 있소. 그때 그 여름밤을 목화밭가 여울물을 나중에는 결국 건너 버려서 죽음을 너무 알게 된 나……. 이제는 요르단 강변까지 밀린 나는 죽음에 항거하지 않을 수 없소. 저항, 항거, 투쟁……! 당신으로 인하여 나의 사고방식에 얼마간 회의가 일어났지만 이제 나는 강력하게 외치고 싶소."

영현은 위의 한 구절 한 구절 모든 말에 특별히 강세를 넣어 발성을 한다.

"뭐라구? 나의 생각과 말은 정당하지 않다는 것이야?"

영현은 앞쪽 작업용 문에 달린 창을 바라본다.

"나는 한갓 이미 눈을 감은 자에 의해서 눈이 감겨질 수는 없어! 내가 죽음에 대해 두려워하는 것은 심장이 멎기 직전의 극심한 고통의 신음이 아니야. 또한 호흡이 끊어지기 직전에 이 세계의 모든 것들을 상실하고 마는, 사랑하는 사람을 포함한 모든 것들에 대하여 최후의 결별을 해야 하는 슬픔만도 아니야. 무엇보다도 두려워하는 것은 눈이 감겨지고 나서 얼마간의 시간이 흐른 시점부터의 자신의 또 하나의 흉측한 형상에 대한 처참한 절망이야. 화장을 할 때 존재의 거의 완전한 소멸에 대한 절망이기도 하구. 인간이 우주정거장을 만들 듯이 지옥계를 건설할 수 있다면 나는 그리로 떠날 수도 있어. 그러나 이 땅이 지옥계보다도 더 힘에 겨운 고장이라 할지라도 나는 눈을 감고 싶지 않아."

영현은 민활한 동작으로 이불장으로 간다. 차내 나무 바닥에서 칼을 뽑아든다. 뒷걸음치며 다시 차내의 앞쪽(동쪽) 왼편 작업용 문의 창으로 온다. 이 시점에 이르도록 제4의 남자는 그림자처럼 잠자코 서서 태연히 부드러운 미소를 머금고 있다.

"제발, 어서 나로부터 떠나 줘요."

"나를 떠나게 하지 못하는 것은 그대의 말로 죽음이 아니고, 즉 내가 아니고 바로 그대 자신이야. 나에 대한 영상이 그대 속에 그득히 고여져 있는 의식 때문이야."

영현은 상대방과 아울러 모든 주위를 짓눌러 버리듯이 고개를 휘저으며 고음의 음성으로 고조된다.

"스스로 떠나지 않으면 내가 떠나게 해 주겠소!"

제4의 남자는 여유 있는 미소를 짓는다.

"그 칼로 '잠의 철학가'인 나를 찌르겠다구?"

영현은 차내의 앞쪽(동쪽)으로 바싹 물러나면서 말한다.

"당신은 저 친구의 가슴을 눌렀소."

"그거야 그대와 다른, 긍정적인 저 친구가 그렇게 해 주기를 절실히 바랐기 때문이야. 가슴을 눌렀다지만, 가슴을 포근해지도록 살포시 쓰다듬고 감싸준 거야."

제4의 남자는 잠시 말을 끊더니 자신의 행동의 특질은 언제 그리고 어디서나 보편화된다는 것을 강조하고 싶다는 듯이 다시 말을 이었다.

"나는 깊은 잠인 즉 나를 생각하는 모든 사람에게 깊은 관심을 갖고 있어. 두렵게 생각하느냐 또는 바람직하게 생각하느냐—하는 여부를 가리지 않고 말이지. 그러나 나를 두려워하고 기피하고 슬퍼하는 자에 대해서는 더욱 깊은 관심을 갖고 있어. 바로 여기서 잠들기 시작한 저 친구 규철도 그런 사례에 속할 수밖에 없지. 아무리 무수한 목숨을 끊어 버린 흉악한 살인자라 할지라도 나에 대하여 별로 심각해 하지 않는 자라면, 나로부터 그를 멀리 떨어져 있게 할 수 있어."

"당신의 입장에서만 보면 그리할 수밖에 없겠지. 어찌 살아 있는 인간이 호흡하면서 숨 쉬지 않는 것을 생각하지 않을 수 있으며, 빛 아래서 그림자를 보지 않을 수 있다는 말이오? 일단 눈이 감겨지면 내 몸의 파편들이 영원히 존재할 수 있는 공간도 보장할 수 없으면서, 열락에 가득 찬 비상의 길로 나를 데리고 가겠다구? 나는 찌를 듯이 외치고 싶어! 어림도 없는 일이오. 내가 당신들에게 무수히 봉사한 대가가 결국은 겨우 이것이오? 지체 말고 나로부터 떠나시오. 그리하지 않으면……."

영현은 말끝을 흐린다.

제4의 남자는 여전히 여유 있는 미소를 머금는다.

"그리하지 않으면 어떻게 하겠다는 말이야?"

영현은 나지막이 읊조린다.

"다시 한번 고요히 떠나게 해 드리겠소."

"떠나지 못 하고 있는 것은 바로 그대 자신이야. 나로부터 말이지."

영현은 몸을 움찔하다가는 손을 휘젓는다.

"좋아요. 그러면 단호히 내가 당신으로부터 떠나겠소. 최후의 결정타(打)를 친 자는 내가 아니오? 보시오! 당신은 천사도 사탄도 아니오. 바로 유령이 아니면 추상적인 죽음 그

자체요."

영현은 단도를 거꾸로 돌려서 쥔다. 오른손 손가락을 모아 칼날 쪽을 움켜쥐고 던질 자세를 취한다.

"어리석은 짓은 하지 않는 게 좋아."

바로 이때 명길은 한번 몸을 뒤척이고 나서 더듬거리는 잠꼬대를 한다.

"조, 종착역에 이르면, 보, 복권을 시, 신문에서의 당첨 번호에 맞춰 보는 일을 이, 잊어버리지 않도록 이, 일러 줘."

영현은 나지막이 읊조린다.

"진희가 표현한 대로, 짧은 찰나만 지나면 뜨끔한 아찔함도 가셔지겠지. 이어서 고요히, 감미롭게……."

영현은 머뭇거리다가는 갑자기 잽싸게 단도를 던진다. 제4의 남자는 좌측으로 몸을 성큼 움직인다.

영현은 차분히 가라앉은 음성이 된다.

"명중시킨 것 같군. 이윽고 당신과 나는 피차 반대 방향으로 떨어지면서 떠나가겠지."

이러면서 영현은 제4의 남자가 있는 쪽을 바라본다. 뒤쪽 작업용 문을 창가에 서 있는 제4의 남자의 팔뚝 옆(창 아랫부분인 나무판)에 칼이 꽂혀 있다. 제4의 남자는 여전히 유유히, 그윽이 미소 짓고 있다.

"어리석은 짓은 하지 않는 게 좋다고 그랬어. 이미 이 땅

244

에서 건너가 버린 사람이 어찌 칼날을 의식한다고 생각했어? 나의 모습은 바로 그대 자신의 모습이 반사된 영상이 아닐까? 그렇다면 피차 반대 방향으로 돌아서서 멀리 떠날 수가 없어."

명길은 누운 채로 몸을 뒤척이며 다시 더듬거리는 잠꼬대를 한다.

"세, 섹시한 그 젊은 과부와, 보, 복권 당첨이냐, 아니면 미, 밀항이냐? 다, 다가오는 있는 것이 많아도 괴, 괴롭군. 서, 선택이 너무 어려워. 제, 제에길, 관 위에 올라타고 있으니, 너, 너무 빨리 달리고 있군."

제4의 남자는 꽂혀 있는 칼을 뽑아서 들고 차내의 앞쪽(동쪽)으로 걸어 나온다. 명길의 머리맡에 선다. 명길을 내려다보면서 호방한 웃음을 짓는다.

"깊은 잠 또는 죽음이라는 것에 대하여 별로 심각해 하지 않는 자라면, 그를 나로부터 멀리 떨어져 있게 할 수 있다고 했어. 나를 의식하지 않는 이 친구 명길은 함께 데려갈 수 없어."

명길은 더듬거리지는 않지만 다시 잠꼬대를 한다.

"이 친구들이 왜 아직도 깨어나지 않을까? 나만이 홀로 깨어 있어. 관 위에 올라타고서……. 너무나 멀리 달렸어. 명색이 고등학고 우등 졸업자가 이렇게 밤을 새우며 관 위에 올라타는 신세가 되었다니!"

제4의 남자는 칼을 들고 차내 앞쪽(동쪽)의 왼편 작업용 문의 창가에 서 있는 영현에게로 서서히 다가온다. 진지하면서도 그윽한 미소를 머금고서. 제4의 남자는 갑자기 몸을 홱 돌려, 영현이 던져 꽂았던 차내 뒤쪽(서쪽) 작업용 문의 창 아랫부분인 나무판으로 칼을 던져서 꽂아버린다. 영현은 한 발자국 물러서지만 더 이상 후퇴할 공간이 없음을 깨닫고 차내 우측(북쪽)으로 뒷걸음질 친다. 제4의 남자는 일정한 간격의 여유를 두면서 천천히 따라간다.

제4의 남자는 천천히 움직이며 미소를 머금은 채 조용히 위무(慰撫)하듯이 속삭인다.

"두려워 할 것 없어. 여태까지의 나의 언행으로 미루어보아서 알 것 아냐?"

영현은 서서히 뒷걸음질 치며, 바이올린의 애절한 고음 선율 속에서 말한다.

"제발 가까이 다가오지 마시오. 나는 이 땅을 저버릴 수 없소. 포기할 수 없소."

제4의 남자는 영현의 의식 속에서 흐르는, 오르간만의 화음 속에서 멈춰 선다.

"그대는 두려워하는 눈빛으로 뒤로 물러가고 있어. 그대가 뒷걸음치지 않으면 나도 따라가지 않아."

영현은 우측 화물 더미의 좌우로 보아 가운데쯤에 이르도록 뒤로 밀려간다. 이윽고는 통로의 한쪽에 놓인 사과 상자에 발이 걸려 넘어진다. 영현은 몹시 당황해 하고 다급해진 눈빛이 된다. 그러다가 영현은 가까스로 일어선다. 그리고 사과 상자를 넘어서 차내의 우측(북쪽)으로 몇 걸음 더 뒷걸음친다. 그러나 몹시 혼미 상태에 빠져서, 더 이상 후퇴하기 어려운 북쪽의 거의 끝 지점까지 와서는, 지쳐 버린 표정으로 화물 더미에 등과 머리를 기대어 버린다. 제4의 남자는 이미 영현으로부터 한두 발자국 간격을 두고 멈춰 서 있다.

제4의 남자는 미소를 지우지 않은 채, 깜박이는 엄숙한 눈짓을 한다.

"물러설 수 있는 공간이 별로 없군. 그대가 물러서고 있는 한, 어차피 피할 수 없어."

영현의 의식 속에서 바이올린의 가녀리고 애절한 고음 선율이 흐른다. 영현은 화물 더미에 기댄 채로 힘없이 눈을 뜬다.

"안 돼요! 나는 삶을 저버릴 수 없소. 나는 포기할 수 없소! 잠깐만 시간을 주시오."

영현은 더욱 쓸쓸한 표정이 되어 강한 부정의 표시로 고개를 젓는다.

영현은 안주머니에 손을 집어넣어 마리화나를 꺼내어 불을 붙인다. 극심한 갈증에 시달린 듯이 조급하게 몇 모금을 달게 들이킨다. 약간만의 연기를 위로 뿜어 올린다. 그러나 제4의 남자가 다가서서 영현의 마리화나를 쥐고 있는 오른 손을 잡아 버린다. 영현은 힘없이 뿌리치려고 하지만 꼭 잡혀져 있을 뿐이다. 그런 상태에서 제4의 남자는 매몰차게 마리화나를 빼앗아 버린다.

영현은 애원하듯 말한다.

"한창 타고 있는 마리화나를 이리 주시오!"

"참으로 무척 맛이 달겠지. 이봐, 그대⋯⋯, 너무 야속하다고 생각하지 마라."

제4의 남자는 빼앗은 마리화나를 바닥에 동댕이치듯 내던지고는 짓밟아 버린다. 그러고는 말한다.

"이것, 마리화나 역시 이 땅에서 눈이 감겨져 떠날 시각을 앞당겨 줄 뿐이야. 어떻게 떠날 거야? 다른 것들보다는 곧 치러질 나의 방법이 훨씬 낫지. 칼을 쓰는 것보다도 고통이 없고, 주사기를 찌를 때의 찰나적인 뜨끔함마저 없어. 이렇게 손을 잡고 함께 그윽한 정밀(靜謐)의 길을 거닐다가 비상하는 거야. 자, 고요히, 그윽하게, 포근함에 휩싸여 감미롭게⋯⋯."

제4의 남자는 엄숙하면서도 그윽한 미소를 띠면서, 영현의 잡혀진 손목의 맥을 살며시 눌러 버린다.

제4의 남자가 손을 놓자 영현은 화물 더미에서 바닥으로 미끄러져 내린다. 무너지듯 누워 버린다. 머리가 완전히 바닥까지 내려와서 다리를 구부린 채로 몸이 뻗어져 있다.

제4의 남자는 영현을 내려다본다.

"이제서야 서서히 잠의 나라에 들어서고 있군. 참으로 지독하고 끈질긴 자야."

제4의 남자는 차내 우측(북쪽)으로 발을 디뎌서 숨이 끊어져 가는 영현을 타넘고 말한다.

"규석과 이구중이 서로를 죽이기 위하여 어떻게 싸웠는지 그 흔적을 더듬어 보아야 하겠군."

제4의 남자는 그러면서 승강구로 통하는 문을 열고 사라진다.

명길이 기지개를 켜며 일어난다. 그는 손목시계를 본다. 폭설로 인하여 선로에 이상이 생겼으므로 열차가 역이 아닌 다섯 지점에서 멈춰 서서 복구 작업을 하는 바람에 열차의 운행이 여섯 시간 가량 지연되었다.

명길은 문득 주위를 살피고는 돌연히 아연실색한다. 차내 후면(서쪽) 작업용 문의 창 아래 나무판에 꽂힌 칼과 규석과 차내 우측(북쪽)에 있는 영현을 번갈아 바라보다가, 규석에게로 가서 체온의 식은 정도를 확인한다. 이어서 빠른 걸음으로 우측으로 가서 영현을 내려다보다가는 머리맡에 힘없이 주저앉는다. 그러다가 재빨리 일어나서 무릎을 꿇은 자세로 영현의 상체를 세차게 흔든다. 그리고 두 손으로 영현의 얼굴을 만져 본다.

"눈이 감겨져 있군. 이승에서 얼마나 쉬고 싶었을까? 아직 몸이 따스해. 숨이 끊어진 지 얼마 되지 않았군."

명길은 화물 더미의 왼쪽 모서리로 와서 바닥에 놓여 있는 사과 상자 곁에 선다.

명길은 마치 쓸쓸한 웃음소리같이 들리는 울음 섞인 어조로 말한다.

"시체를 3구나 싣고 열차는 달리는군. 어리석은 녀석들 같으니! 미스터 임은 도망칠 길의 초입에 들어서자마자 자신을 잃어 버렸군. 몸에 상처가 없는 것을 보면 칼로 자살하려다가 약을 먹고 숨진 것 같군. 여기 약 봉지가 있어. 가루약과 연기를 너무 들이켠 저 친구는 미스터 임의 시체 옆에서 칼을 주워 들떠서 미친 듯이 횡설수설을 했음에 틀림없어. 그렇군. 문에 칼을 꽂은 사람은 바로 너, 영현이겠지. 그렇다면 칼을 던져 맞아야 할 대상이 있었다는 말이 되지. 그 대상은? 그렇지, 바로 그거야. 환시 속의 사람이나 유령임에 틀림없어. 영현, 너는 마치 살아 있는 듯만 싶군. 너는 어둡고 기괴한 삶의 방식을 선택해서 살아 왔지만, 근본적으로 인생에 대한 긍정자였어. 너는 환영이나 유령 같은 것, 곧 죽음에 항거하여 싸웠음에 틀림없어. 너는 죽음과 처절하게 대치했음에 틀림없어."

명길은 한참 동안 침묵 속에 잠겨 있다. 모든 앙금이 바닥으로 가라앉은 듯한 허허로운 정적. 허탈감에 빠진 명길은 열차 바닥에 주저앉는다. 그리고 양손을 모아 합장하며 허공으로 시선을 던져 응시한다. 한참 동안 갈구하고 기도하듯이……

"이제 저밖에 남지 않았군요. 제가 극의 단역을 맡은 극단의 순회공연을 하며 5일장을 따라다닌 때도 있었지요. 제가 술을 마시기 전까지 계속되었지요. 열차 승무원이 되어서도 상당한 기간 동안 술을 마시지 않았지요. 지금 이 찻간이 무대이며, 이 현실의 모습들이 연극이라면 이것은 비극일 수밖에 없습니다. 일반적으로 비극은 주인공의 죽음 즉 희생을 통하여, 희생에 대한 보상으로 삶의 새로운 질서가 구축되고 정립되죠. 그러나 여기 이 현실은 삶의 새로운 질서의 정립을 기대할 수 없는 최악의 비극, 가장 절망적이고 암담한 비극일 수밖에 없죠."

이때 느닷없이 영현의 목소리가 명길의 귓전을 세차게 때렸다.

"그, 극은 끝나지 않았어!"

이 소리를 들은 명길은 깜짝 놀란다.

"구관조가 말한 것은 아니군. 이건 환청일까? 나에게도 환각이 있나?"

"화, 환청이 아냐. 조, 조금 전 입 밖으로 낸, 너, 너의 말대로 하면 내가 주, 죽어 있었나? 맥박이 멈춰 있다가 다시 뛰, 뛰기 시작했다는 말인가? LSD와도 한판 승부를 벌였다는 말인가?"

명길은 차내 우측의 거의 끝 지점에 있는 영현에게로 간다. 영현은 일어서려고 한다. 하지만 거의 다 일어서지만 넘어져 버린다. 정신을 차려서 상체를 일으켜 화물 더미에 기대면서 바닥에 앉는다. 명길은 어안이 벙벙해지고 아연실색하여 선뜻 말을 하지 못하고 멍하니 한참 동안 영현을 바라보더니 입을 연다.

"그래, 죽어 있었던 것은 사실이었어. 분명한 사실이었지. 독한 약효가 상당히 소멸하자 다시 맥박이 뛰기 시작했나 봐."

"기적이 일어났다는 말인가? 그런데 정말 LSD의 올가미에 걸리고 말았었군."

"LSD라……, 그게 뭐야?"

"필로폰보다 무려 300배로 약 효과가 강한 초강력의 환각제야."

"그러니까 기적이지. 그리고 너는 별난, 한 괴짜로서의 죽음에 대한 승리자야."

영현은 열차 바퀴의 진동음과 꼬리를 흔드는 기적의 음향이 있는 엄연한 현실 속에 발을 딛고 서듯이 나지막하고 진지하게 말한다.

"나는 스스로 걸어가서 검찰에 자수하겠어. 또한 남은 가루약과 마리화나는 모두 검찰에 넘겨 버리겠어. 처벌을 좀 받더라도 그게 가장 확실한 방법이야. 이것은 내가 다시 눈을 뜬 직후 최초로 생각한 것이었어."

영현은 일어서기를 몇 번이나 시도하지만 주저앉고 만다. 포기하지 않고 다시 몇 번이나 시도하다가 결국은 가까스로 일어선다. 자신감이 있고 결연한 표정이 된다. 영현은 화물 더미에 몸을 기대고 서 있다. 매우 안온하고 평화로운 표정으로 변한다.

이 모든 것을 의아하게 생각하는 명길은 재우쳐 묻는다.

"너 혹시 죽어 버린 영현의 유령이 아니야?"

"유령인지도 모르지. 한번 면밀히 조사해 보지 그래."

명길은 더욱 더 의아해 했다.

"야, 정말 살아서 돌아왔는지, 아니면 유령이 된 것인지 한번 만져 보자. 아니, 한번 안아 보자."

둘은 동시에 팔을 벌린다. 그러고는 감격적으로 끌어안는다. 영현이 말한다.

"저 관 속의 혼령이 깃들어 있던 육신은 자신을 즉 죽음을 생각하는 사람은 반드시 데리고 간다고 했어. 나는 죽음을 생각하고, 죽음을 끌어들이기까지 하면서도 죽음에 지지 않았어. 유령 즉 죽음은 나를 이기지 못했어. 그러한 한 앞으로의 싸움은 쉬워지겠지. 유령이나 죽음의 그림자는 이제 나에 의해서 어렵지 않게 퇴각하겠지. 나는 앞으로도 내습할지 모를, 그 가능성이 있는 죽음의 그림자와 싸우겠

어. 죽음이 즐겨 데려가는, 너무나 죽음을 알아 버린 자로
서, 내흉스럽게 웃음 짓는 죽음에 항거하여 투쟁하지 않을
수 없어."

8. 종막

시간적 배경은 전장에 이어서 직후이며, 같은 장소의 같은 위치이다.

명길이 맞장구치듯 말한다.

"그래, 그래. 너는 해낼 수 있어. 우리는 30대 초반이니 많은 시간이 남아 있어. 내가 지금 몹시 놀라서 어안이 벙벙한 것은 풀과 사람을 포함한 생태계의 개체의 끈질긴 생명력 때문이야."

"생명체의 죽음에 대한 저항과 항거에 비하여 죽음 자체는 몹시 크고 깊어. 이 우주의 대부분의 별과 공간은 물리적 원리, 곧 무생물과 죽음의 원리에 입각하여 운행되고 있어. 그렇지만 축복 받은 생명체의 끈질긴 생명력은 죽음을 이겨낼 수 있어. 그 끈질긴 생명력은 또한 살려는 의지는 무생물과 죽음의 광대무변한 대부분의 우주를 이겨낼 수 있어."

말을 마친 영현은 피곤이 엄습해 온 듯, 그래도 한마디 더 부연해야 하겠다는 듯 눈을 감으면서 말했다.

"얼마 안 있어 이윽고 나의 제2의 탄생을 기록하는 새벽이 오겠지. 나는 태양의 나라 땅 위에서 태양 빛 아래에 서고 싶어."

영현은 잠시 침묵을 지키더니 다시 또 말을 이었다.

"우리들의 밤 이야기는 끝이 났군. 결산이 완료된 나는 낮의 세계로 떠난다. 푸른 밤을 청산하고 작열하는 태양의 나라로 떠난다. 그곳은 맑음과 밝음과 따뜻함이 있고 뜨거움까지 있다. 그런데 밤의 세계로 떠남에는 안타까움과 아쉬움이 있다."

명길이 조용히 침착한 어조로 말했다.

"그렇지. 너를 떠나보내는 가루약의 나라도 또 하나의 너의 고향일 수밖에 없으니까."

"가루약과 관계하는 밤의 세계는 깊은 아름다움이 있다. 푸르고 시려서 으스스하고 섬뜩한 아름다움으로 다가온다. 아주 영적이기도 하다. 가루약이 있는 세계는 청색과 초록색으로 장식된 몽환의 세계이다. 신비함의 강한 자극을 감싸고 있는 몽환의 세계를 나는 버리고 떠날 수밖에 없는지도 모르지만 참으로 지울 수가 없다. 그러하니 확실히 남겨놓고 떠나고만 싶다. 물론 나는 어김없이 확실히 떠나야 하지만.

그런데 가루약과 관련되는 특이한 미적 세계가 명백한 증거의 채집과 제시도 없이 모호하게 투정질되어 무조건 추하다고 매도되어 왔어."

　여기까지 얘기를 듣던 명길은 영현을 동정하는 깊은 마음이 되어갔다.

　"너만 좋아하면 돼. 뭐, 좋은 말을 기대할 필요가 없어. 신비의 푸른 강호의 낚싯배에 니가 탐했던 모든 아름다움을 담아서 추억과 같은 것으로서 띄워 놓으면 돼. 무조건 인정하지 않고 싶어 하는 사람들과 또는 눈이 밝지 못한 사람에게 인정받으려고 하지 마. 필요가 없다고 생각해. 좀 불공정한 어법인지 모르나 너만 좋아하면 돼. 하기는 '무조건' 자가 붙는 사람에게 공정과 불공정이 어디에 있어? 얼마든지 인정하지 말라지. 인정은 다른 것에서 받아. 가루약과 관계없이 너의 건실한 음악 창작의 세계를 열어 보이면 돼. 그것만 보여도 너의 아름다움의 모든 세계가 오롯이 살아날 수 있어."

　"그래, 명길이. 알았다. 그리고 지금까지의 말과 관계되는, 가루약 투약자의 좀 억울한 누명을 쓰는 것을 검찰청 수사 때 주장할 수도 있겠지."

　"저기 우리의 좌석으로 자리를 옮기자. 좀 춥다. 물을 끓여 커피로 속을 좀 데우자."

　"그래, 그렇게 하자."

　그들은 찻간의 좌측 앞뒤의 그들의 좌석으로 걸었다. 그들의 시선에 닿는 것은 큰 소음만 없는 작은 아수라장 같았다. 명길은 바닥에 누워 있는 규석의 몸이 모포를 둘러쓰도록 하듯이 덮어 주었다.

명길이 말했다.

"영현이 너는 그토록 지치고도 그다지 걸음의 모습이 흐트러지지 않는 모양새다. 놀랍구나."

"그런가?"

그들은 앞뒤 좌석에 앉았다. 곧 명길은 버너 위에 물 주전자를 올려 물을 끓였다. 그리고 사발만한 높이의 두 큰 컵에 커피를 만들었다.

그들은 커피가 뜨거워서 식히며 조심스럽게 마셨다.

영현이 말했다.

"명길이, 나만 변할 게 아니야. 너도 변해야 해. 술을 끊어야 해. 어떤 방법을 쓰든……. 술이 생각나면 다른 무엇인가를 자꾸 먹도록 하면 어떨까?"

"끊으라구? 그건 안 되지. 줄여야 하겠지. 좋은 면이 있는 술을 끊어야 할 것까지는 없지."

"끊지 않고 있다가 덜컥 간암이라도 찾아들면 어떻게 할 건가?"

"나는 간에 있어서는 철인이야."

"그건 장담할 수 없어."

"알았어. 조심하고 줄이지."

"너는 문자 그대로 심성이 착한 술꾼이야. 그리고 오랫동안 슬픔들을 함께 나눈 친구야. 마음이 너무 좋아서 탈이지. 너는 내가 가루약을 끊는 것을 긍정해서 바라보고 격려까지 하면서 너 자신을 위해서는 단 한 가지도 이득 같은 것을 챙기려고 하지 않나? 너는 나를 위해 주며 떠나보내고 마치 희생만 하려는 사람이 되려 하나? 왜 측은한 뒷모습만 남기려 하나? 진정 나를 슬프게 한다."

"줄이기만 해서는 안 된다는 말이지?"

"진정 끊을 수 없나?"

"나는 술을 너무 마셨다. 죄질이 무겁다. 구원 받을 수 없다."

"그렇다면 나도 구원 받을 수 없다."

"아니다. 너는 좀 다르다. 너는 뭐랄까, 일종의 양심범이다."

"나는 양심범일 수 없다. 가루약을 챙기는 데는 협잡꾼이었다. 그럼에도 지금 나는 나를 살리려고 위험하게 드리워진 밧줄을 잡고 조금이라도 위로 솟으려고 하고 있다."

"그렇게 말할 것만은 아니다. 협잡이라고 생각하는 만큼 너는 협잡에서 멀어진다고 할 수 있다. …… 좋다. 너의 우정을 받아들이겠다. 그래, 나도 끊겠다. 술을 말이야."

"나를 슬프게 하지 않겠다는 말이지?"

"그래, 너를 슬프게 하지 않겠다. 아니, 이러다가 끊는 날은 언제일까? 구원 받으려면 어떻게 해야 할까? 너와 똑같게 할까? 그렇지. …… 양탄자가 원어로 뭐야?"

"영어로는 카피트이지."

"술의 신 디오니소스여, 아라비아 풍의 날아다니는 카핏을 주십시오! 술을 마시고 천공을 훨훨 날아 본 직후에 비로소 술을 끊겠습니다! …… 아니지."

"아니면?"

"변함이 심한 천공은 안 되지. 존재 가능한 이상향의 한 점인 무릉도원 넘어 진실한 생명의 골짜기로! …… 거기……, 들어가 본 뒤에 비로소 술을 끊겠습니다! …… 아니지."

"아니면, 그럼……."

"현실적으로 실재하는 이상향의 중요한 한 목을 이루는 한 지점, 눈꽃처럼 하얗게 흐드러진 목화의 밭 가 여울물을 따라서 돌아가 본 후에 비로소 술을 완전히 끊겠습니다, 술의 신이여!"

"부디 그렇게 해. 정말 꿈이라도 꾸며 끊도록 해."

"그래, 꿈이라도 꾸어야지. 그런데 잠정 기간을 두어야 하겠다. 갑자기 너무 살벌해서는 안 되니까. 유예 기간 반년 즉 6개월이다. 약속한다."

"알겠다. 약속 지켜야 한다. 그런데 명길이 만든 커피가 오래도록 따뜻해서 좋구나."

"또 만들까?"

"아냐, 나중에……."

"잠을 자고 싶냐?"

"그러고 보니 좀 그런 것 같기도 하군. 폭설과 사고 때문에 열차가 심하게 연착하는 상황이 되었군. 종착역에 닿으려면 아직도 시간이 더 흘러야 되겠지. 그러니 잠이야 나중에 자도 되고. 뭔가 몇 마디 말을 더 하고 싶군. …… 생각대로 실행으로 잘 옮길 수 있다면 나는 수사·기소·재판 과정에서 형량이 감해질 수 있고 다른 도움도 받게 될 수도 있겠지만 그것이 과연 잘 될까?"

"영현이, 그게 뭔데?"

"재작년쯤 해서 내가 너에게 한 번쯤은 얘기한 것 같은데 확실히는 모르겠다. 나는 재작년 9월 J음악콩쿠르 때 작곡 부문으로 응모 작품을 던졌다. 교향시 '열차 여행'이었지. 나는 성공했다. 1등 상을 받게 되었다. 그리고 원래의 약정대로 11월에 S시향에서 연주를 하게 되었어. 상당한 호평을 받은 것으로 알고 있다. 그리고 녹음도 되었어. 나로서는 모든 게 의외였다. 나는 웃음을 머금고, 필로폰을 투약하고 쓴 것의 정신 상태가 과연 어떠한 것인지 알고 싶었어. 나는 소지하고 있었던 녹음 테이프의 복사본을 떠서 베를리오즈의 '환상 교향곡'과 함께 컴퓨터 그래픽 분석을 의뢰했어. 컴퓨터 그래픽의 분석을 받은 내 작품의 창작 과정이 되는 의식·잠재의식의 상태와 기분·분위기 상태 등은 어떠했을까?"

정신 차려 듣고 있던 명길이 말했다.

"그래, 너 작곡자의 창작 과정이 되는 상태는 어떠했나?"

"한마디로 '건전(健)상태'였어. 내가 나 자신을 의심할 정도였어. 나는 제작진으로부터 설명을 다시 들었지. 역시 '건전·온건' 상태였지. 나는 반신반의하다가 시간의 경과와 함께 마약의 그 무대에서 그런 것들에 대한 갑작스러운 자신감의 상실 속으로 빠져들고 말았어. 시간이 흐르자 나는 통증과 혼돈의 틈바구니에서 나를 끝까지 긍정하지 못하고 고통과 병 상태와 계속적인 투약의 일상으로 돌아와서 나를 망각해 버리고 만 것이지."

"그랬어. 영현이 너는 멍한 상태로 찻간의 창밖으로만 시선을 던지고 있었어."

"그랬었지. 그런데 그 망각의 시간 어느 끝자락에서 나의 음악은 기억 속을 헤집고 나에게 다가드는 찰나가 있었어. 그 음악은 가루약에 시달린 피폐한 영육의 바깥으로 향하는 문을 두드리고 구원을 요청했어. 다시 올 수밖에 없는 고통의 시간 전방에서 음악은 나를 위무하고 응원했어. 그때 나는 음악을 썼지. 위무와 응원을 받는 시간은 후방의 고통이 있을 시간을 강력하게 해체하고 곡을 만들어 나가게 했어. 고통은 올 수밖에 없었으나 상당히 축소되었고 그 앞에서 음악은 춤을 추었어. 그 춤의 시간 속에서 나는 기억해 내었지. 내가 빠져드는 음악의 시간은 컴퓨터 그래픽의 분석에서 나오는 '건전·온건의 상태임을……. 병적인 상태와는 상당한 거리가 있다는 것을……. 그래서 나는 나를 긍정하고 신뢰하려고 노력했지. 그래서 나는 그 컴퓨터 그래픽 분석을 인정하게 되었고, 때때로 약간 자신을 갖고 음악을 쓸 수 있었지.

그 컴퓨터 그래픽에 관한 모든 서류철이 집에 있어. 나는 곡을 써 본 음악 하는 사람으로서 그 컴퓨터 그래픽의 서류를 보지 않고는 내용을 남에게 충분히 그리고 잘 설명하고 이해시키기가 상당히 어려웠다고 할 수 있었어. 그러니 개략적인 언어로 말을 이어 가지. 베를리오즈의 표제음악인 '환상 교향곡'에서의 주인공이 아편을 투약한 것을 보아서, 정확한 물적 증거를 제시할 수는 없으나 특히 그 음악이 처음부터 끝까지 드러내고 있는 정취를 보아서 그 작가가 아편을 투약한 혐의를 물리칠 수가 없어. 김영현의 '열차 여행'의 두 번째 장 이후부터 연옥계를 헤매는 환상과 환각의 장에서 필로폰을 투약한 작자의 고백이 있다시피, 두 작품의 공통점은 마약을 투약했지만 음을 구사하는 익숙한 이력을 보인다는 것이었어. 결코 폄훼하거나 과소평가할 수 없는 양질의 산출물을 이루어내었다고 할 수 있지.

'열차 여행'의 입력된 언어의 분석을 볼까. 악보와 표제의 보조 설명어에 입력된 언어는 음악적·비음악적인 것을 포함하여 모두 36개의 이탈리아어가 입력되고 그 뜻이 한국어로 표기되는 것이었어. 그 중 'g'자로 시작되는 것만 해도

grandiso, grabe, grasioso 등 6개였고, 36개 언어에서 혼돈하여 바뀌어서 입력된 것은 모두 해서 2개뿐인 것으로서, 악상으로 보아 grabe(장중한:장중한 영결식)가 maesotso(장엄한:장엄한 추도식)로서 2개만 오류가 있었지. 이것은 작자가 필로폰을 투약한 상태에서 36개 중 34개가 정확성을 유지했다는 기억력의 정상적임과 그렇지 않음을 판별하자는 것이 아니라, 투약을 하고 언어 자체의 선택과 활용이 병적이지 않고 건전·온건하다는 분석이 내려지는 것이었어.

그리고 '환상 교향곡'과 '열차 여행'의 전반적 컴퓨터 그래픽의 그래프 변화 상태와 분석이 있는데 그 공통점이 우선 '차고 추운 감정'으로 나타났어. '환상 교향곡'에서의 '새끼 뱀들이 엉켜져서 꿈틀대는 것 같음—징그러움'에 대한, 그리고 '열차 여행'에서 '닭살 돋음— 소름 끼침'에 대한 컴퓨터 반응의 주된 인자(因子)는 '온도가 매우 낮다, 차다' 즉 'cold'와 '시다' 즉 'sour(영) sauer(독)'이고 기타 인자가 있었다. 그런데 음악 작곡에서만이 아니라, 나아가서 완전히 습관성이 되어 중독되지 아니한 마약 투약자들이 비교적 어두운 공간 속에서 '집중하고, 추구하고, 모색하고, 노력하는' 마음의 실태 그 자체는 일종의 집중적 건전·온건 의식 상태에 가깝다고 분석되었어."

"과연 그러할까? 과장된 것 아냐?"

"완전 중독자 아닌 다수의 투약자에게는 사실상 적용된

다는 말이지. 아, 모르겠다. 피곤하다. 잠 좀 자야 하겠다. 자더라도 명길에게 강조해서 말한 대로 컴퓨터 그래픽 분석 의뢰—는 절대로 잊지 말아야지."

영현은 선반에 또 하나 남아 있던 모포를 두르고 좌석에 누워 버렸다. 곧 혼곤한 잠 속에 빠졌다.

명길은 앞으로 하화할 화물들을 정리하고 있었다.

시간이 한참 지난 후 영현은 꿈을 꾸고 있었다. 그가 누운 좌석의 뒤 유리창을 두드리는 소리가 났다. 영현은 모포를 두른 채 일어나 앉았다. 다리를 좌석 위로 올린 채, 몸은 모포를 쥔 상태에서 창을 향하도록 하고 있었다.

"당신은 누구세요? 왜 유리창을 두드리고 있는가요?"

"나는 당신을 수사할 수 있는 검사요. 당신이 즐겨 찾는 유령이나 귀신일 수도 있소. 당신에게는 그 독한 LSD의 환각 기능이 정신과 신체에 아직도 남아 있소."

"왜 나를 찾는 거죠?"

"당신이 나를 찾는 것이오. …… 수사 과정에 들어갈 때, 당신이 원하는 대로 정식으로 컴퓨터 그래픽 분석을 의뢰하도록 합시다. 재작년이 아닌 현재에, 당신이 주장했던 주요 인자(因子)라는 것은 '매우 온도가 낮다(cold)'와 '시다(sour)'라는 것이오. 그런데 새로이 분석할 신종 컴퓨터에서와 일치하게 될 수도 있고, 그렇지 않을 수도 있소. 일치하게 될 때 당신은 일단 이기는 것이오. 그러나 법률만이 아니라 각종 지식의 엘리뜨인 검사가 호락호락 넘어간다고 생각하나요? 검사 측에서는 인공 지능화를 포함한 컴퓨터 과학의 분화 발달의 아주 약간의 불충분성 때문에, 당신이 이길 수밖에 없다고 통렬히 반박할 것이오. 이때 당신은 이겼다지만, 이긴 것이 아니오. 반대로 컴퓨터의 분화적 발달 상태가 이상적이어서 검사 측이 당신을 이길 수도 있소. 그러면 또한 당신 측에서는 검사 측이 이겼다고 쉽사리 승복할 수 있소?"

영현은 모포를 두른 채 눈을 감은 상태로 잠시 검사의 말을 끊었다.

"물론 쉽사리 패배를 시인하지 않을 거요. '새콤하다'라는 형용사적 언어 판단이 있어요. 사람이 새콤하다라는 언어 판단에 반응할 때, 일단은 어느 의미에서 찰나적으로 새콤하다라는 언어 판단이 얼마간 강해서 감각 기관이 한번 가볍게 휘청거리며 (얼마간은 불쾌감까지 살짝 맛 보다가) '쾌감'이 되는 '신(sour)하다'라는 맛을 보다 크게 받아들이는 현상이 있어요. 그리고 '맵싸하다'라는 언어 판단도 그와 같아요. 검사님, 그러므로 '새콤하다'와 '맵싸하다'의 언어 판단은 정상적이고 긍정적인 언어 판단으로 확정되어야 함에도 컴퓨터 그래픽 분석은 '정도가 지나쳐 옳지 않다'라는 오류 아닌 오류를 만들어 낼 것입니다."

"바로 그거요. 얼마 전에 나왔듯이 '차고', '신' 것은 여전히 아름다울 수 있소. 이러한 한 검사 측에서 이겼다고 하나, 이긴 것이 아니오. 이렇게 되는 한 영원한 이김은 없는 것이오. 사실상 무승부요. 인간이 조작(造作:handling)하는 것은 아니오. 인간이 행하는 것 즉 조작(操作:operating)은 한계가 있소. 인공지능화 분화 발달 등을 포함한 컴퓨터 과학 발달의 미세한 불충분성이라는 한계가 있는 것이오. 그런데 단지 당신에게 이로운 점이 있다면 당신은 이기거나 져도 종래에 없던 컴퓨터 그래픽을 제안함으로써 마약 투약자와 범법자의 위상을 상당히 올려놓는 것이오. 져도 '닭살 돋음', '소름 끼침'이 항상 아름답지 않는 것은 아니라고 해석되는 것이오. 사실상 보증을 받게 되는 것이오. 그리하여 '마약 투약자는 무조건적으로 「미풍양속」을 해친다'는 명제는 사실상 힘을 잃고 시드는 것이 될 것이오. 이런 경향이 있을 뿐만 아니라, 미국의 몇몇 주에서 장래에 마리화나 사용이 법률상 허용될 것이라는 전망이 조심스럽게 나오는 시점에 우리는 있소. 당신은 컴퓨터 그래픽의 제안자로 기록되기 때문에 검찰 당국은 일방적으로 당신을 무시하지 않고 일종의 보호를 하게 될 것이오. 앞으로 변호사만이 당신을 돕는 것이 아닐 거요. 피와 눈물이 있는 검찰도 당신을 도울 것이오. 당신을 치료해 줄 이른바 국가 권력기관에도 당신은 고마움을 느껴야 할 것이오. 당신은 정치범, 파렴치범이 아니오. 그러한 한 행정부와도 좋은 관계를 맺고 유지하도록 하시오. …… 실상은 검찰청에 오는 것이 꺼려져요? 오더라도 이기기만 하고 싶소? 오는 것이 창피하기 때문에 이기고 싶소?

당신의 현재 주제 음악은 '죽음과의 싸움'이오. 이것을 경시하는 것은 본말의 전도요. 지난 밤 '환시상의 유령'을 이겨 낸 당신은 앞으로의 죽음과의 싸움을 보다 어렵지 않게 이끌어 갈 것이오. 그렇지만 싸움에서 죽음은 쉽사리 퇴각을 하는 것만은 아닐 것이오. 죽음과의 싸움 과정은 곧 당신의 건강 회복과 인간 회복의 과정이오. 죽음과 싸움, 인간 회복, 건강 회복은 당신의 음악 창작과 곧바로 통하는 것이오. 당신이 마약을 뿌리친 상태에서 차츰 창작이 본격화되기만 한다면 그건 인간 회복을 넘어서 인간 승리가 될 것이오.

오늘 검찰청 어디로 오든 안내와 상담을 받으시오. 오늘의 내 말들은 당신의 꿈을 통한 당신의 생각과 말이었소. 잠이 깨거든 잘 생각해 보시오. 다시 한번 말하고 싶소. 정말 자신이 있소? 당신의 초극(超克)의 음악 창작이……?"

영현은 눈을 뜨려고 애쓰며 대답했다.

"예, 자신을 갖도록 해 보겠어요. 아니오, 자신이 있어요! 창으로부터 어디로 가세요? 예, 예, 나는 쓰겠어요. 심연의 위에서 심연을 가로지르는 초극의 음악을 쓰겠어요. 이 세계에 있어서 아름다운 삼림과 만년설의 산정을 넘어 초월의 음악을 이루어 내겠어요!"

영현은 눈을 떴다. 사라진 꿈의 사람이 서운하게 느껴졌다. 하지만 그가 말한 대로 사라진 사람은 영현의 내부에 있는 것 같다는 생각으로 고무되었다. 그는 확실히 눈을 떠 보았다. 차창을 바라보니 느닷없이 음악이 진행되기 시작했다. 그는 몸에서 모포를 거두어 내던져 버렸다. 그의 작곡 행위로서 음악이 산출되고 있었다. 피아노의 im-promptu(즉흥곡)이었다. 흥이 나는 론도로 만들어 볼까 하다가 연주용 즉흥곡을 작곡하는 것이었다. 드디어 4개의 악절인, 합해서 32마디에 걸치도록 진행되었다. 화성까지 진행되었다. 더 진행되었으나 의식적으로 뒷부분을 끄고 32마디로 잘랐으므로 잘 암기되었다. 숙소에 가면 오선지가 있을 것이지만 적을 시간이 없다는 것을 알고 있었다. 곧 서부역에 가서 명길과 작업해야 하고, 규석의 죽음과 범죄를 관계 기관에 신고하고 설명해야 한다. 그리고 나 영현이 사직서를 써서 '용역 주식회사'에 제출해야 한다. 그리고 검찰청으로 가야 한다.

그는 암기하면서 음악을 진행시켜 보았다. 정말 곡이 잘되었다. 그리고 잘 암기되었다.

론도는 집어치웠고, 피아노 impromptu를 allegro ma non troppo, ('마음 설렘'과 '영감적인' 것이 주된 테마이므로 지나치지 않게 빨라야 하나), cantabile하게 (노래하듯이) 작곡된 것이다. 음악의 내용적인 모습은 종착역에 닿는 시간에 있어서 인간의 생득적이고 고귀한 '마음 설렘'이었다. 오랜 속박 속의 기다림을 끝내고 난 새로운 출발점에서 신선하고 영감에 찬 '마음 설렘'이었다.

그는 생각했다. 나에게는 마음 설렘까지는 없을 것이다. 나는 고향으로 향해 귀성을 위한, 종착역이 출발역으로 탈바꿈되는 시간에 인간이 향유하는 '마음 설렘'을 기대할 수 없다. 자수와 수사와 재판과 치료라는 고행 같은 것이 남아 있을 뿐이다. 그런데 곡에서 신선한 '마음 설렘'의 주제가 변형을 일으키며 저음의 흐름을 뚫고 올라와 고귀한 희망처럼 꿈틀거리는가 하면, 반대로 화성적으로 저음으로 강조되어 탄탄하게 깔리는 부분이 있는 것은 어떠한 연유에서일까?

진희 씨, 앞으로는 가루약이 없으니 만날 수가 없어. 가루약의 사라짐과 함께 우리는 아득한 원거리로 떨어져서 존재할 수밖에 없게 되었어. 그러하니 우리는 서로를 향하는, 서로에 대한 시력을 상실하게 되었어. 그것에 대신하여 나의 전반적인 건강은 좋아지게 될 거야. 그건 이율배반이야. 우리는 그 이율배반을 진실로서 받아들일 수밖에 없어. 진실로서 받아들이는 것은 어쩔 수 없는 우리 사이의 비극이야. 그런데 시력의 상실 대신에 원거리에서의 청력은 아주 살아나게 될 거야. 그 밝은 귀를 활짝 열어요. 그리고 나의 초극의 음악, 초월의 음악을 잘 들어 줘. 앞으로 더욱 나의 음악이 잘 이루어지겠지.

열차가 종착역에 닿고 있음을 예고하듯 기적이 울리고 있었다. 영현은 슬픈 이별과 고귀한 다시 만남이 즉 현재와 미래의 정점이 묘하게 이어지는 시그널을 만들어 내듯 차창 밖으로 향해 손을 흔들었다.

여울물을 건너서

김해권 지음

발행처·도서출판 **청어**
발행인·이영철
영 업·이동호
홍 보·천성래
기 획·남기환
편 집·방세화
디자인·이수빈 | 김영은
제작부장·공병한
인 쇄·두리터

등 록·1999년 5월 3일
(제321-3210002510019990000063호)

1판 1쇄 발행·2020년 7월 10일

주소·서울특별시 서초구 남부순환로 365길 8-15 동일빌딩 2층
대표전화·586-0477
팩시밀리·0303-0942-0478

홈페이지·www.chungeobook.com
E-mail·ppi20@hanmail.net
ISBN·979-11-5860-863-7(03810)